Gruisel & Co
DER CLUB

Nortrud Boge-Erli,
wurde in Pecs (Ungarn) geboren, wuchs aber deutschsprachig am Bodensee auf. Nach dem Studium war sie als Lehrerin tätig und begann mit dem Bücherschreiben, als ihre Kinder klein waren. Aus dem Hobby wurde ein zweiter Beruf. Inzwischen sind über vierzig Kinder- und Jugendromane, viele Liedertexte und Kurzgeschichten von ihr erschienen. Gruseliges ist auch dabei!

Jan Flieger,
geboren 1941, lebt und arbeitet als freier Autor in Leipzig. Er schreibt Phantasiegeschichten, die in vielen Anthologien und Lesebüchern erschienen sind, abenteuerliche Kinder- und engagierte Jugendromane. Die Erwachsenen kennen ihn vor allem als Krimiautor. Seine Werke wurden u. a. mit dem Theodor-Körner-Preis ausgezeichnet, seine Kinderromane wurden in zahlreiche Sprachen übersetzt. Fast so sehr wie das Schreiben liebt der Autor das Lesen – er ist ganzjährig an Schulen, Buchhandlungen und Bibliotheken unterwegs.

Nortrud Boge-Erli & Jan Flieger

GEFÄHRLICHER VOLLMOND

Zwei Romane in einem Band

Dieser Sammelband enthält:

Nortrud Boge-Erli: Vampirnebel

Jan Flieger: Die Ruine der Raben

Arena

In neuer Rechtschreibung

1. Auflage 2002

Einband und Illustrationen: Arndt Drechsler
Innenillustrationen: Camila Fialkowski
Gesamtherstellung: Westermann Druck Zwickau GmbH
ISBN 3-401-05467-8

INHALT

VAMPIRNEBEL

DIE RUINE DER RABEN

Nortrud Boge-Erli

VAMPIRNEBEL

DAS RÖCHELN IM KELLER

Als Robin W. Meier das Phantom zum ersten Mal röcheln hörte, verwandelte sich die langweiligste Zeit seines bisherigen Lebens in die schauerlichste, die er jemals erlebt hatte.

So würde es klingen, wäre, was ich erlebe, ein Roman. Aber die Geschichte ist nicht zu Ende. Leider stecke ich noch mittendrin und schwebe in höchster Gefahr. Dass alles gut ausgehen wird, bezweifle ich. Und bei einem schlimmen Ende werde ich höchstens den Fledermäusen erzählen können, wie alles begonnen hat.

Robin ist mein wirklicher Vorname. Das W. habe ich erfunden. Es könnte Walter bedeuten, so heißt mein deutscher Vater, und wenn man den Buchstaben englisch ausspricht, klingt er an sich schon wie ein Name: »Double-Ju«. Unseren Familiennamen müsste ich natürlich ändern, Datenschutz und so. Meier erscheint mir sehr günstig, weil viele Leute so heißen, nur wir nicht.

Also, Robin W. Meier wäre ein guter Name für einen Romanhelden und ich wünsche mir dringend, was zur Zeit geschieht, wäre schon vergangen und stünde in einem Buch, mit dem ich mich in Tante Marys gemütlichen, geblümten Ohrensessel verkriechen könnte. Ich würde dann einfach die letzte Seite lesen anstatt mich so zu gruseln, dass mir echt die Zähne klappern. Denn genau das tue ich. Bald ist Mitternacht und dann wird er wieder am Fenster erscheinen, der Wahnsinnige, in den sich meine Schwester verliebt hat.

Die Ferientage auf der Isle of Wight hatten grauenhaft öde begonnen. In keinem noch so schrecklichen Alptraum hätte sich Robin W. Meier langweiligere Ferien ausmalen können.

Dabei war es sein ausdrücklicher Wunsch gewesen, allein, also ohne seine Schwester Anne Christine, genannt Anne, und ohne seinen Bruder Gilbert Ferien zu machen. Endlich einmal wollte sich Robin W. beweisen, dass er erwachsen war. Jawohl. Genau das. Erwachsen. Selbstständig. Kein kleines Kind mehr, auf das die älteren Geschwister aufpassen mussten. Das sie bemuttern, beschwestern und bebrüdern durften, anmeckern, zurechtweisen, dem sie Fahrradhelme aufsetzen und Knieschoner beim Inlineskaten umtun konnten, ganz wie es ihnen passte. Mums einzige und jüngere Schwester, Tante Mary Rose Potter, genannt Mary, die ausschließlich Robins Patentante war, hatte gelacht, als sie von seinem Wunsch erfuhr. Mit ihrem Mini brauste sie über Land und Meer, wobei sie natürlich Fährschiffe benutzte, und lud Robin samt Rucksack und Koffer ein. Auf ging es über Meer und Land zurück zur Isle of Wight, wo

Tante Mary ganz allein in dem alten Häuschen lebte, in dem sie und Christine Potter, jetzt Robins Mum, ihre Kinderzeit verbracht hatten. Tagsüber arbeitete Tante Mary in der Marktapotheke und Robin konnte tun und lassen, was immer er mochte. Super. Nur wusste er schon nach zwei Tagen nicht mehr allzu viel mit sich anzufangen. Was kann ein einzelner zwölfjähriger Junge schon machen, ohne Geschwister und Freunde um vier Uhr nachmittags bei dickstem Nebel in einem leeren Haus?

Der Zeichentrickfilm war zu Ende. Tante Mary besaß nicht mal eine Satellitenschüssel auf dem Dach. Also gab es nur wenig Auswahl bei den Programmen. Robin schaltete aus und die Stille fiel über ihn her. Es war geradezu unheimlich still. Sogar Wastl, der kleine schwarze Zottelhund mit der Babynase und den gelockten Hängeohren, schlief. Wastl stammte aus Bayern. Ein süddeutscher Freund hatte ihn Tante Mary geschenkt. Aber sein Name klang, auch wenn man ihn deutsch aussprach, für englische Ohren ein wenig nach »waste«, was ja Müll bedeutet. Und tatsächlich rief Tante Mary ihren Hund manchmal »Mulli«, oder wenn er zu gierig fraß, sagte sie: »Na, bist du heute wieder ein Müllschluckerchen?«

Robin öffnete die Küchentür. Sie knarrte ein wenig. Aus dem Kühlschrank holte er sich Lemon Juice, eigentlich zu süß und zu bitter. Aber genau dieser Geschmack gehörte einfach hierher. Für Robin schmeckten Ferien in England immer ein wenig nach Lemon Juice und er mochte es, dass in einem Geschmack, einem Duft oder auch in einer Melodie Gefühle und Erinnerungen gespeichert waren. Ein Schluck Limonade konnte ganz plötzlich Bilder aus vergangenen Sommern freigeben. Wie Raketen beim Feuerwerk ihre Sterne entfalten. Als echter, einsamer Romanheld dachte Robin über solch wichtige Dinge nach, während er mit dem Glas in der Hand die steile Treppe zum Gästezimmer hochstieg. Geblümte Tapete, schräge Wände. Ein Fenster, durch das er nur den Nebel sah, der schon wieder vom Meer herzog und die Kastanienbäume verschwinden ließ, die im Garten standen. Der Nebel verschlang alles, machte Dinge und Menschen unsichtbar. Dort, wo auf dem Hügel über dem Ort Carisbrooke Castle lag, sah Robin nur Milchsuppe. Geisterhaft tuteten Autos in den schmalen Straßen.

Hier, in diesem Zimmer hatte Christine, Robins spätere Mum gewohnt, als sie und Mary noch Mädchen waren. Jetzt diente es als Gästezimmer. Noch immer standen Bett, Schrank und Tisch, wo sie damals gestanden hatten. Ein seltsames Gefühl beschlich Robin. Als hätte jemand die Zeit plötzlich abgedreht, wie man es mit einem tropfenden Wasserhahn macht. Wenn er darüber nachdachte, durch welche Zufälle er selbst in dieses Leben hineingeraten war, kam er sich ganz schön unwirklich vor.

Robin stellte das Glas auf die Fensterbank und stützte die Handflächen auf. Er starrte in das wabernde Hellgrau und ließ seine Gedanken ziehen.

Romanhelden tun das immer. Sie denken sich in den unmöglichsten Situationen ganze Schlingwerke von Gedanken zurecht. Wenn ich so etwas lese, wundere ich mich, wie viel Zeit sie brauchen, um zu denken, ehe die Geschichte weitergeht und etwas Spannendes geschieht. Ich muss allerdings zugeben, dass ich in diesen Ferien fast genauso viel Zeit hatte wie ein Romanheld, ehe sich diese unheimlichen Dinge ereigneten, die mir das Blut in den Adern gefrieren lassen. (Auch so ein Ausdruck, den Romanautoren häufig verwenden, obwohl es ja gar nicht möglich ist, dass einer, der praktisch gefriergetrocknet wurde von seiner eigenen Angst, sich anschließend fröhlich weitergruselt.)

Aber seit ich damit rechnen muss, demnächst ein so genannter Untoter zu werden, was immer das ist, empfinde ich kalte Panik. Die Chance, ich selbst zu bleiben, erscheint mir gering. Es hängt alles davon ab, ob Sinas Rezept und Tante Marys Pillen etwas nützen. Und selbst wenn ich bleibe, wer ich bin, schwebt Anne in höchster Gefahr, was ganz allein meine Schuld ist, denn nur durch mich hat sie diesen Typen kennen gelernt, den sie hinreißend genug findet, um sich womöglich heute Nacht noch mit ihm zu treffen.

Ich horche auf die Geräusche, die meine Schwester nebenan macht. Steht sie auf? Öffnet sie das Fenster? Diese Holzdielen knarren bei jedem Schritt, ich werde hören, wenn sie aufsteht. Meine Taschenlampe liegt griffbereit.

Hoffentlich gibt Sina im Haus gegenüber bald das Zeichen. Wir müssen uns unbedingt etwas einfallen lassen.

In einem Roman müsste ich nun meine Schwester beschreiben, damit jeder sie vor sich sieht, und ich müsste von Sina erzählen, wer sie ist und wie ich sie kennen gelernt habe. Aber mir fehlt die Geduld für lange Beschreibungen. Also mache ich es kurz:

Anne, meine Schwester, liegt also auf dem massigen dunkelbraunen Kirschholzbett im Zimmer nebenan und liest. Ihr langes Haar glänzt rotblond wie ein blank polierter Kupferkessel, sie hat grünlich blaue Augen, aus denen kann sie tödliche Blicke schießen, aber auch abgrundtief traurig vor sich hin starren, und manchmal lässt sie sie überlaufen wie Waschbecken, bei geschlossenem Stöpsel und offenem Wasserhahn. Die geschwungenen Lippen, die sonst wie ein kleines Herz aussehen, stehen dann verzerrt offen und ein heiseres Wolfsgeheul dringt aus ihrer zarten Kehle. Okay, ich bin nicht ihr Lover, nur ihr kleiner Bruder. Klar mag ich Anne, aber mir geht sie eben auch manchmal gewaltig auf den Geist. Vor allem wenn sie ihre Torschlusspanik kriegt, was Jungs betrifft. Da spinnt sie echt, bildet sich ein, dass keiner sie mag. Verstehe einer die eigene Schwester.

Von drüben ein Plumps. Ist es das Buch, in dem sie gelesen hat? Fällt es ihr gerade aus der Hand?

Oder ist sie schon jetzt aufgestanden? Ist er schon da,

der Unaussprechliche? Lässt sie Ihn herein? Grundgütiger Himmel, sie wird doch nicht . . .!

Nichts. Es ist totenstill. Ich muss nachsehen. Ich schleiche hinüber, öffne die Tür ein wenig. Die Nachtlampe mit dem gelben Schirm, der wie ein Rüschenrock aussieht, brennt. Da liegt sie im Bett. Hat die Augen geschlossen, die Haare fließen um ihre Schultern. Eingeschlafen. Klar. Oder gestorben? Ich muss es nachprüfen, ihren Puls fühlen, feststellen, ob sie noch atmet. Und woher zum Teufel hat sie dieses Rüschenhemd? Aus Grandmas Kleiderkiste? Damit sieht sie total aus wie die tote Prinzessin auf jenem Bild im Museum des Schlosses, das schon so viel Unheil angerichtet hat. Mir zittern die Knie. Mit ihr darf es nicht auch noch geschehen! William darf sie auf keinen Fall so daliegen sehen! Ich knie neben dem Bett, ein Ohr auf ihrer Brust. Sie lebt! Sie atmet ganz ruhig. Fühlt sich weder heiß noch kalt an. Schläft normal. Es muss so bleiben. Ich werde dafür sorgen, dass ihr nichts geschieht. Sie murmelt im Schlaf und dreht sich zur Wand. Ich schleiche zur Tür. Schiebe sie leise auf. Was war das?

Die Fensterscheibe hat geklirrt. Kommt er? Ich muss meine Schwester retten! Ich muss Sina zu Hilfe holen.

Ich laufe in mein Zimmer. Nein, zurück, nachsehen, ob bei Anne das Fenster geschlossen ist, die Vorhänge zu sind. Sind sie. Meine Hände flattern wie die Flügel einer gefangenen Taube. Guter Satz, muss ich mir für den Roman merken, falls ich je ein normaler Erwachsener werden sollte, der geduldig genug ist Romane zu schreiben. Aber jetzt hab ich keine Zeit für so was. Die Taschenlampe! Gebe ich Sina eben ein Zeichen. Nein, erst die Vorhänge auf. Draußen ist es stockfinster. Gegenüber, in Mrs. Huxleys Pension, brennt nicht der Funken eines Lichtes. Sina wird doch nicht eingeschlafen sein? Ich blinke SOS. Sina, du alte Kratzbürste, die immer alles besser weiß als ich, jetzt brauche ich dich und deine Weisheiten. Also schlaf nicht, wach auf, Sina, bester Kumpel aller Ferienzeiten, melde dich, blink zurück, ich brauche deine Hilfe!

Doch Sina blinkt nicht zurück, knipst kein Licht im Zimmer an. Nichts. Ich muss mich abregen. Bleib cool, Robin W. Meier. Noch ist ja nichts geschehen. Ich kann nur warten und horchen.

In genau diesen Situationen denken Romanhelden über die abwegigsten Zusammenhänge nach. Ich bibbere nur und zwinge mich es so wenig wie möglich zu tun. Okay, ich atme ein paar Mal tief durch.

Wäre seine Mutter, geborene Christine Potter, Robins deutschem Vater Walter Meier nicht zufällig begegnet, weil beide zur selben Zeit die Canterbury Tales besuchten, dann gäbe es weder Anne noch Gilbert und ihn, Robin W. Meier, auch nicht. Darüber nachzudenken war wirklich krankhaft, denn er konnte es locker noch weiter zurückspulen bis dorthin, wo sich seine Großeltern begegnet waren. Genauso gut aber ließ sich die Kette der Zufälle von jetzt aus in die Zukunft legen. Wem würde er demnächst begegnen? Schon bald konnten sich Dinge ereignen, die ihm noch verborgen waren wie jetzt Carisbrooke Castle in Nacht und Nebel. Aber genau das war ja so unheimlich. Das Schloss stand dort oben. Bei normalem Wetter sah man von hier aus den massigen Wehrturm. Jetzt aber konnte Robin nichts erkennen, null, nothing at all. So, dachte er, ist es auch mit den zukünftigen Dingen. Sie sind vielleicht gar nicht zufällig. Sie liegen längst fest und wir gehen total blind darauf zu, weil wir den Nebel und die dunkle Nacht nicht durchdringen können mit unseren Blicken.

Während der beiden vergangenen Tage, in denen Robin

W. Meier einsam in Tante Marys Haus hockte und den Hund Wastl hütete, sehnte er sich nach den lauten Stimmen seiner Geschwister. Er vermisste Gilberts ärgerliches Gesicht, sein ständiges Gemecker und Gebruttle. Sogar Annes Gejammer darüber, dass sich kein Junge in sie verliebte, weil sie angeblich zu hässlich war, was gar nicht stimmte, fehlte ihm. Unglaublich, er hatte das ewige Gezänk und Gelaber doch zum Kotzen über gehabt!

Tante Mary, Mums Schwester, die bisher weder einen deutschen noch einen englischen Mann geheiratet hatte, vermutlich weil sie auch zu hässlich war, was natürlich auch nicht zutraf, arbeitete bis abends in ihrer Apotheke am Marktplatz, und wenn sie nach Hause kam, wurstelte sie meistens noch stundenlang im Haus herum und hatte eigentlich gar keine Zeit für ihren Neffen. Allerdings laberte sie ihn pausenlos mit den neusten Storys aus dem Dorf zu, Robin hörte nur halb hin. Nur einmal spitzte er die Ohren. Tante Mary erzählte von Mrs. Huxley. Robin kannte die alte Dame schon endlos lange. Sie wohnte gegenüber und führte eine kleine Bed-and-Breakfast-Pension. Er kannte auch ihre Pudelhündin Betty, weil sie Wastls beste Freundin war.

»Also was die Leute sich manchmal zusammenphantasieren!« Tante Mary faltete frisch gewaschene Geschirrtücher und legte sie ins Küchenfach. »Erzählt mir doch Mrs. Huxley, dass ihre Betty plötzlich an einer unheilbaren Blutarmut erkrankt sei. Kein Tierarzt wisse, warum und wieso. Das Tier hat praktisch kein Blut mehr in den Adern. Behauptet Mrs. Huxley.« Tante Mary tippte sich an die Schläfe. »Kein Blut! Gibt es doch gar nicht. Und das Tollste, Mrs. Huxley ist davon überzeugt, dass jemand ihre Betty praktisch als lebende Blutkonserve verwendet. Vampirmärchen! Na ja, sie glaubt ja auch, dass ihre Ahnin im Castle oben spukt, nur weil Mr. Morgan alte Dokumente gefunden hat, die belegen, dass die Vorfahren von beiden als Bedienstete zur Zeit des unglücklichen König Charles I. dort gelebt haben. Die sind beide etwas ausgeflippt, denke ich.« Tante Mary schloss den Schrank, zwinkerte Robin zu, füllte die Gießkanne mit Wasser und lief an ihm vorbei ins Wohnzimmer, wo sie die Topfblumen goss. »Du kennst doch den kauzigen Mr. Morgan, der das Museum verwaltet? Er turtelt mit der alten Wachtel herum, als wären sie fünfzehn.« Tante Mary lachte zwar, aber Robin hatte den Eindruck, sie wäre ein wenig eifersüchtig.

Tagsüber, wenn er allein war, fühlte sich Robin in dem kleinen, alten Haus nicht wohl. Oft knackte und knarzte es irgendwo, als schliche jemand auf den winkligen Holztreppen herum. Robin fürchtete sich eigentlich nicht vor Gespenstern. Im Gegenteil, er las gern gruselige Geschichten und liebte Filme, in denen zermatschte Leichen und klappernde Skelette aus dem Morast stiegen, weil er keine Sekunde lang vergaß, dass solche Geschichten nur erfunden waren und Schauspieler oder Plastikfiguren die Toten mimten. Hier, in diesem alten englischen Haus, dessen

Kellergewölbe noch aus dem Mittelalter stammte, waren ganz wirklich Menschen geboren und gestorben.

Vielleicht waren hier in grauen Vorzeiten Morde verübt worden? Man konnte wirklich nicht wissen, ob unter den Mauern nicht Gräber voller Knochen und Totenschädel lagen. Wenn Robin sich so etwas ausmalte, verbannte er es allerdings gleich wieder. Ach, Quatsch, dummes Zeug, sagte er sich.

Es knackte und tappte schon wieder auf der Treppe. Jetzt nicht mehr. Robin horchte. Etwas kratzte an der Tür. Leichenfinger, dachte Robin und schüttelte diesen blöden Gedanken aus seinem Kopf. Draußen fiepte und kratzte es weiter. Wastl! Ich werd noch echt beknackt hier, dachte Robin und öffnete dem Hund, der vor ihm herlief, jaulte und wedelte und seinen leeren Futternapf mit der kurzen Schnauze anschubste.

»Hast du schon wieder Hunger?«

Wastl fiepte.

Auf der Spüle stand die leere Futterdose. Also öffnete Robin die Kellertür. Man konnte direkt von der Küche aus in den Keller gehen. Mit der linken Hand knipste er das Licht an, rechts hielt er immer noch das Glas mit Lemon Juice, er hatte bisher nur einen Schluck getrunken. Wastl fegte ihm zwischen den Beinen durch und hoppelte die enge Stiege hinunter. Jetzt fiepte er nicht mehr. Er bellte, als wolle er eine ganze Horde Einbrecher verjagen.

»Ja, ja, ich komm schon«, knurrte Robin W. und nippte an

seinem Saft, während er abwärts stieg. Gleichmütig, gelassen, wie es Helden in solchen Situationen nun mal sind. Wastl verstummte. Robin fand ihn mit eingezogenem Schwanz vor dem Regal, in dem Tante Mary einige Vorräte verwahrte.

Robin zog, immer noch mit der linken Hand, den Karton mit den Dosen voller Hundefutter ein wenig vor. Da hörte er das Röcheln. Er hörte ganz deutlich, wie es aus der dämmrigen Tiefe des Gewölbes drang, als sauge sich ein zerquetschter Blasebalg voll mit Luft, mühsam und qualvoll. Ungefähr so: »Chchchaaafffüüüü.«

Und dieses Röcheln kam näher und näher. Da schnappte Robin die Dose mit beiden Händen. Klirrend fiel das Glas herunter und sein Shirt wurde klebrig nass vom Saft.

»Los, Wastl!« Robin scheuchte den Hund vor sich her, hetzte die Stiege hoch, knallte die Kellertür zu und verschloss sie von außen mit dem großen, alten Schlüssel, der immer im Schloss steckte, den aber sonst niemand benutzte.

In diesen Keller würde er jedenfalls nicht mehr allein gehen. Und wenn seine Eltern anriefen, würde er sich einen Ruck geben und sie bitten, dass sie ihn ganz bald wieder abholten. Ääää . . . würde er? Am Ende auch noch erzählen, dass in Mums Elternhaus röchelnde Gespenster im Keller säßen? Nein, nein, davon würde er kein Wort sagen. Er doch nicht. Er wusste schließlich, dass es Gespenster in Wirklichkeit gar nicht gab.

Trotzdem musste er erst mal raus hier, Nebel hin oder her. Er würde Wastl füttern und dann mit ihm zur Burg hochlaufen. Genau, das war eine gute Idee. Vielleicht traf er die anderen Hundebesitzer, die ihn immer freundlich grüßten und ein paar Worte mit ihm wechselten. Der nette Mr. Morgan vom Museum oben führte täglich seinen eisgrauen Schnauzer rund ums Castle. Tante Mary spottete über das Tier und nannte es nur »spitz gedackeltes Monster«. Robin mochte den Schnauzer und seinen Besitzer, der mit den Ohren wackeln konnte wie sein Hund.

Die alte Mrs. Huxley von gegenüber ging auch jeden Nachmittag mit ihrer Pudeldame den Rundweg. Vielleicht konnte er sie in ein Gespräch verwickeln. Nach dem, was

Tante Mary neulich erzählt hatte, kannte die alte Dame manches Geheimnis und vielleicht wusste sie den Grund für das schauerliche Röcheln, das Robin eben gehört hatte.

BEGEGNUNG AN DER BURGMAUER

Feuchte Watteluft berührte sein Gesicht, Robin zog die Kapuze seines Anoraks übers Haar und spielte, er sei ein Ritter aus dem Mittelalter, habe sich verirrt und müsse nun gegen Nebelreiter und kreischende Unheilvögel kämpfen. Das war weniger schaurig als das Röcheln im Keller, denn bei einem Phantasiespiel hatte man ja alles selbst in der Hand. Nebelreiter formte er sich aus dem einzigen Radfahrer, der zufällig den Burgberg herunterfuhr. Er stellte sich einfach vor, es wäre eine ganze Truppe von unheimlichen Gestalten. Die schwarzen Dohlen, die in den Mauernischen der Burg hausten, spielten bereitwillig die Rolle von Unheilvögeln, sooft er wollte. Robin W. liebte ausgedachte Spiele, die er allerdings sonst nicht allein spielte. Gilbert und Anne . . . okay, okay, die waren nicht da, weil er, Robin, sie nicht brauchte. Plötzlich aber fiel ihm ein, dass man von Menschen, die Gespenster röcheln hörten, sagte, sie hätten das zweite Gesicht. Besaß er, Robin W. Meier, am Ende diese Gabe? Nein, das erschien ihm unmöglich. Wenn er etwas besaß, dann einen klaren Verstand, der genau trennen konnte zwischen

Phantasie und Wirklichkeit! Hinter Wastl und ihm verschluckte der Nebel die Stadt.

Robin keuchte ein wenig. Wastl hatte ihn in Trab gehalten, den ganzen steilen Burgweg hoch, der unter einem Tunnel aus Jasminsträuchern entlangführte. Jetzt machte er den Hund los, und als der davonfegte, verschlangen ihn die Nebelwände sofort. Carisbrooke Castle lag nur noch wenige hundert Meter vor ihm, aber Robin konnte beim besten Willen nicht die Spur eines Turmes oder einer Mauer erkennen. In welche Richtung war Wastl gelaufen?

»Wastl, hierher!« So laut er auch schrie, es klang, als habe man ihn in eine schalldichte Kabine gezwängt. Der grasbewachsene Weg führte direkt in den Burggraben. Wastl war bestimmt geradeaus gelaufen. Robin ließ die Hundeleine, die er sich ein paar Mal ums Handgelenk gewickelt hatte, kreisen. Er spürte zwar den Luftzug, aber er sah nicht einmal, wie das Ende des Lederbands rotierte. Und dann stolperte er. Stolperte, fiel, wurde aber aufgefangen, ehe er den Boden berührte. Gewaltige Pranken hielten ihn fest im Griff. Es durchkribbelte ihn wie eine Armee aus roten Waldameisen. Was um alles in der Welt war das nun wieder?

»Hello, old boy!«

Der riesenhafte Mensch trug einen nebelfarbenen Overall. Wasserperlen tropften ihm aus den Haaren. Sein breiter Mund mit den gleichmäßigen Zähnen grinste dicht über Robins Nase.

»Mr. Ganter, oh, sorry, entschuldigen Sie bitte!«

Der bärige Mann ließ ihn frei und lachte.

War mal wieder völlig harmlos, Robin W. Meier. Mr. Ganter ist nur einer der Restauratoren, die zur Zeit im Schloss das Kulturerbe Englands renovieren. Er wohnt in Mrs. Huxleys Pension und es ist klar, dass er auch bei Nebel täglich seinen Arbeitsplatz aufsucht. Pah, und mir bleibt vor Schreck das Herz stehen, weil ich ständig Gespenster röcheln höre! Mach nur so weiter, Robin W.! Du bist auf dem besten Weg, deinen klaren Verstand zu verlieren!

Von Wastl immer noch keine Spur, auch kein Ton. Es kam ihm überhaupt niemand mehr entgegen. Umkehren? Okay, vermutlich war Wastl direkt an der Burgmauer entlanggelaufen. Schließlich pinkelte er mit Vorliebe gegen jede Mauer. Robin joggte unter der Brücke durch und setzte Fuß vor Fuß auf den steinigen Abhang, der zur Mauer hochführte. Es ging steil bergan und eigentlich war nicht erlaubt hier zu klettern. Schilder warnten vor dem spitzen Gestein, das unterm Gras vorstand und einen stolpern ließ. Jetzt konnte er natürlich kein Schild erkennen, aber er hatte oft genug die Warnungen gelesen.

Etwas klatschte ihm um die Ohren. Nass. Klebte auf Mund und Nase, erstickte ihn fast. Robin zerrte daran. Dachte flüchtig, dass sich die britische Nationalflagge von ihrer Fahnenstange gelöst hätte, da ließ es ihn los und huschte mit riesigen Schwingen vor ihm her.

Ein Vogel? Zu groß für einen Vogel. Ein fliegender

Mensch? Ein Drachenflieger mit pechschwarzen Flügeln, von denen Totenköpfe grinsten? Robin wischte sich mit den Händen über die Augen. Sah, wie das Ding gegen die Mauer prallte. Und nicht schrie. Nichts, keinen Laut gab es von sich. Taumelte nur langsam abwärts wie eine gewaltige schwarze Flagge. Robin W. Meier riss die Augen auf, starrte hilflos und fasziniert auf die Erscheinung. Nie zuvor hatte er ein solches Wesen gesehen. Halb Mensch, halb Urweltvogel, Monster, Phantom. Er konnte es nicht beschreiben.

Und dieses ungeheuerliche Etwas torkelte auf ihn zu. Es hatte ihn entdeckt. Es würde ihn umbringen!

Entsetzt hielt er sich den Arm über die Augen, stolperte rückwärts, glitt aus, rutschte ab, schürfte sich an den spitzen Felsstücken Knie und Handgelenke auf, fluchte, schluckte Tränen und Schmerz hinunter, ehe ihn der Stamm eines Ahornbaums abfing. Mühsam richtete er sich auf, spuckte in die blutverschmierten, erdigen Hände, umklammerte mit den Armen den Stamm und spähte durch die feuchte Watteluft zur Mauer hin.

In dieser Sekunde riss der Himmel auf. Ein Sonnenstrahl beleuchtete grell die Mauer. Das Wesen kreischte und verkroch sich unter seine Flügel. Die Sonne verschwand hinter einer Nebelschwade. An die Mauer gepresst, hockte es. Schwarz und zerfleddert, unbeweglich. Doch kein Wesen? Doch nur eine zerknüllte schwarze Fahne? Robin zog sich auf allen vieren den Abhang wieder hoch.

Näher – noch näher. Jetzt reckte sich ein weißer Hals dürr wie ein Knochen aus dem schwarzen Umhang. Unter einem Wust aus Haaren tauchte ein bleiches Gesicht auf. Unheimliche Augen fingen sekundenlang Robins Blick ein. Dann riss das Wesen den Mund auf, beugte sich über ein Stück Fell, das es im Schoß hielt, und – Robin wischte sich kalten Schweiß aus den Augenhöhlen – das Fell jaulte gequält auf. Das war – das durfte nicht sein, und dennoch, kein Zweifel –, das Phantom hatte Wastl in den Klauen. Robin überlegte keine Sekunde. Er stürzte hinter dem Baumstamm vor und auf diesen gemeinen, zerzausten Hundequäler zu.

»Stop that, let him go!«, schrie er. »Lass meinen Hund frei! Wastl, Wastl, beiß ihn, kratz ihn, komm her!«

Aber Wastl lag reglos auf den Knien des Fremden. Der hob langsam den Kopf. Aus seinen Mundwinkeln tröpfelte es rot. Wieder traf dieser starre, kalte Blick Robin, der mit zerschürften Händen und wunden Knien bergauf hinkte, so schnell es ging. Er war jetzt so zornig, dass er keine Angst spürte.

»Ich tu ihm ja nichts, okay? Nur ein bisschen. Ein kleines bisschen hat noch keinem geschadet, okay?«

Was sollte das?

Robin war nahe genug. Er sah es ganz deutlich. Kein Phantom. Ein Grufti kauerte dort oben und hielt Tante Marys Hund fest. Es war kein Gespenst. Was immer er zuvor auch gesehen hatte, er musste sich getäuscht haben. Hier hockte wirklich nur ein blasser, zotteliger Jugendlicher, schätzungsweise so alt wie Robins Bruder Gilbert, einer, der zerfetzte schwarze Klamotten trug, wie es Gruftis eben tun.

Aber was machte er mit Wastl? Streicheln? Bisschen lieb haben? Bisschen hypnotisieren?

War der Typ eigentlich ganz dicht?

Seine Augen schimmerten krank und gefährlich. Die nahmen ja manchmal Drogen, das wusste Robin von Gilbert. Der Grufti starrte ihn unentwegt mit seinem hypnotischen Lavablick an und Robin wünschte, er hätte sein Überlebensmesser eingesteckt. Wie sollte er ihm sonst den armen Wastl entreißen?

Der gab nicht freiwillig auf, der ließ Wastl nicht laufen. Dieser gemeine Grufti beugte sich noch einmal über ihn und Robin sah, wie er den Hund in den Hals biss. Noch dazu mit besonders langen Zähnen. Aber warum jaulte Wastl nicht, bellte, wehrte sich?

Dreh ich durch oder was?, dachte Robin. Bin ich blind und der schmust tatsächlich nur ein bisschen mit ihm? Vorhin hab ich ja auch einen Drachenflieger gesehen und in Wirklichkeit ist es nur ein Grufti, der an der Mauer herumgehopst ist wie blöd. Der Nebel macht mich total verrückt. Also, ganz langsam: Vielleicht kennen sie sich. Kann ja sein, denn Tante Mary geht ja sonst auch täglich mit Wastl hier oben entlang.

Sosehr er sich auch selbst beruhigen wollte, es graute Robin, weil er Dinge sah und spürte, die er sich nicht erklären konnte. Es machte ihn total unsicher. Je näher er kam, desto mehr verschwammen Hund und Grufti vor seinen Augen zu einer einzigen dunklen Masse.

Es half nichts, er musste den Grufti ansprechen. Nur so würde sich das Unheimliche bannen lassen. Robin W. Meier, der Held dieses Romans, schöpfte Atem und Mut, denn genau das tun Helden, wenn es besonders brenzlig wird. Sie blähen den Brustkorb auf und bekämpfen so das Flimmern der Magenschleimhaut.

»Wohnst du im Castle?« Robins Stimme tönte laut, seine Frage kam ihm allerdings sofort ein wenig dümmlich vor. Er hätte besser nach dem Namen gefragt. Zwielichtige Gestalten fragt ein Held am besten nach dem Namen. Entweder sie sagen ihn oder sie verschwinden auf der Stelle. Anscheinend war Robin doch nicht besonders heldenhaft.

Der Grufti hob sein Gesicht.

»Das kann man wohl sagen, ich hause in diesen Mauern!«, verzog er schauerlich den Mund. »Genau hier, mein junger Freund, du hast es erfasst!« Der Grufti lachte, es klang wie das Rasseln von Ketten. Es war genau jenes Geräusch, das Robin im Keller gehört hatte. »Genauer gesagt, wir drei hausen hier.«

(Diesen Satz hätte sich ein Romanheld sofort gemerkt und er hätte seine Schlüsse daraus gezogen. Robin aber erinnerte sich erst viel später daran!)

Panik erfasste ihn. Aber er bezwang sich.

Durchhalten!, befahl er sich selbst. Noch zwei Schritte, ein kleiner Sprung und du schnappst dir den Hund.

Eine Wand aus Dunst trieb vorüber. Wind kam auf. Robin fuhr sich benommen mit dem Handrücken über Augen und Stirn. Er riss die Lider weit auf. Unmöglich! Nicht zu fassen! Da – da lag ja nur Wastl vor dem alten Tor, das vor Jahrhunderten in diese Mauer eingelassen worden war. Wastl drückte die Schnauze ins feuchte Gras, klopfte matt mit dem Schwanz und blinzelte mit treuen Hundeaugen zu Robin auf. Nie hatte Robin das Tor geöffnet gesehen. Auch jetzt war es mit einem eisernen Gitter und mit Riegeln gesichert. Da konnte kein Mensch durchschlüpfen. Wo auch? Wie denn? Aber der Grufti war trotzdem spurlos verschwunden. Hatte ihn der Erdboden verschluckt? Oder die Mauer? Oder vermischten sich bei Robin Phantasiespiel und Wirklichkeit?

Neben dem verschlossenen Tor an der Mauer aber lag Wastl ganz wirklich und echt.

»He, Wastl«, rief Robin, »ja, komm her!« Der Hund stellte sich wackelig auf die Beine. Er fiepte kläglich.

In diesem Augenblick fegte der Seewind die restlichen Wolken vom Himmel. Auf dem Burgweg unten bellte ein Hund und dann sprang die weiße Pudeldame von Mrs. Huxley auf Wastl zu. Der wedelte matt mit dem Schwanz.

Betty stupste und umtänzelte ihren alten Freund.

Und nun jaulte Wastl jammervoll, als klage er ihr sein Leid.

Weiter unten, auf dem Pfad, der um die grasbewachsenen Burggräben führte, tauchte Mrs. Huxley auf. »Hallo, Robin! Seid ihr wieder mal zu Besuch?«

»Nur ich allein«, rief Robin und streichelte Wastl. Er wäre am liebsten auf Mrs. Huxley losgestürmt, hätte sie gern gefragt, ob der Grufti auch ihr schon mal begegnet sei. Vielleicht konnte sie ihm erklären, wodurch ein gewöhnlicher Jugendlicher sich in Luft auflöste, aber er traute sich nicht. Denn eben tauchte Mr. Morgan mit seinem spitz gedackelten Monster aus der Gegenrichtung auf, winkte ihm und begrüßte Mrs. Huxley.

»Gib gut auf deinen Hund Acht, der Nebel ist gefährlich! Also, bis dann!«

Mrs. Huxley pfiff kurz durch die Finger. Da fegte Betty von Pudel hinter ihrem Frauchen her, dass ihre Ohren wie weiße Taschentücher wehten, und verschwand um die Mauerbiegung. Vom klaren und sehr blauen Frühlingshimmel schien die Sonne. Gut, dass mich Mrs. Huxley in die Wirklichkeit zurückgeholt hat. Meine Phantasie geht einfach mit mir durch, sagte sich Robin. Kommt sicher vom Alleinsein. Jeder Mensch wird schrullig, wenn er tagelang keinen hat, mit dem er reden kann. Man weiß das ja von alten Leuten, die allein leben. Na ja, so richtig alt bin ich zwar nicht und ich rede ja wenigstens abends mit meiner Tante und außerdem telefoniere ich mindestens einmal am Tag mit Papa, Mum oder den Geschwistern.

Trotzdem. Mach dir mal klar, was bisher abgelaufen ist, Robin. A) Geräusche im Keller. B) Unheimliches Wesen plus Grufti an der Mauer. Unerklärlich, dass Grufti mit mir spricht und dann verschwindet, als wäre er nie da gewesen. C) Eine Berührung von nassen Flügeln gespürt. Nein. Das müsste ich unter A) notieren. Und was macht der Jugendliche in den Gruftiklamotten mit Wastl? Ihn streicheln? Hab ich denn gesehen, dass er ihn beißt, oder hab ich es nicht gesehen? Wenn mir das jemand erzählte, ich würde ihm kein Wort glauben. Robin bückte sich, um Wastls Leine am Halsband zu befestigen. Doch das Halsband war weg. Hatte der Grufti es mit seinen Zähnen abgebissen und geklaut, als er sich über Wastl beugte?

Robin würde es bei einem der nächsten Spaziergänge im Burggraben wieder finden, aber weil man ja nichts über zukünftige Ereignisse weiß, wusste er das jetzt natürlich noch nicht. Ich weiß zwar jetzt etwas mehr, als Robin damals wusste, aber noch immer sind mir die Zusammenhänge nicht völlig klar. Wären sie es doch! Ich könnte endlich aufatmen und mich schlafen legen!

Da Wastl sich nicht zum Laufen verlocken ließ, hob der Romanheld Robin W. Wastl hoch und trug das kleine, schwarz gelockte Hündchen nach Hause. Der frische Wind roch salzig und bitter nach dem Meer, das die Insel umgab. Er fuhr Robin durchs Haar und blies ihm alle finsteren Gedanken aus dem Kopf.

OB EIN BISSCHEN WOHL SCHADET?

Seine Tante bremste gerade den Mini mit quietschenden Reifen, als Robin durch das Gartentor schlich. Rasch setzte er Wastl auf die Türschwelle.

Er hatte Glück, der Hund blieb sitzen und jaulte nur leise die Haustür an. Robin schloss auf, während Tante Mary in die enge Garage holperte.

Etwas wacklig tappte Wastl in die Küche, stürzte sich dann aber auf seine Wasserschale und schlabberte sie blitzschnell leer. Robin füllte unterdessen den Fressnapf und auch über den machte Wastl sich her, als habe er jahrelang nichts mehr zu futtern bekommen.

»Na, ihr zwei, alles in Ordnung?«, fragte Tante Mary im winzigen Flur hinter Robin und schloss die Haustür. Sie fragte natürlich auf Englisch. Kein Problem für Robin. Seine Eltern legten Wert darauf, dass die Kinder zweisprachig aufwuchsen.

Robin zögerte. Sollte er von seiner und Wastls seltsamen Begegnung an der Burgmauer erzählen?

Er war ja schon gar nicht mehr sicher, dass es diesen Grufti tatsächlich gab. Und jetzt, wo der Hund sich satt

gefressen hatte, schien er wieder völlig normal. Nur das mit dem Halsband musste er erzählen. Sagen, er habe keine Ahnung, wie Wastl es abgestreift haben mochte.

Tante Mary, die sich eine Tasse Tee aufbrühte und an einem Tea Cake mit Rosinen herumknabberte, zuckte auch nur die Schultern. »Vielleicht hat es sich gelockert. Ich hab noch ein altes in Reserve. Das nehmen wir vorerst. Du kannst ja morgen rund ums Castle suchen. Wenn wir es nicht finden, muss ich eben ein neues besorgen.«

Robin belegte sich einen Toast mit Käse und trank Lemon Juice dazu. Zusammen mit Tante Mary guckte er sich den alten Schwarz-Weiß-Film über Doktor Frankenstein im Fernsehen an, der aus Leichenteilen ein menschliches Monster zusammengebastelt hatte und es während eines Gewitters zum Leben erweckte, indem er mit einem komplizierten Gerät Blitze in die schauerliche Kreatur lenkte.

Beide lachten gemeinsam über Frankenstein, sein dummes Monster und den unheimlichen Keller, in dem sich alles abspielte. Robin fühlte sich gut, denn was da vor seinen Augen flimmerte, war eindeutig erfunden.

Wastl trank noch zweimal seinen Wassernapf leer, war aber sonst ganz munter.

Kurz nach neun Uhr abends rief seine Mum an. Robin sagte nicht, dass er sich einsam fühlte. Er behauptete, es ginge ihm gut und alles wäre okay. Umso mehr (und umso heimlicher) freute er sich, dass Mum mit Anne schon übermorgen eintreffen wollte. Nein, nein, nicht um Robin abzuholen, sie habe die Einladung zu einem Treffen mit ehemaligen Mitschülerinnen in Newport bekommen und Anne langweile sich, darum kämen sie.

»Wenn ihr unbedingt wollt, von mir aus«, sagte Robin so cool wie möglich. Aber er freute sich natürlich mächtig.

Im Bett las er noch ein wenig. Im verstaubten Bücherregal hatte er einen Band mit verdammt starken Gruselgeschichten gefunden. Eigentlich las er ja lieber Bücher, in denen supergute Helden harte Kämpfe mit Speer und

Schwert austrugen, und er mochte es, wenn reichlich Blut floss. Die Schmerzen der erfundenen Figuren taten keinem weh und man konnte die spannende Handlung genießen. Mit gruseligen Geschichten erging es ihm wie mit dem Film vorhin. Es war, als tobe seine Phantasie auf einem schön genau begrenzten Spielplatz herum. Und falls die inneren Bilder doch zu heftig werden sollten, konnte er jederzeit das Buch schließen und den Spielplatz verlassen.

Er war jetzt bei der »Scheune der Toten« angekommen, einer Geschichte von Eric Ambrose. Robin las, bis die Blümchen auf der Tapete vor seinen Augen tanzten und die Buchstaben sich in einen Mückenschwarm verwandelten.

Er wachte auf, weil das Buch mit einem lauten Knall zu Boden fiel. Die Leselampe brannte noch. Robin knipste sie aus. Durch die blanke Fensterscheibe warf nur noch die Straßenlaterne ihren blassen Schein. Robin schob das Federbett beiseite, tapste barfuß zum Fenster, um die Vorhänge zu schließen. Und prallte zurück. Im Dunkel, dicht an die Scheibe, presste sich ein Gesicht. Weiß wie der Tod, den Mund weit geöffnet, das hässliche Gebiss mit den spitzen Hauern gebleckt, starrte es Robin aus glubschigen Augen an, die fast herausquollen. Er kannte es. Alles erkannte er wieder. Draußen stand der Grufti von der Burgmauer!

Stand? Worauf um alles in der Welt stand er? Das Zim-

mer lag im oberen Stockwerk. Einen Körper sah Robin nicht. Hing das Gesicht in der Luft? Und was formte dieser grauenvolle Mund für Worte ohne Ton?

»Nur ein kleines Bisschen.« Plötzlich schwangen sich riesige Fledermausflügel hinter dem Kopf aus der Dunkelheit hervor. Das Gesicht des Gruftis gehörte zu keinem menschlichen Körper. Fledermausohren wuchsen langsam aus seinem Kopf. Und der saß halslos auf einem ovalen Tierkörper, fellbedeckt mit kurzen Beinchen und Fledermauskrallen, die am Fensterrahmen kratzten.

»Lass mich herein! Ich tu dir nichts!«, formulierten die blaubeerfarbenen Lippen und die Eckzähne stachen bei jedem Wort aus dem Mund und schlugen klirrend gegen das

Fensterglas. Frankensteins Monster war ein Kuscheltier gegen dieses Wesen da draußen. »Will nur erzählen. Mein Schicksal berichten!« Die Stimme des grauenhaften Wesens dort draußen drang bis ins Zimmer. Sein Englisch klang altertümlich.

Robin riss die Übergardinen vor die Fensterscheibe und floh unter die Bettdecke.

Er wollte ruhig sein. Aber er zitterte, dass sogar seine Zehen wackelten. Klar denken, wie er es so gerne tat, konnte er nicht.

Ob er jemals in dieser Nacht eingeschlafen war? Ihm schien, als habe er, zitternd und bebend, endlose Stunden lang wach gelegen, bis es endlich Tag wurde. Denn er tauchte erst aus seinem Zustand auf, als Tante Mary ihm übers Haar strich und eine Tasse Tee mit Milch und Kandis auf den Nachttisch stellte. Also war er doch wenigstens für ein paar Minuten eingenickt.

Die Sonne schien durchs Fenster. Hab ich den Spuk von heute Nacht geträumt?, dachte Robin. Also doch geschlafen? Wenn ich nur wüsste, was mit mir los ist! Hat mich ein gespenstisches Vampirwesen besucht? Hab ich nur davon geträumt? Bisher hab ich nie an so was geglaubt. Und jetzt? Ach was, weg damit! Es ist Tag und Vampirgespenster gibt es nicht!

Unten in der Küche begrüßte ihn Wastl, bellte und wedelte, als wäre er nie wie leblos in den Armen eines zerfledderten Gruftis gelegen. Na also!

Während Tante Mary sich verabschiedete und Robin am Küchentisch Porridge, Toast, Ham and Eggs verspeiste, dachte er über diesen komischen Typen nach, dem er am Vortag an der Mauer begegnet war. Grufti oder Punk? Eher ein Grufti, obwohl gerade Punks Tiere besonders gern mochten. Ein Freund von Gilbert war Punk. Er trug ausschließlich schwarze zerschlissene Klamotten. Allerdings hatte er seine Haare über den Schläfen rasiert und den Rest dachziegelrot gefärbt. Der Grufti an der Mauer war schwarzhaarig und sein Gesicht viel bleicher als das von Gilberts Freund, der nie blass aussah. Na ja, manche Gruftis färbten sich die Gesichter clownweiß und die Augenlider grün. Der Unterschied zwischen Gruftis und Punks war Robin nicht so ganz klar. Eigentlich egal. Der an der Burgmauer schien eine besondere Mischung zu sein. Im Grunde, dachte Robin, ist es nur wichtig, dass er REAL ist und von dieser Welt stammt. Und Robin kaute ein Stück Frühstücksspeck, biss in den Toast, dass es krachte, und fand, dass die Wirklichkeit einfach wunderbar schmeckte! Endlich konnte er wieder glasklar denken.

Gilberts Punkfreund, zum Beispiel, trug immer seine weiße Ratte mit sich herum. Wenn er die streichelte, hielt sie still, als sei sie hypnotisiert. War es genau das? Hatte der Grufti den Wastl hypnotisiert? Mich hat er auch so hypnotisierend angestarrt, sagte sich Robin. Guter Gedanke, ein Punkt dafür, dass ein lebendiger, leicht verrückter

Grufti seinen Spaß mit uns treibt. Das Phantom vor dem Fenster, dieses unheimliche und spukige Gesicht von heute Nacht, wäre dann eben so eine Art Fernhypnose. Ich muss Tante Mary fragen, ob es so etwas überhaupt gibt. Aber wie erkläre ich mir das nasse Tuch, das mich gestern berührt hat, feucht und warm wie die Haut von Fledermausschwingen. Können sich Dinge so wirklich anfühlen, wenn man hypnotisiert ist? Robin wusste es nicht.

Er stellte das Geschirr in die Spülmaschine, schaute auf die Uhr. Erst halb neun Uhr früh. Furchtbar! Ein endloser, sonniger und vollkommen leerer Tag lag vor ihm. Womit konnte er ihn nur füllen? Zu Hause hätten an einem solchen Tag längst seine Freunde angerufen, um sich mit ihm zu verabreden. Zwar wussten sie dann auch oft nicht, was genau sie miteinander unternehmen sollten, aber immerhin konnten sie sich gegenseitig blödes Zeug erzählen oder sich gemeinsam langweilen. Es machte Robin auch Spaß seine Geschwister zu belauschen, wenn ihm nichts Besseres einfiel.

Am liebsten wäre er schon so erwachsen gewesen wie Gilbert. Den riefen andauernd Mädchen an und sie besuchten ihn auch. Gilbert schloss sich mit ihnen in seinem Zimmer ein. Aber gerade dann wurde es spannend. Robin und seine Freunde drückten die Ohren an die Tür und spinxten durch das Schlüsselloch.

Für Anne riefen zwar kaum Jungs an, dafür laberte sie am Telefon endlos mit ihren Freundinnen über Liebe und Sex herum. Sie wünschte sich sehnlichst einen Freund, mit dem sie all das ausprobieren konnte, was einem in den Heftchen, die sie gerne las, beigebracht wurde. Robin klaute diese Hefte manchmal und blätterte mit seinen Freunden darin herum. Dann machten sie derbe Witze oder schrieben schwülstige Briefe an die Adressen der Mädchen, die sich Brieffreunde wünschten.

Anne war vierzehn Jahre alt und angeblich hatten alle ihre Freundinnen längst feste Freunde, nur in sie verliebte sich keiner der Jungs, die ihr gefielen.

Zu Hause konnte Robin das alles beobachten, aber hier, auf der Isle of Wight, durch Meer und Land von Freunden und Geschwistern getrennt, hatte er nur sich selbst. Er streckte seinem Spiegelbild die Zunge heraus und zog die weiche Haut unter den Augen lang, bis man das Rote der feinen Adern sah. Okay, sagte er sich, hier verschrumple ich ja doch nur. Lieber raus, solange die Sonne scheint. Vielleicht triffst du ja den Grufti wieder. Könnte durchaus sein, dass er in der Sonne an der Burgmauer hockt und seine leichenblasse Haut bräunt. Dann kannst du ihn fragen, wie er es anstellt, dass er nachts als halbe Fledermaus bei anderen Leuten vor dem Fenster herumhängt.

Und Robin W. Meier, der Held dieser Geschichte, grinste in den Spiegel und fand sich selbst oberblöd.

So ging ihm das immer mit sich selbst. Mal so, mal so.

Mal gute Gedanken, mal null Bock auf nichts.

Wastl zerrte ihn den Berg hoch wie immer. Eigentlich lockte es Robin nicht besonders, schon wieder den Hunde-Rundweg ums Castle zu gehen, aber er musste ja nach dem Halsband suchen. Er fand es auch. Es lag im Burggraben, als habe es jemand vom Turm aus heruntergeworfen. Da es vollständig trocken war, konnte es kaum die Nacht über hier gelegen haben, denn nachts fiel jede Menge Tau. Robin schaute zum Turm hoch. Die Fensterluken waren von innen mit Plastikplanen verhängt. Im Castle wurde überall renoviert. In einer der Planen aber entdeckte Robin ein beträchtliches Loch. Ein großer Vogel konnte dort leicht ein und aus fliegen. Erst recht ein Phantom wie das Gruftigesicht mit dem Fledermauskörper. Und der Grufti hatte ja gesagt, er wohne im Castle. Wenn es eben doch ein Wesen aus dem Jenseits war, das seine Gestalt verändern konnte?

Ja, ja, Robin, spinn du nur herum, sagte er sich. Du bist hier nicht in der »Scheune der Toten«. Im Castle haben sie zwar vor langer Zeit einen König gefangen gehalten, aber geköpft hat man ihn in London. Nicht einmal sein abgehackter Kopf kann hier herumspuken und nachts Gespräche mit dir führen.

Das Burgtor hinter der Brücke stand offen. Erste Touristenfamilien parkten ihre Wagen auf dem großen Platz und liefen bunt und vergnügt zum Büro, wo sie Eintrittskarten kauften. Wenig später erschienen sie auf den Burgmauern und verscheuchten mit ihrem Gelächter und Geschrei die Dohlen, die in den Mauernischen Rast machten.

Der Seewind blies heftig wie fast immer und bald würde er wieder dicke Schwaden aus Nebel, Dunst und Wolken hertreiben.

Wastl zerrte an der Leine, Robin hätte ihn lieber nicht losgemacht, tat es aber schließlich doch. Der Hund sauste los wie eine Kanonenkugel, die man eben abgefeuert hat. Robin joggte hinterher. Er war schnell, aber Wastl konnte er nicht einholen. Er sah gerade noch, wie er mit wehenden Ohren und zottligem Schwanz in der Burgmauer verschwand.

In der Burgmauer? Robin hätte sich an die Stirn gefasst, wenn er Zeit dafür gehabt hätte. Hatte er aber nicht. Er rannte wie verrückt. Erreichte das kleine Tor in der Mauer. Hielt keuchend davor an.

Das Gitter schwang noch leicht. Das Tor war nicht verriegelt. Es war immer verriegelt gewesen! Nie hatte es offen gestanden. Trotzdem gab es nur diese eine Möglichkeit. Wastl war hier durchgelaufen. Robin schob vorsichtig den Torflügel auf und trat in einen schmalen Gang, der auf eine Hauswand aus denselben groben, alten Steinen zuführte, aus denen auch die Wehrmauern bestanden. Robin hatte die Burg schon mehr als einmal besichtigt, an dieser Stelle jedoch war er nie gewesen. Von Wastl fehlte jede Spur. Leider besaß Robin keine feine Hundenase, um Wastl damit aufzuspüren. Umgekehrt hätten sie einander leichter wieder gefunden.

Mulmig fühlte sich Robin schon, als er jetzt eine sehr niedrige Hintertür des Gebäudes öffnete, sich unter dem Türsturz durchbückte und eine Stiege betrat, die sehr steil nach oben führte. Es roch nach dem alten Gemäuer, nach Motten- und Holzschutzmitteln. Plötzlich stand er vor dem Bild mit der toten Princess Elizabeth.

Jetzt begriff Robin. Er war durch einen Hintereingang ins obere Stockwerk des Museums geraten. Außer ihm schien niemand hier zu sein. Dieses Bild und das andere, das die drei Kinder des unglücklichen Charles I. zeigte, hatten Gilbert, Anne und Robin immer schon fasziniert. Als sie noch kleiner waren, hatte Anne behauptet, Gilbert sähe aus wie der älteste Sohn des ermordeten Königs, und Gilbert hatte halb im Spaß gedroht: »Dann bist du aber die Princess Elizabeth. Pass nur auf, wenn du vierzehn bist, stirbst du an Gift wie sie.«

Robin erinnerte sich genau an diese Szene, denn Mum hatte ärgerlich in den Streit eingegriffen. »Red keinen solchen Unsinn, Gilbert. Anne hat mit der Prinzessin überhaupt keine Ähnlichkeit. Und außerdem ist die nicht vergiftet worden, sondern an einer Lungenentzündung gestorben.«

Jetzt war Anne genauso alt wie die tote Prinzessin auf dem Bild, vor dem Robin nun wieder einmal stand, und er sah plötzlich die Ähnlichkeit zwischen beiden. Ihn packte eine merkwürdige Stimmung. Mit einem Mal war er so traurig, als läge da wirklich seine Schwester. Er fühlte sich wie der jüngste Prinz auf dem anderen Bild. Genauso hatte der vor dreihundert Jahren am Totenbett seiner Schwester gestanden und gegen die Tränen angekämpft. Als ob ich alles damals schon mal erlebt hätte, dachte Robin. Und wir alle drei würden wiederkommen, um eine alte Geschichte zu beenden. Aber ich brauche die anderen dazu. Und ich brauche Morgan, meinen alten Freund, der mich beschützt.

»Morgan!« Der raue Ton seiner eigenen Stimme riss Robin aus der eigenartigen Stimmung. Was hab ich da gerufen?, dachte er. Wieso denn Morgan? Der alte Mr. Morgan, von dem Tante Mary behauptet, er sei in Mrs. Huxley verliebt, hat nun wirklich nichts mit alldem hier zu tun. Er hält sich immer im unteren Teil des Museums auf und kontrolliert die Eintrittskarten.

Trotzdem hätte Robin ihn jetzt gern neben sich gehabt. Er mochte den Verwalter des Museums, und obwohl sie noch nie viele Worte gewechselt hatten, waren sie einander vertraut.

Robins Augen hatten sich an die dämmrige Stille des Raums gewöhnt. Als wäre es real, stand das gemalte Totenbett der Princess vor ihm. Jede Falte der Bettdecke, jede Rüsche der dicken Kopfkissen sah echt aus. Sie lag da, als schliefe sie. Die Augen geschlossen, den Mund ein klein wenig geöffnet, langes Haar floss wie in Wellen über ihr Rüschenhemd. Robin schauerte. Anne sah genauso aus, wenn sie schlief. Nur dass sie kein solches Rüschenhemd

trug und natürlich nicht tot war, sondern aus dem leicht offenen Mund atmete, weil sie ja nur so entspannt dalag. Diese Tatsache murmelte Robin vor sich hin. Denn erst jetzt war ihm der fast moderne Stirnpony der Princess Elizabeth aufgefallen. Seit ein paar Wochen trug Anne ihr Haar genauso geschnitten. Und dann der Hund! Große Güte des Himmels! Wie konnte Wastl in dieses Bild hineingeraten?

Am Fußende des verstorbenen Mädchens saß er und schaute die Tote traurig an. Gilberts seltsame Drohung tönte Robin in den Ohren, als habe sein Bruder damals keinen dummen Scherz gemacht, sondern wie ein Hellseher in die Zukunft geschaut. Was geschah nur mit ihnen?

Würden sich schlimme Dinge ereignen, wenn Anne diesmal hierher kam?

»Wastl«, flüsterte Robin, »sei bitte wieder lebendig. Wastl, Wastl, komm aus dem Bild heraus!« Und dabei fragte er sich, ob er noch alle Tassen im Schrank und alle Schrauben im Hirn hatte. Wie konnte er nur ein gemaltes Bild für echt und einen Hund darauf für lebendig halten!

In diesem Augenblick fiepte Wastl.

Aber – aber der Fiepton kam nicht aus dem Bild. Wastl fiepte hinter Robin.

Er drehte sich um und erstarrte.

In der dunkelsten Ecke des kleinen Raumes kauerte der Grufti von gestern Abend. Schwarz, zerzaust, zerlumpt, sein Gesicht schimmerte blass wie weißer Marmor. Die Augen in den tiefen Höhlen glitzerten gefährlich.

Auf den Knien hielt er Wastl und streichelte sein lockiges Fell mit langen schneeweißen Fingern, deren Nägel pechschwarz funkelten.

HEISST DIE RETTUNG SINA?

Robins Knie verwandelten sich in zwei wabbelige Plumpuddings. Er ließ sich auf den Boden gleiten.

»Findest du sie auch so wunderschön?« Die Stimme des Punks klang grabesdunkel.

»We. . . we. . . wen?«

Robins Atem stockte.

»Elizabeth.« Der Grufti seufzte. Sein Atem ging rasselnd, als ziehe jemand einen Eimer an rostiger Kette aus einem abgrundtiefen Brunnen oder als würge ihm etwas die Kehle ab. Robin schaute kurz hin, wandte aber den Blick gleich wieder ab. Diese stechenden Augen ertrug er nicht. Flüchtig sah er, wie der Typ Wastl auf den Boden setzte. Der Hund torkelte zu Robin hin. Er schien genauso erschöpft wie gestern.

Robin nahm ihn auf den Schoß, wollte aufstehen und schleunigst auf demselben Weg verschwinden, den er gekommen war, aber in diesem Augenblick tönten Schritte und Stimmen die Treppe herauf.

Hastig guckte Robin sich um. Wohin hätte er flüchten können? Nirgendwohin. Es war zu spät.

»Hierher!« Die grabesdunkle Stimme klang wie ein Befehl und eine Hand, kalt wie die einer Leiche, krallte Robins Handgelenk, zog ihn samt Wastl in die finsterste Ecke des Raumes. Der Grufti legte sein schwarzes Cape um Robins Kopf und Schultern. Modrig roch es und nach dem ersten Schrecken wühlte Robin wenigstens Augen und Nase frei.

Schon polterten sie über die gewachsten Dielenbretter, die unter ihren Tritten ächzten: Ein Mädchen, etwa so alt wie Robin, in Jeans und Sweatshirt wurde überholt von einem kleinen Jungen mit blonden Ringellocken. Der lief geradewegs auf das Bild der Princess zu. »Guck mal, Sina, die schläft!« Er zeigte mit dem Finger auf das Gemälde.

»Nee, die ist tot. Das siehst du doch«, sagte Sina und warf ihren blonden Pferdeschwanz im Nacken hoch. »Der Vogel im Käfig ist doch weg. Papa hat es uns aus dem Führer vorgelesen, aber du hörst ja nie zu, Bipi.«

»Zur Hölle mit Bipi!«, zischte der Grufti neben Robin und holte rasselnd Luft, als sei er am Ersticken. Die Kinder störten ihn, so viel begriff Robin, auch wenn er in diesen Sekunden nicht sehr klar denken konnte. Sina guckte sich um. Eine Sekunde lang fürchtete Robin, das Mädchen könnte sie entdecken, oder hoffte er es? Diese Sina sah so normal und lebendig und nett aus, dass er am liebsten zu ihr hinübergelaufen wäre. Aber die harte und leichenkalte Pranke fesselte eisern sein Handgelenk und drückte, als wolle sie ihm die Adern abklemmen.

Robin zuckte zusammen und Wastl in seinem Schoß knurrte erschrocken.

»Der Hund auf dem Bild kann aber echt knurren, Sina!«, rief Bipi.

Sina tippte sich nur an die Stirn. »Du hörst Gespenster, Kleiner!«

Ein Mann im losen Karohemd mit wildem Gelock auf dem Kopf und am Kinn trampelte herein, hinter ihm eine Frau mit langem rotem Haarzopf und buntem Schlabberrock. »Mami, der Hund auf dem Bild hat geknurrt!«, rief Bipi laut und fröhlich. Robin lachte. Es war nur ein einziger geprusteter Lacher. Er fuhr ihm heraus, wie einem manchmal ein Furz entfährt. Die ganze Anspannung und Angst löste sich in diesem Lacher auf.

Und dann geschah alles beinahe gleichzeitig. Die Familie guckte sich verwirrt um. Robin aber spürte, wie sein Arm hochgerissen und umgedreht wurde, und er fühlte einen stechenden Schmerz innen, unterhalb des Handgelenks, wo die Schlagader pulsiert. Er schrie auf. Wastl kullerte von seinem Schoß und bellte. Die Mutter stürzte sofort hilfsbereit in die finstere Ecke, der Vater rief: »Ruhig, so bleibt doch ruhig, ich bin doch auch ganz ruhig!« Was natürlich unsinnig war.

Bipi kreischte: »Der Hund ist lebendig geworden, Mami, Papi, krieg ich den Hund? Ich will ihn haben.«

Nur Sina grinste spöttisch, guckte Robin in die Augen und schüttelte den Kopf, als sei sie eine Gouvernante und er, Robin, ein ungezogenes Kind, das sich nicht benehmen könne.

Robin nutzte die Schrecksekunde. Er schnappte den lahmen Wastl, schob die hilfreiche, fremde Mutter beiseite und entwischte durch die Seitentür. Zwar stolperte er mehr die schmale Stiege hinunter, als dass er lief, aber er erreichte die äußere Tür und den Gang zwischen Hauswand und Mauer. Das Tor stand tatsächlich noch offen. Robin sauste hindurch und ließ sich samt Hund den Abhang hinunterkullern, bis ihn die ersten Sträucher auffingen. Verfolgten sie ihn? Mit flatterndem Atem versteckte er sich einige Sekunden lang im Gebüsch. Spähte, den Hund immer noch an sich gedrückt, zum kleinen Tor in der Mauer hoch. Aber dieses Tor war, soweit er sehen konnte, verschlossen und vergittert, als habe es niemals offen gestanden. Der Nebel half ihm. Er hüllte gerade wieder einmal Schloss und Berg und Weg und Gesträuch ein.

Schließlich rappelte Robin sich mühsam hoch. Wastl lag schlapp in seinen Armen. Er hatte die Augen geschlossen, und hätte Robin nicht das gleichmäßige Auf- und Abschwellen der kleinen, warmen Brust beim Atmen gespürt, er hätte ihn für tot gehalten.

Es half nichts, auch diesmal musste Robin Tante Marys Liebling nach Hause tragen. Ein Glück, dass Wastl so klein war. Mit einer Dogge oder einem Bernhardiner hätte er es wohl kaum geschafft.

Natürlich machte Robin W. Meier sich nun ernsthafte Gedanken über den Grufti.

So schlapp, wie Wastl sich anfühlte, musste in Robin der Verdacht aufkommen, jemand habe ihm buchstäblich den letzten Tropfen Blut ausgesogen. Oder zumindest den vorletzten. Wenn er nüchtern über alles nachdachte, glaubte Robin natürlich nicht an Vampire. Es passte einfach nicht zu ihm, phantastische Geschichten für wahr zu halten.

Aber der Grufti hatte Wastl etwas angetan und er hatte ihn, Robin, ins Handgelenk gebissen. Daran war nun mal nicht zu rütteln.

Klar, Robin sagte sich, der Grufti habe aus purer Angst zugebissen, weil Robin ihn ja beinahe verraten hatte. Aber wieder blieb so ein leiser Zweifel übrig. Und wenn nicht? Wenn er auch Robin aussaugen wollte?

Im Haus legte er das Tier in den Hundekorb und streichelte das lockige Fell, den Kopf mit der kurzen Schnauze, die Wastl wie ein Baby aussehen ließ.

Er füllte den Wassernapf und hielt ihn vor Wastls Nase. Mühsam öffnete der Hund erst eins, dann das zweite Auge und seine Nase zuckte ein wenig.

»Na, komm, trink schon, Wastl.« Robin hatte Angst. Er untersuchte den Hals des Tierchens nach den Spuren eines Bisses. Doch Wastls lockiges Fell war so dicht, dass er nichts erkennen konnte. Vielleicht lag er mit seiner Vermutung auch ganz falsch. Vielleicht flößte der Grufti dem

Hund auch Gift ein? Wer ahnte schon, auf welche Gedanken dieser gemeine Typ kam, wenn man nicht einmal wusste, ob er ein Mensch oder ein Phantom war?

Endlich streckte Wastl die lange rosa Zunge aus dem kleinen Maul. Er schlabberte und wurde wie schon die Male zuvor mit jedem Schluck munterer. Schon stand er auf den kurzen Beinen und tapste wie betrunken auf seinen Futternapf zu. Er legte sich davor und schmatzte und schleckte ihn leer, als sei er kein Hund, sondern eine Katze.

Robin holte die Dose mit Futter aus dem Kühlschrank und füllte rasch nach. Wastl fraß auch die zweite Portion und die Hälfte der dritten. Mit kugelrundem Hängebauch trottete er zu seinem Korb, rollte sich zurecht und schlief sofort ein.

Robin atmete auf. Gift war es also eher nicht. Wastl wirkte eben wie jemand, der Blut gespendet hatte.

Unfreiwillig natürlich. Ich muss einfach besser Acht geben und darf Wastl nicht von der Leine lassen, sagte sich Robin und nun erst spürte er, dass sein rechter Arm ganz bescheuert wehtat. Vor lauter Sorge um Wastl hatte er gar nicht darauf geachtet.

Da inzwischen wieder dichter Nebel ums Haus waberte, war es, obwohl erst später Vormittag, dämmrig in der Küche. Robin wollte Wastls Schlaf nicht stören und ging ins Bad. Dort knipste er das Licht an, rollte den Ärmel des

Sweatshirts hoch und beguckte sich die innere Seite seines Handgelenks.

Er sah zwei knallrote Punkte, groß wie Stecknadelköpfe, rechts und links der Schlagader, richtig tiefe Wunden, aus denen Blut tropfte, wenn er den Arm drückte. Außerdem sah er die Spuren mehrerer Zähne, die aber die Haut nicht tief verletzt hatten.

Der Grufti, oder was immer er in Wirklichkeit war, hatte ihn tatsächlich blutig gebissen!

Jetzt fiel ihm auch wieder ein, was dieser üble Typ gestern vor sich hin gemurmelt hatte. Irgendwas mit Beißen und Bisschen, das angeblich nichts schaden würde. Wastl schadete es jedenfalls gewaltig. Na ja, und ihm selbst? Robin wusste es nicht. Er versuchte sich den Schmerz zu verbeißen. Biss hin oder her. Dass Wastl wieder zu Kräften kam, war schließlich wichtiger.

Robin musste nachsehen, ob noch genügend Futter im Vorratsregal des Kellers war, und notfalls einige Dosen nachkaufen. Überhaupt sollte er ja einkaufen. Tante Mary hatte eine Liste der Dinge gemacht, die fehlten, und ihm Geld dagelassen.

Also in den Keller gehen. Oder lieber doch nicht?

Der Keller dieses uralten Hauses war ihm immer schon unheimlich gewesen, und seit er das Röcheln gehört hatte, graute es ihn mehr als nur ein bisschen vor diesem Gewölbe.

Ich kaufe zwei Dosen einfach so, vorsichtshalber, dachte Robin, nahm den Zettel, der auf Tante Marys Schreibtisch unter dem schönen Briefbeschwerer aus Glas lag.

Sausages, Milk, Butter, stand da und drunter: Wastls Food. Na also. Robin warf noch einen Blick auf den schlafenden Hund, schnappte sich Einkaufskorb und Geldbörse. Den Hausschlüssel trug er wie immer am Gürtel seiner Jeans. Anorak über und raus in die Nebelsuppenbrühe. Sein Arm schmerzte.

WENN HUNDE PLÖTZLICH BLUTWURST FRESSEN

Die Glocke über der Apothekentür gab drei angenehme Töne von sich. Robin wunderte sich selbst darüber, dass er tatsächlich in Tante Marys Laden stand. Der schmerzende Arm hatte ihn fast gewaltsam hergezogen.

»Gott im Himmel«, sagte seine Tante, als sie die Bisswunden mit rotem Desinfektionsmittel reinigte und verband. »Wer hat dich denn so zugerichtet? Hatte Wastl Streit mit einem anderen Hund? Musstest du ihn beschützen?«

Robin nickte leicht und sagte, es sei so ähnlich gewesen.

»Am besten, ich schicke dich zu meinem Doc gegenüber. Ich rufe ihn mal eben an, okay?«

Zwar fand Robin das ganz und gar unnötig, aber Tante Mary bestand darauf.

Der Doc war zum Glück jung und nett. Er schüttelte den Kopf über die seltsamen Bisse. »Ein Hund soll das gewesen sein? Sieht mir aber gar nicht danach aus!«, sagte er. »Eher nach einem Menschen. Andererseits –«, er drehte Robins Arm leicht hin und her, knipste noch eine Lampe an und schüttelte wieder den Kopf, »Menschen haben in der Regel keine dolchspitzen Eckzähne.«

Schließlich gab er Robin noch eine Spritze, bat ihn am nächsten Morgen zum Wechseln des Verbands wieder zu kommen und entließ ihn. Robin war froh, dass der Doc ihn nicht genauer ausgefragt hatte. Was hätte er ihm erzählen sollen? Mit verbundenem Arm und ohne Schmerzen betrat er den Supermarkt.

An der Fleischtheke stand gerade Mrs. Huxley. Die Verkäuferin wog eine dicke Rolle Blutwurst für sie aus.

»Ich verstehe gar nicht, warum meine Betty plötzlich so gerne Blutwurst frisst«, klagte Mrs. Huxley laut. »Aber seit ein paar Tagen ist es ihre neue, große Leidenschaft. Sie war auch immer so besonders schlapp und müde nach unseren Spaziergängen, aber die Blutwurst tut ihr gut, denke ich.«

Während sie sprach, schaute sie Robin zwar nicht an, aber er hatte dennoch das Gefühl, sie wolle ihn zu einer Bemerkung verlocken.

»Sicher liegt es am Wetter«, sagte die Verkäuferin und reichte die verpackte Wurst über die Theke. »Das Wetter macht jeden schlapp.«

Robin starrte Mrs. Huxley mit offenem Mund an.

»Wastl ist – auch – auch, genau!«, stotterte er schließlich.

»Ach, Robin, tut mir Leid«, Mrs. Huxley tat, als bemerke sie Robin erst jetzt. »Was sagst du, Wastl ist ebenso er-

schöpft? Und gierig nach Blutwurst ist er auch? Seltsam, nicht wahr?«

Robin nickte und verlangte rasch ein ebenso langes und dickes Stück von der Wurst, die ihm eklig rot vorkam. Sie roch durchdringend nach Knoblauch. Aber wenn sie Wastl half wieder fit zu werden, sollte ihm das egal sein.

»Das Wetter, ja, ja, das Wetter«, wiederholte sich die Fleischverkäuferin.

Robin bezahlte und verließ dicht hinter Mrs. Huxley den Laden.

Sie schien es nicht eilig zu haben. »Glaubst du, es ist das

Wetter, Robin?«, fragte sie und wieder schaute sie ihn eigenartig an.

»Nein, es ist etwas anderes. Ich glaube, jemand, jemand saugt die Hunde aus!« Robin kam sich albern vor, als er es aussprach.

»Aussaugen? Aber wie denn und wer, was meinst du damit, Robin? Ein Vampir doch nicht etwa?« Mrs. Huxley lachte schwach wie über einen misslungenen Scherz. »Du warst doch hoffentlich beim Arzt mit deinem Arm?« Auch das klang, als wisse sie genau, dass Robin gebissen worden war.

Er nickte nur.

»Gut. Die moderne Medizin vermag eine Menge.« Alles, was Mrs. Huxley sagte, klang in Robins Ohren wie ein Orakel. »Du solltest vorsichtig sein. Aber mach dir auch nicht zu viele Sorgen, es gibt gute Geister, die uns beschützen, wenn Gefahr droht.« Sie lächelte Robin zu und bog in eine der Seitengassen ab.

Kannte sie die ganze schauerliche Wahrheit? Wollte sie andeuten, dass ich den Grufti endlich ernst nehmen und mich vor ihm fürchten sollte? Ich hätte sie gerne ausgefragt, hab mich aber nicht getraut. Jetzt weiß ich, dass es Zusammenhänge gibt zwischen Vergangenheit und Gegenwart. Es ist praktisch so, dass die unsichtbare Grenze zwischen der wirklichen Welt und der unwirklichen Löcher hat. Immer wieder sickert das Unwirkliche durch, und weil wir es nicht verstehen, erschreckt es uns. So ähnlich hat es Mrs. Huxley Sina erklärt und die hat es mir gesagt. Ich weiß auch, dass kein Mensch all die Fragen beantworten kann, die ich habe, weil auch die Erwachsenen nicht allwissend sind. Aber ich hoffe sehr, dass Mrs. Huxley Recht hat und es nicht nur böse, sondern auch gute Geister gibt, die Anne und Sina und mich beschützen werden.

Robin hatte sich den Korb auf den rechten, gesunden Arm gehängt, den verbundenen hielt er leicht angewinkelt davor. Jeder, der ihm begegnete, sah den Verband. In Mrs. Huxleys Vorgarten spielten zwei Kinder Federball miteinander. Robin erkannte die beiden sofort. Bipi und Sina! Auch die hilfsbereite Mutter erkannte er. Sie saß auf der Veranda und las in einem Buch. Aber jetzt trug sie das hennarote Haar offen. Robin drückte sich am Zaun entlang, wollte rasch das Gartentor öffnen und an den Kastanien vorbei im Haus verschwinden, da flog ihm Sinas Federball wie ein Geschoss genau in den Einkaufskorb.

Sie warf ihren Schläger ins Gras und lief über die Straße zu Robin. Bipi hopste hinterher.

»Oh, I am so sorry«, sagte Sina in gutem Schulenglisch und Bipi riss fast gleichzeitig an Robins Arm und rief: »Was hast du da? Tut das weh?«

Robin lachte. Er wusste selbst nicht, warum er plötzlich

lachen konnte. Wahrscheinlich, weil die beiden deutschen Kinder so gar nicht zu den unheimlichen Dingen passten, die er diesmal in Carisbrooke Castle erlebte. Mit Sina und Bipi erschien ihm das Leben plötzlich wieder normal. Einfach wundervoll normal.

»Hier, dein Federball.« Er reichte ihn Sina, die Robin erstaunt anguckte, weil er akzentfrei Deutsch sprach.

»Wir machen Laub-Ur noch bis hinter Ostern hier«, rief Bipi, der von einem Bein auf das andere zappelte. »Du auch?«

»Er meint Urlaub«, sagte Sina schnell, »wir haben zwei Zimmer bei Mrs. Huxley gemietet, bis Ferienende.«

»Schon kapiert«, sagte Robin. »Ich bin bei meiner Tante zu Besuch, sie wohnt hier.« Er zeigte mit dem Daumen über die Schulter. »Meine Mum ist Engländerin.«

»Aber ihr lebt in Deutschland, klar«, sagte Sina, die anscheinend sehr schnell begriff. »Wenn du magst, kannst du mitspielen.«

»Hab sowieso keine Lust mehr.« Bipi streckte ihm den Federballschläger hin.

»Später gern, ich muss erst die Sachen hier ins Haus bringen. Außerdem, ich weiß nicht, ob es geht, mein Arm ist nicht ganz okay.«

»Und wo ist der kleine Hund? Hat er dich gebeißt?« Bipi zerrte zur Abwechslung am Korb und jetzt guckte Robin verwundert. Hatten ihn Sina und Bipi etwa beobachtet, als er mit Wastl aus dem Haus ging?

»Wastl schläft drinnen«, sagte Robin. »Nein, nein, der beißt niemanden!«

Er musste schon wieder lachen, weil Bipi sofort rief: »Kann ich mitkommen und ihn füttern?«

»Okay, kannst du!« Robin gab Sina einen ganz kleinen Wink mit den Augen, der bedeutete, dass sie auch eingeladen war. Sie kam mit, als habe Robin sie ausdrücklich darum gebeten. Er schloss die Haustür auf und ließ seine neuen Bekannten eintreten.

Wastl fiepte. Sein Schwanz schwenkte langsam einmal hin und wieder zurück, als sei er ein Scheibenwischer, den man auf halbe Geschwindigkeit gestellt hatte. Er blieb in seinem Korb liegen wie ein krankes Kind im Bett. Bipi hockte sich vor ihn und strich ihm erstaunlich zart über den Kopf.

Robin zog ein Küchenmesser aus der Schublade, wickelte die Blutwurst aus und schnitt sie in kleine Brocken. Gleich duftete es in der Küche scharf nach Knoblauch.

Sina sagte nichts. Beobachtete aber, was Robin tat. Seltsam. Die ganze Zeit über hatte er das Gefühl, sie verstünde besser als er selbst, warum er Wastl Knoblauchblutwurst und nicht normales Hundefutter gab. Hatte Mrs. Huxley mit ihr über die eigenartigen Gelüste der Hunde gesprochen? Hatte Sina selbst erlebt, dass Betty sich über Blutwurst hermachte?

Mrs. Huxley hatte. Aber das erfuhr Robin W. Meier erst nach und nach von Sina, als sie einander besser kannten.

Mit der Handkante schob Robin die Wurstbrocken auf einen Kuchenteller. Dabei überkam es ihn. Der Knoblauchduft verlockte ihn plötzlich so sehr, dass er sich schnell ein, zwei Wurststückchen in den Mund schob.

»Klar!«, sagte Sina leise. Es klang wie ein Seufzer. »Genau das hab ich mir gedacht!«

Robin schob den Teller unter Wastls Nase, die sofort zu zittern begann. Mit einem quietschenden Beller stürzte sich der kleine Hund auf die Blutwurst.

»Genau«, sagte Sina noch einmal. Robin zögerte, wollte nachfragen. Sina kam ihm zuvor. Sie fasste Bipi am Handgelenk und zog ihn zur Haustür. »Wir müssen leider gehen«, rief sie vom Flur aus, »Mittagessen. Nachmittags fahren wir ans Meer. Vielleicht kannst du ja mit?«

»Weiß nicht«, rief Robin. Da schnappte die Tür ins Schloss.

Erinnerte sich Sina eigentlich nicht daran, dass sie einander im Museum begegnet waren? Aber sie hatte ihn doch gesehen, da war er sicher. Warum sagte sie dann nichts über die wirklich ungewöhnliche Begegnung? Hatten sich plötzlich alle Leute verabredet ihm nichts, aber auch gar nichts offen zu sagen? Erst sprach Mrs. Huxley in Rätseln und dann tat Sina wissend und überlegen und verschwand einfach, ehe er sie ausfragen konnte.

Im Papier lag noch ein Stück Blutwurst. Robin wollte es für Wastl aufschneiden, biss aber selbst so gierig hinein, dass nur ein winziger Zipfel übrig blieb, den Wastl sofort verschlang. Danach knörte er zufrieden, rollte sich bequem zurecht und schlief ein.

Robin konnte es kaum glauben, aber sie holten ihn tatsächlich zu diesem Ausflug ans Meer ab. Das bedeutete, dass Sina und Bipi ihn genauso nett fanden wie er sie. Darüber war Robin so glücklich, dass er sogar den schmerzenden Arm vergaß.

Rasch schrieb er einen Zettel für Tante Mary, falls sie früher als er nach Hause kommen sollte. Um Wastl brauchte er sich nicht zu sorgen, der war gewohnt längere Zeit allein im Haus zu sein.

Und dann saß er, zwischen Sina und Bipi angeschnallt, hinten im Auto und fühlte sich wie zu Hause. Während der Fahrt erzählten sie einander Witze. Sogar Bipi kannte einen und er wiederholte ihn dreimal, weil Robin und Sina jedes Mal neu darüber lachten.

Sie erreichten die Küste und steuerten den Parkplatz an, von dem aus man die berühmten nadelspitzen Felsen sehen konnte.

Als sie ausstiegen, blies der heftige Wind sie beinahe um. Die Buden, Karussells und sonstigen Vergnügungen des Rummelplatzes waren noch geschlossen. Sina nahm Robins gesunde Hand und lief mit ihm den steilen Weg zum

Wasser hinunter. Robin staunte. Mädchen waren meistens eher zickig. Sina war so nett und normal wie Robins Jungsfreunde. Das Meer sah sehr grün aus und toste, wenn es sich gegen die felsige Küste warf.

Die Felsen stachen goldfarben und wie von einem Künstler geformt aus der Flut.

»Was hast du eigentlich im Museum gemacht?«, fragte Sina so ganz nebenbei, als sie und Robin den Weg vom Strand wieder hochstiegen. Also erinnerte sie sich doch!

»Wo, was ?«

Vor Schreck tat Robin erst einmal, als wüsste er nicht, worum es ging, doch Sina blieb stehen, guckte ihm in die Augen und schüttelte den Kopf, als sei sie plötzlich wieder seine Gouvernante geworden und er ein ungezogenes Kind, das herumlügt. Nichts mehr mit Kumpel und so, dachte Robin. Sie kann also doch zickig sein. Typisch Mädchen. Die kannst du vergessen, Robin W. Meier.

»Du hattest noch keinen Verband um den Arm. Du hast in der finstersten Ecke gehockt und den Wastl hast du auch bei dir gehabt. Aber dann bist du spurlos verschwunden. Also sag, was ist mit deinem Arm geschehen, hat dich jemand gebissen?«

»Ge. . . was? Wie kommst du darauf, dass mich jemand gebissen hat?« Robin wehrte sich. Er konnte Sina doch unmöglich von den verschiedenen seltsamen Erscheinungen der vergangenen Tage erzählen, sie würde ihm kein Wort glauben und ihn für blöd halten. »Ich bin überhaupt nicht spurlos verschwunden, ich bin durch eine Seitentür auf eine Hintertreppe und runter und raus.«

»Bist du nicht«, sagte Sina, »weil da gar keine Tür war. Ich hab nachgeschaut.«

»Bin ich doch, weil da eine Tür ist!«

Sie hätte ihm widersprechen müssen. Alle Mädchen in seinem Alter widersprachen einem. Bist du nicht – bin ich doch – nein – doch – und immer so weiter. Aber Sina schaute ihn nur eigenartig an. »Und wer hat dich gebissen? Dein Hund jedenfalls nicht«, sagte sie.

Jetzt starrte Robin sie an, als käme sie aus einer weit entfernten Galaxie und hätte Antennen auf dem Kopf statt der Haare. »Wer mich ge. . .«, fing er an und Sina sagte:

»Warum sollte Wastl dich auch beißen! War es ein Vampir?«

Robin kippte beinahe über das Geländer, an dem sie lehnten.

»Es war ein Grufti«, sagte er mühsam. »Vampire gibt es doch gar nicht.«

»Bist du da ganz sicher? Mrs. Huxley ist anderer Meinung. Sie sagt, jetzt, wo sie überall renovieren und ausgraben, kämen manche Geheimnisse ans Licht. Da kann dich doch leicht der Vampir erwischt und gebissen haben?«

»Quatsch, das glaubst du ja selbst nicht.« Robin lachte. »Und wieso der Vampir? Gibt es einen bestimmten Vampir in Carisbrooke? Davon hätte ich aber schon gehört.«

»Mrs. Huxleys Ahnfrau war Kammerzofe im Castle, als man Charles I. dort eingesperrt hat. Und damals hat man einen Küchenjungen ermordet aufgefunden, der seltsame Bisswunden an den Handgelenken hatte. Er wurde sofort eingemauert, weil man ihn für einen Vampir hielt.«

»Und woher will Mrs. Huxley das wissen? Erscheint ihr die Ahnfrau als Gespenst und erzählt ihr alles, oder wie?«

»Weiß ich nicht, nein, es steht wohl in irgendwelchen Briefen einer gewissen Gouvernante von Charles' Kindern an die Ahnfrau von Mrs. Huxley. Mr. Morgan, der das Museum betreut, hat sie gefunden.«

Robin erschrak heftig. Fehlte nur noch, dass die Gouvernante über hundert Ecken mit Sina verwandt gewesen war.

»Von den Briefen hat Mrs. Huxley auch schon meiner Tante erzählt, aber nicht, was drinsteht«, sagte er schnell. »Mrs. Huxley redet anscheinend viel, wenn der Tag lang ist.«

Er lachte noch einmal. Es klang ein wenig unsicher und er hielt seinen verletzten Arm dabei fest.

WAS MAN ÜBER VAMPIRE WISSEN MUSS

Während der Rückfahrt breitete Sina lautstark alles aus, was sie über Vampire wusste.

Dass sie so eine Art Zombie, also lebende Leichen, seien, Knoblauch nicht mochten, dass man sie mit einem Kreuz bannen und mit einem angespitzten Pfahl töten konnte.

»Ich mag Knoblauch!«, verkündete Bipi. »Mich beißt kein Pier!«

»Vampir!«, verbesserten ihn die anderen zwei im Chor.

Sinas bärtiger Vater und ihre rothaarige Mutter lachten darüber. »Wie kommst du denn gerade jetzt darauf?«, fragte die Mutter und schwenkte ihren Zopf.

»Ist doch gruselige Nebelstimmung draußen«, sagte Sina.

Nun erzählte Sinas Vater umständlich wie einer, der zum Vampir geworden war, seinen besten Freund blutleer soff, während der Nebel wie üblich vom Meer hertrieb und die Inselstraßen in geheimnisvolle Pfade verwandelte. »Einer Horde mutiger Bauern gelang es schließlich, den Freund des ersten Vampirs zu fangen. Sie spießten ihn mit Eichenpfählen auf und begruben ihn an der Wegkreuzung, aber dabei mussten sie einen ganz bestimmten geheimnisvollen Ritus vollziehen, damit der Vampir auch wirklich endgültig Ruhe gab.«

Sinas Vater holte gerade Luft, um genau zu schildern, wie sie das machten, aber die Mutter rief dazwischen: »Jetzt hör aber auf, Georg, Bipi fürchtet sich, er sieht schon ganz blass aus.«

Und zu Bipi sagte sie: »Papa erzählt einen Riesenquatsch, glaub ihm bloß nicht. Von einem Biss wird niemand zum Vampir, und wenn man Blut verliert, erneuert es sich wieder.«

»Ist ja auch nur eine Geschichte.« Vater Georg schnappte ein und schwieg.

Robin sog gierig den letzten Satz auf, den Sinas Mutter ausgesprochen hatte. Hoffentlich stimmte es nicht, dass ein bloßer Biss – natürlich hatte er davon gehört –, dass man durch den Biss eines Vampirs selbst einer würde. Bisher war es ihm gleichgültig gewesen, weil er ja schließlich nicht an Vampire glaubte. Jetzt aber spürte er ein krankes Pochen in seinem Arm, da, wo der Grufti seine Zähne hineingeschlagen hatte. Er verschränkte die Arme und zog die Schultern hoch, damit den anderen nicht auffiel, wie sehr er zitterte. Sina bemerkte es trotzdem.

»Kann ich gleich noch mit zu Robin?«, fragte sie.

»Okay, aber nicht zu lange«, sagte der Vater.

Tante Mary war noch nicht da, nur Wastl wedelte Sina freundlich an, als sie mit Robin das Haus betrat.

»Also?« Wieder dieser Blick, den Robin nun schon kannte. »Zeig mal deinen Arm her!«

Robin legte seinen Arm auf den Küchentisch und Sina wickelte, geschickt wie eine Krankenschwester, den Verband ab.

Als sie die Wunden sah, zog sie hörbar die Luft ein und hielt den Atem an. »Vampir, ganz eindeutig.« Sie stieß die angehaltene Luft heftig wieder aus. »Zwei tiefe Bisse und ein paar runde Abdrücke. Genauso beschreiben es alle. Nur dass Vampire normalerweise nicht in Handgelenke beißen, sondern in die Halsschlagader. Bei jenem Küchenjungen vom Castle waren es allerdings auch die Handgelenke. Du glaubst mir nicht?«

Robin hob die Schultern. »Eigentlich nein, ach, ich weiß nicht mehr, was ich glauben oder nicht glauben soll. Es geschehen so merkwürdige Dinge, dass ich den Durchblick verloren habe. Aber die Wunden sind desinfiziert und eine Spritze habe ich auch bekommen, meinst du, das genügt?« Er schaute in ihre Augen, die so klar waren wie Bergkristalle. »Falls es so ist, wie du sagst, falls mein Grufti ein Vampir ist?« Und nun erzählte Robin Sina doch von seinen unheimlichen Begegnungen.

»Ich kann nur mit dir hoffen, dass desinfizieren genügt, wahrscheinlich aber nicht«, sagte Sina. Sie wirkte sehr bedrückt. Sie glaubte ihm tatsächlich jedes Wort. »Wen ein Vampir beißt, der verwandelt sich nach und nach selbst in einen. Allerdings behaupten manche Leute, man würde nur dann zum Vampir, wenn man ganz leer gesogen wurde. Andere sagen, man müsse außerdem ein paar Tropfen Vampirblut trinken. Genau weiß es sowieso niemand. Wir müssen auf jeden Fall etwas unternehmen, damit du kein Vampir wirst.«

»Ja, toll, und was schlägst du vor?«

»Mir fällt nur Knoblauch ein«, sagte Sina und es klang gar nicht mehr so selbstsicher und überzeugt. »Ich hab gesehen, wie du die Knoblauchblutwurst reingeschlungen hast. Vampire hassen Knoblauch. Solange du Knoblauch magst, kannst du sicher sein, dass du noch kein Vampir bist. Außerdem solltest du ab sofort immer einen Taschenspiegel bei dir tragen. Hier.« Sie zog einen handtellergroßen, runden Spiegel aus der Tasche ihrer Jeans und reichte ihn Robin. »Vampire haben kein Spiegelbild. Solange du dich sehen kannst . . .«

Robin musste lachen, sein scharfer Verstand kehrte langsam wieder zurück und verdrängte die Panik.

»Okay, aber was mache ich, wenn ich mich plötzlich nicht mehr sehe?« Er schnitt seinem Spiegelbild eine Grimasse.

Sina zuckte die Schultern. »Dann ist es eh zu spät. Dann bist du bereits ein Vampir geworden«, sagte sie herzlos und lachte nun doch auch. Aber gleich war sie wieder ernst: »Übrigens, hast du ein Kreuz, so ein silbernes, das man um den Hals hängen kann?« Sie zog an der dünnen

Kette, die sie selbst um den Hals trug, und hielt Robin ein winziges Kreuz hin, das daran baumelte.

»Hab ich nicht«, sagte Robin, »aber deines ist sehr hübsch.« Er betrachtete es und spürte, dass Sina ihn sehr genau beobachtete.

»Fass es mal an.« Robin berührte das Metall mit Zeigefinger und Daumen.

»Gut.« Sina atmete auf. »Noch bist du nicht verwandelt. Wir werden diesen Test dreimal am Tag machen. Vampire zucken zurück und erstarren, wenn sie Kreuze sehen. Und jetzt lass uns schauen, ob deine Tante irgendwo ein paar Knoblauchzehen versteckt hat.«

»Na gut, wenn du meinst.«

Jetzt erschien ihm alles wieder wie ein Spiel. Er konnte einfach nicht glauben, dass er ernsthaft in Gefahr schwebte.

Sie suchten im Vorratsfach und schnupperten in den Kühlschrank. Außer einem Glas mit Knoblauchsalz fanden sie nichts. Robin streute sich die Handfläche voll und leckte. Es schmeckte abscheulich, so pur. Robin schluckte es trotzdem hinunter, wenn auch mit Todesverachtung.

»Hoffentlich nützt es!«, sagte er, schüttelte sich und grinste Sina an. »Probier auch mal, zur Vorbeugung. Falls ich demnächst ein Vampir sein sollte, musst du dich vor meinen Bissen schützen!«

Aber Sina fand den Gedanken nicht witzig. Sie leckte ein wenig und verzog das Gesicht.

»Du kannst es ja in lauwarme Milch streuen«, schlug sie dann vor. »Knoblauchmilch soll sehr gesund sein.«

Robins Magen drehte sich, wenn er nur an Knoblauchmilch dachte. Waren das schon die ersten Anzeichen, dass er sich verwandelte? Ekel vor Knoblauch?

»Und guck bitte oft genug in den Spiegel«, sagte Sina. Sie hielt schon die Türklinke in der Hand, weil draußen jetzt Tante Mary ihren Mini in die Garage fuhr. »Du kennst ja die ersten Anzeichen der Verwandlung, bevor das Spiegelbild verschwindet, blasse Haut, spitze Hauer!« Sie bleckte ihr eigenes Gebiss, das ganz gleichmäßig und weiß war mit hübschen, kleinen Eckzähnen. »Und dann wird das Bild immer undeutlicher, bis du dich überhaupt nicht mehr sehen kannst.«

»Ja, ich denk dran. Hoffentlich wirkt dein Rezept.«

Sina nickte ihm nur sehr ernst zu, winkte mit drei gespreizten Fingern und verschwand im Nebel, der nun doch wieder vom Wasser heraufzog.

»Morgen kauf ich frische Knoblauchzehen«, murmelte Robin vor sich hin. »Klein gehackt auf Käsetoast schmeckt Knoblauch bestimmt besser, ich versuch's. Es muss mir gelingen! Ich will kein Untoter werden. Niemals.«

SINAS REZEPT UND TANTE MARYS PILLEN

Tante Mary hat mir Antibiotika und eine Salbe mitgebracht, damit sich die Bisswunde nicht entzündet. Sie denkt dabei an Streptokokken, an Vampire glaubt sie nicht. Ich hab versucht mit ihr darüber zu reden.

»Tante Mary«, hab ich gesagt, »es war gar kein Mensch, der mich gebissen hat. Einen Menschen hätte ich doch gesehen, hab ich aber nicht.«

»Wie meinst du das? Mein Doc ist ziemlich sicher, dass es ein Menschenbiss ist. Wie kann dich jemand beißen, den du nicht siehst?«

»Das frag ich mich ja auch. Tante Mary, glaubst du, dass es Vampire gibt?«

»Quatsch.«

»Und wenn es kein Quatsch ist?«

»Ach, Robin, es gibt keine Vampire, okay?«

»Auch nicht den ermordeten Küchenjungen, den man im Castle eingemauert hat? Mrs. Huxley hat dir doch auch von den Briefen erzählt, die eine gewisse Heather Timless an ihre Ahnfrau geschrieben hat. Er hat die Princess Elizabeth gebissen und ausgesaugt.« Den letzten

Satz habe ich einfach so dazuerfunden. Er klang mir absolut richtig in diesem Zusammenhang.

»Klar kenn ich solche Storys!« Tante Mary schüttelte den Kopf und winkte ab. »Seit deine Mum und ich klein waren, erzählen sich die Leute schaurige Geschichten vom Castle. Man könnte dicke Bücher darüber schreiben. Aber ernsthaft glaubt niemand dran.«

Ich habe ihr absichtlich verschwiegen, dass ich den Grufti in verschiedenen Gestalten sehr wohl gesehen habe, denn das hätte sie mir bestimmt noch weniger geglaubt.

Inzwischen sind ja Mum und Anne angekommen. Zu allem Überfluss haben sie Gilbert auch noch mitgebracht und ihn im Nachbarort bei seinem Brieffreund, Thomas Silver, abgeliefert.

Mit meinem Alleinsein ist jetzt endgültig Schluss. Einerseits bin ich froh, andererseits stören sie mich schon wieder, denn im Moment kann ich weder Mum noch Anne noch Gilbert gebrauchen. Mum fährt zum Glück morgen nach Newport. Aber Anne bleibt hier. Und Gilbert kann jederzeit mit Thomas hier auftauchen.

Beim Abendessen, es gab Erbsenpüree und Hühnchen, hat Tante Mary so locker zu meiner Mum gesagt: »Denk bloß nicht, Robin hätte sich schlimm verletzt«, und dabei hat sie albern gekichert. »Er trägt den Verband nur, weil ihn ein Vampir gebissen hat. Der neuste Vampir vom Castle oben. Diesmal hat ihn Mrs. Huxley ausgebuddelt.

Ihr Lover, der alte Morgan, hat angeblich Dokumente gefunden, die eindeutig belegen, dass im englischen Kulturerbe ein Vampir eingemauert ist.« Tante Marys Worte trieften vor Ironie.

»Ach so, ja dann ist alles klar!« Meine Mum hat ihr Weinglas gehoben und mit ihrer Schwester angestoßen. »Einen Toast auf Englands Vampire, die sind besonders nett.«

»Und wer hat dich wirklich gebissen?« Anne hat ihre Ponyfransen hochgeblasen. Eine Technik, die nur sie beherrscht. Sie schiebt dabei die Unterlippe vor und pustet reichlich Atemluft an ihrer etwas klein geratenen Nase vorbei. Ich hab es schon zigmal versucht, bei mir klappt es nicht. Vermutlich ist meine Nase zu groß.

»Ein Vampir, sag ich doch!« Ich starrte ihr ärgerlich in die wasserblauen Augen. »Und wenn du es nicht glauben willst, dann war es eben ein aggressiver Grufti mit leichenblassem Gesicht und einer Vorliebe für Hundeblut.«

»Ist doch nicht möglich!«, sagte meine Mum spöttisch, weil sie alles für erfunden hielt. »Hundeblut? Sag bloß, dein Vampir schlürft Hunde aus!«

»Was denn für ein Grufti?«

Meine Schwester dagegen witterte sofort eine Chance, doch noch jemanden zu finden, der sich in sie verlieben würde. Sie denkt ja an nichts anderes als an Jungs, ich kenn sie doch!

»Grufti, Punk, Vampir, dir wär jeder recht. Hauptsache,

er knutscht mit dir!«, behauptete ich. »Also komm, sehen wir nach, ob mein Freund, der Vampir, wieder an der Burgmauer hockt.«

Es war eindeutig mein Fehler, dass ich das gesagt habe. Ich wollte Anne ein bisschen ärgern, ihr den Grufti vorführen oder ihr beweisen, dass es ihn gar nicht gab.

»Na klar, geht ruhig noch was nach draußen«, sagte Mum, als wir gemeinsam den Tisch abräumten. Sie wollte wohl Anne und mich loswerden, um mit ihrer Schwester die typischen Frauengespräche zu führen.

»Wastl läuft auch gern noch eine Runde«, sagte Tante Mary, »nehmt ihn doch mit! Ihr müsst ja nicht zum Schloss rauf. Einmal quer durch die Siedlung, das reicht völlig.«

Anne zwinkerte mir mit ihren blitzblauen Augen zu. Sie wollte keineswegs in der Siedlung bleiben. Ich hatte sie neugierig gemacht. Wir also mit Wastl an der Leine raus. Auf der Straße spielte der karierte und wild gelockte Vater mit Sina Federball. Sina drückte ihm sofort den Schläger in die Hand, als sie uns sah. Und ihr Vater spielte mit Bipi weiter.

Und dann sind wir alle drei eben doch zum Schloss hoch. Als ob unsere Füße den Weg von selbst bestimmen würden. Vielleicht hat uns Wastl auch dort hingezogen. Ich weiß es nicht. Im Roman würde das ungefähr so klingen:

Später konnte Robin W. Meier sich nicht mehr erinnern, warum er mit den beiden Mädchen ausgerechnet in der Abenddämmerung die steile Treppe zwischen den Jasminbüschen hinaufgestiegen war. Schließlich kannte er die Gefahr, die dort lauerte.

Vielleicht wagte er es, weil er ein Romanheld war und darum wusste, dass er Gefahren auf sich zu nehmen hatte, damit die Handlung des Romans spannend blieb. Aber wie gesagt, er konnte sich später einfach nicht mehr erinnern, was ihn dazu bewogen hatte. Die Mädchen, Sina und Anne, mochten sich anscheinend sofort. Sie quasselten über Popstars und plapperten über ihre Klassenkameraden. Dass Anne älter war als Sina, machte beiden überhaupt nichts aus. Ihn, Robin, der sie gerade eben miteinander bekannt gemacht hatte, beachteten sie überhaupt nicht. Sie tappten ahnungslos und vertrauensselig hinter ihm her. Die Büsche bildeten an dieser Stelle eine Art Tunnel voll weißer Blüten, die wie Sterne aussahen und stark dufteten.

Plötzlich bellte der Hund. Er war, wie an anderer Stelle bereits beschrieben, klein und hatte dunkles, lockiges Fell. Er strebte seitlich auf die Büsche zu und zerrte so heftig an der Leine, dass ihm das Halsband fast den Kehlkopf abdrückte.

Robin W. Meier konnte nicht anders. Er gab nach und folgte dem Hund. Es roch vermodert, feucht und schimmelig. Urplötzlich baumelten Stiefel vor seiner Nase. Er zuckte zusammen. In den Zweigen hing einer. Zerfleddert wie eine Vogelscheuche. Klaffende Sohlen wie herunterhängende Zungen. Weiße Knöchel, spitz, als wären Haut und Fleisch angetrocknet, ausgedörrt, ragten aus zerfressenen Hosenbeinen. Darüber schlackerten Skeletthände und ein Totenkopf bleckte sein Gebiss aus halb verfaulten Hanfstricken.

Der Anblick des Gehängten war so grässlich, dass Robins Kiefer herunterklappte. Er wollte schreien, kriegte aber keinen Ton heraus. Die Mädchen hinter ihm sogen laut die Luft ein. Sie sahen es also auch.

In diesem Augenblick plumpste der Gehängte herunter, wie Früchte von Bäumen fallen. Jetzt erst kreischten die Mädchen. Vor ihnen lag kein Skelett.

In zerfetzten schwarzen Klamotten stand der Grufti unter den Büschen.

»Guten Abend, meine Freunde.« Sein Englisch klang altmodisch. Seine Stimme unheimlich sanft und freundlich. In seinem kalkweißen Gesicht glühten die dunklen Augen.

»Hast du mich erschreckt!«, sagte Anne und Sina echote nur: »Und mich erst.«

»Ich bin William. Ich wollte euch nicht erschrecken. Ich habe den Jasmin bedichtet, ich widme dir, geliebte Prinzessin, meine Worte.« Er brach einen blühenden Zweig ab, reichte ihn Anne und kniete auf den Stufen vor ihr nieder.

Während ihn die drei noch atemlos anstarrten, sprach er leise:

Jasminblüten, Sterne,
die deine Hand
versehentlich
in diese Zeiten wand,
Vergangenheiten
träumt ihr, ferne,
und haltet mich
in altem Duft gebannt.

Williams Stimme verklang, hallte nach und Robin stand plötzlich allein in einer finsteren Halle.

Er rieb sich mit den Handrücken über die Augen.

Kein Zweifel. Die Wände formten sich über ihm zu einer Kuppel. Die Mauern waren aus groben Steinen, in den Fugen wuchs Moos. Er war eingeschlossen in einer kühlen Gruft, konnte sich aber nicht erinnern, wie er hierher geraten war. Es roch modrig und nach Schimmel. Irgendwo tropfte Wasser.

Robin ballte die Fäuste. War das wieder so ein übler Trick dieses Gruftivampirs? Dieser William hypnotisierte Menschen und Tiere. Außerdem sah er jedes Mal anders aus und er schien auch jedes Mal ein anderer zu sein. »Wir hausen alle drei hier«, flüsterte eine Stimme und ein schauriges Lachen hallte von den Wänden des Gewölbes wider. Diesen Satz kannte Robin. Bei ihrer allerersten Begegnung an der Burgmauer hatte der Grufti genau das gesagt. Drei?

Wer außer William, dem Grufti und Vampir, steckte noch hinter den Erscheinungen? Oder steckten alle drei in William?

»Ich will nichts mehr davon wissen. Haut ab, alle drei!«, sagte Robin laut und jetzt hallte seine Stimme von den Wänden wider. »Ich stehe in keinem Gewölbe, ich stehe auf der Treppe unter den Jasminbüschen mit Sina und . . .« Die Luft duftete wieder schwer und süß nach Abend und Blüten. Robins Worte hatten den Spuk vertrieben.

»Komm, Robin, na los, komm, du stehst da wie gebannt, du warst völlig weggetreten! Deine Schwester – er hat sie –, sie ist mit Wastl und ihm schon oben.« Sina packte ihn am Handgelenk und zog ihn die Treppe hoch. Oder hatten ihn Sinas Worte in die Gegenwart zurückgerufen?

»Aber ich hab Wastl doch an der Leine gehalten.« Robin protestierte nur schwach. »Wieso ist er plötzlich mit Anne verschwunden? Und, Sina, es sind drei . . .«, fügte er zusammenhanglos an.

Sina sagte nichts dazu, sie zerrte ihn nur hinter sich her, als sei er Wastl an der Leine.

Doch plötzlich blieb sie stehen. »Horch mal, Robin, klingt wie Wastl.« Robin horchte. Jaulen, Fiepen, Gebell und tatsächlich kam Wastl ihnen treppab aus der Dämmerung entgegengelaufen. Er schleifte die Leine nach, hechelte und wedelte und leckte Robins Hände.

»William mochte dich wohl nicht mehr aussaugen«, murmelte Sina vor sich hin, »weil du nach Knoblauch riechst, stimmt's? Und mich konnte er nicht hypnotisieren, weil ich mich dagegen gewehrt habe.«

»Die Blutwurst, na klar!« Robin patschte sich mit der flachen Hand auf die Stirn. »Du hast Recht, Sina, Wastl ist fit und munter wie früher. William saugt ihn nicht mehr aus, seit sein Blut nach Knoblauch riecht.«

Sina nickte. »Aber dafür wird er es bei Anne versuchen, fürchte ich. Die hat keine Knoblauchwurst gegessen.«

»Ach du Schreck! Los, weiter! Wir müssen sie unbedingt finden, ehe es zu spät ist.« Endlich war er wieder ganz wach.

VERLIEBTE SPINNEN IMMER

Sie mussten jetzt nur noch um die rot-weißen Bänder der Absperrung herumgehen, die ganz neu aussah. Anscheinend hatten die Arbeiter etwas Aufregendes unter Gras und Steinen entdeckt und die Stelle gleich gesichert, damit kein Tourist hineinfiel.

Nahe der Baustelle sah Robin eines der Schilder, die vor dem Betreten des Abhanges warnten. Es zog ihn magisch zur Absperrung, als müsse er jetzt sofort in dieses Loch hinuntersteigen. Er wollte aber nicht nachgeben und blieb stehen. Gebannt starrte er auf die Absperrung.

Sina knuffte ihn in die Seite und drückte seine Hand, dass es schmerzte. »Robin! Nicht wieder wegsacken! He, schau doch, dort!« Sie zeigte auf zwei dunkle Gestalten. An der Mauer des uralten Turmes lehnten William, der zerfledderte Grufti, und vor Schreck ließ er Wastls Leine los. Der Hund jagte den Hang vollends hinauf und bellte. Es klang heiser und total aufgeregt. Die andere Gestalt trug Jeans und ein weißes Sweatshirt und hatte langes rotblondes Haar, das im Sonnenuntergang glänzte.

Anne! Sie lag in Williams Armen. Nein, schlimmer, sie

hing eigenartig rückwärts gebogen und wie leblos über Williams Arm.

»He!«, schrie Robin und rannte hinter Wastl her.

Williams abscheuliche Augen funkelten Robin und Sina an. Er warf den Kopf in den Nacken, verzog die Lippen und seine scharfen Eckzähne blinkten gefährlich. Das war nicht mehr der arme Junge von vorhin, der Gedichte aufsagte! Das war der boshafte Vampir, der zubiss, wann es ihm passte. Der Menschen und Tiere aussaugte.

»Lass sofort meine Schwester los!« Mit zwei Schritten erreichte Robin die Mauer und stolperte fast über Anne, die allein an der Mauer saß.

Sie hatte die Augen geschlossen und lächelte, als träume sie etwas sehr, sehr Schönes.

Von William, dem Vampir, fehlte mal wieder jede Spur. Robin spürte den heftigsten Zorn seines bisherigen Lebens auf diesen gemeinen Untoten. Immer entwischte er im letzten Augenblick. Nie bekam Robin ihn zu fassen. Nie konnte er ihm die Fäuste auf das gefräßige Maul hauen. Genau das hätte er nämlich am liebsten getan. Im Kämpfen war Robin wirklich ein Ass, das hatte er sich und seinen Klassenkameraden im Schulhof oft genug bewiesen.

Robin ballte die Fäuste und knirschte mit den Zähnen.

Wastl aber leckte mit seiner langen Zunge über Anne Christines Nase und winselte dabei.

Anne schlug die Augen auf. Schaute sich um. Stand auf. Sie schüttelte die langen Goldhaare, blies den Pony hoch.

»Wieso bin ich hier, wir waren doch in meinem Zimmer im Castle.«

Anne strich mit den Fingerspitzen ganz zärtlich über die rauen Steine der Mauer.

»William?«, rief sie mit einer Stimme, die nach gurrender Taube oder schnurrender Katze klang. »Er wollte mir etwas ganz Wichtiges zeigen. Hier drin.« Sie lehnte ihr Gesicht an die Mauer. »Er ist total süß. Er hat ein Gedicht für mich geschrieben und er liebt mich.«

»Anne!« Robin riss an ihrem Oberarm und zog sie von der Mauer weg. »Anne, William war nie hier. Er ist ein Phantom, ein Untoter, ein Vampir, was weiß ich, jeden-

falls ist er gefährlich. Er wollte dich beißen. Wir haben es beide gesehen, stimmt's, Sina?«

»Vielleicht hat er sie schon gebissen«, sagte Sina, »zumindest hat er sie ebenso hypnotisiert, wie er es mit dir macht. Schnell, Robin, schau nach, ob sie am Hals Bisswunden hat.« Sina drehte schon Annes Handgelenke um, konnte aber keine Abdrücke von Zähnen finden.

»Halt mal still, Anne!«

»Warum denn, spinnt ihr?« Robin bündelte Annes dichtes Haar im Nacken.

Sina reckte sich auf die Zehenballen und prüfte jedes Fleckchen Haut mit kritischen Blicken.

»Ich kann nichts finden. Wir sind gerade noch rechtzeitig gekommen.«

»Was sagst du, rechtzeitig?« Annes Augen färbten sich

urplötzlich meergrün. Wild fuhr sie Sina an. »Gestört habt ihr uns. William wollte mich gerade küssen. Ich hätte den ersten Kuss meines Lebens bekommen und ihr, ihr schreit und tobt und verjagt ihn!«

Robin und Sina starrten sie an und brachten kein Wort heraus.

Anne aber warf ihr Haar in den Nacken, blies den Pony hoch und fing an die Mauer abzutasten.

»Wo willst du denn hin?« Robin lief ihr nach und Sina, die sich Wastls Leine ums Handgelenk geschlungen hatte, folgte ihnen. Wastl war weiterhin putzmunter, er zog und zerrte an der Leine, dass ihm das Halsband wie so oft fast die Gurgel abdrückte.

Anne tastete im Gehen die Mauer ab. Sie wirkte wieder wie eine Schlafwandlerin.

»Sie sucht eine verborgene Tür.« Sina raunte dicht an Robins Ohr. »Sie folgt seinem hypnotischen Befehl. Ich möchte zu gern wissen, wo sich dieser William versteckt hat.«

»Ich auch«, Robin nickte. »Und warum er Anne und mir seine Gedanken aufzwingen kann.« Er umklammerte einen Zipfel von Annes weißem Sweatshirt, weil er Angst hatte, sie könne genauso plötzlich verschwinden wie William gewöhnlich verschwand.

So erreichten sie das eiserne Tor, vor dem Robin den Vampir zum ersten Mal gesehen hatte. Anne rüttelte an den Stäben, aber es half nichts, es blieb verschlossen, als habe man es seit mindestens hundert Jahren nicht mehr geöffnet. Vom Rütteln an den Stäben kam Anne zu sich. »Er ist weg«, sagte sie und ließ den Kopf hängen. »Wie kann er nur durch ein Tor gehen, das verschlossen ist?«

»Glaubst du uns jetzt, dass William kein normaler Junge ist?« Robin ließ das Sweatshirt los und nahm seine Schwester an der Hand. Das hatte er auch seit mindestens hundert Jahren nicht mehr getan. Es beruhigte ihn aber sehr, dass sich ihre Finger warm anfühlten und dass Anne die ihren fest mit seinen verschränkte.

»Ein gewöhnlicher Junge ist er wirklich nicht«, sagte sie leise. Dann seufzte sie brunnentief. »Ob er mich auch so gern mag wie ich ihn?«

»Das glaub ich kaum«, sagte Sina trocken. »Kommt jetzt, es wird dunkel, wir sollten uns lieber beeilen.«

Tatsächlich verschwanden die letzten goldroten Streifen am Horizont.

»Wir nehmen besser die Straße«, sagte Robin, »die Treppe unter den Jasminbüschen ist zu gefährlich.«

Bergab ließ sich Anne von Wastl ziehen. Robin, der beide im Blick behielt, trabte mit Sina ein paar Schritte hinterher.

»Wir müssen aufpassen, sie ist in diesen William verknallt«, sagte Robin.

»Auch schon gemerkt?« Sina tat etwas überheblich. »Er hat sie mit diesem Spruch oder was es war geködert.«

»Du meinst das Gedicht? Glaubst du, dass es etwas zu bedeuten hatte? «

»Denk doch mal scharf nach, Robin«, sagte Sina, als Wastl und Anne vor ihnen in der Kurve verschwanden, »er hat das Gedicht vorgetragen und konnte sich gleich danach deine Schwester schnappen. Ich bin sicher, es wirkt zumindest auf Anne hypnotisch. Und Anne will er aussaugen, wie er es zuvor mit den Hunden gemacht hat.«

Sie bogen um die Kurve. Anne wartete auf sie. Im weichen Abendlicht sah sie zart und sehr hübsch aus.

Sie ist kein bisschen hässlich, dachte Robin, warum bildet sie sich nur ständig ein, dass kein normaler, netter Junge sich in sie verliebt?

»Ich lasse auf keinen Fall zu, dass William sie beißt«, sagte Robin zu Sina.

NÄCHTLICHE BOTSCHAFT

Ich werde dir mit meiner Taschenlampe ein Zeichen geben, sobald Bipi schläft. Dann treffen wir uns einfach noch mal ganz allein hinter eurem Haus und entwerfen einen Schlachtplan, okay?« Sina hatte den Arm um seine Schulter gelegt und flüsterte ihm ins Ohr.

Er konnte nicht antworten, denn seine Schwester lächelte spöttisch. »Oho«, sagte sie, »du fängst aber früh an, kleiner Bruder!«

Das ärgerte Robin. Aber so war Anne. Selber verliebte sie sich in den hinterletzten Vampir und ihn verspottete sie, weil Sina ihn freundschaftlich umarmte. Er machte sich los. »Es ist überhaupt nicht, wie du denkst!«, sagte er, ließ beide Mädchen stehen und schloss die grün bemalte Haustür auf. Aber im Flur schnupperte er. Jasmin! In dem alten Häuschen seiner Großeltern, der Familie Potter, duftete es nach Jasmin und damit nach Vampir! Die grauenhafte Erscheinung unter den Jasminsträuchern! Der erhängte Junge. Der Jasminduft hatte alle Bilder aufgesogen, wie ein Schwamm Wasser aufsaugt.

Alle Gefühle von vorhin stürmten noch einmal auf Robin ein. Klar denken! Sina hat gesagt, ich solle klar denken! Der Duft schwoll an. In Robins Hirn kreiste der letzte Satz aus Williams Gedicht: »Und haltet mich in altem Duft gebannt.« Es zog ihn wieder magisch in eine seltsame Stimmung hinein. Seine Augenlider wurden schwer. »Nicht wegsacken!«, hatte Sina gesagt. Also sperrte Robin die Augen auf. Zum Glück betrat Anne jetzt die Küche und Wastl bellte ihn fröhlich in die Wirklichkeit zurück. Tante Mary und Mum saßen im Wohnzimmer, wärmten ihre Hände an Teetassen aus zartem Porzellan und ihre Herzen an den Gesprächen, die sie führten. Beide saßen so dicht zusammen, dass ihre Knie sich berührten. Sie schauten nur sehr flüchtig auf, schwiegen sekundenlang und lächelten den Kindern zu, die in der Tür standen.

»Wir sind zurück«, sagte Robin, »aber das seht ihr ja.«

»Wonach riecht es denn hier?« Auch Anne schnupperte.

»Deine Mum hat mir Jasmintee mitgebracht. Möchtest du auch etwas?« Tante Mary zeigte auf die Teekanne, die ebenso mit Rosen bemalt war wie die Tassen.

»Oh ja, gern. Es riecht wirklich wundervoll«, sagte Robins Schwester, nahm sich eine Tasse aus dem Büfett, legte Kandis hinein, goss heißen Jasmintee darüber und setzte sich auf das Sofa. Sie sah glücklich aus, weich und verträumt.

Das warnte Robin. Er nahm sich ein Glas Milch mit nach oben. Unterm Bett hatte er einen Knoblauchzopf versteckt und würde eine Zehe in die Milch tun. Noch wichtiger war, dass er Anne einige Zehen unters Bett legte.

Sicherheitshalber. Sie mochte Knoblauch nicht und würde nie freiwillig welchen essen. Er knipste in ihrem Zimmerchen das Licht an. Kniete sich vor dem Bett unter der Dachschräge nieder und steckte eine Knoblauchzehe unter Annes Leintuch. Da sah er den Papierfetzen auf der Bettdecke. Das blutrote Herz fiel ihm sofort auf. Noch ehe er aber lesen konnte, was in das Herz hineingekritzelt war, knarrte hinter ihm die Tür.

Tödlicher Schreck! Eine Klaue in seinem Genick, eine grauenhafte Stimme in seinem linken Ohr: »Fass es nicht an! Es gehört nur mir!« Nein, nicht William, sondern Annes schwesterliche Krallen schüttelten ihn.

Aber er hielt den Fetzen bereits in den Fingern, die nach Knoblauch rochen.

»Er hat mir geschrieben.« Anne, die ihm über die Schulter geguckt und alles gelesen hatte, kreischte vor Zorn. »Du hast kein Recht, es zu lesen! Er liebt mich! Er wird heute Nacht zu mir kommen.«

Robin starrte sie entsetzt an. »Er will was?«

Anne pflanzte sich neben ihren Bruder auf die Bettkante und zog an dem Papierstück, dessen Ränder verkohlt und eingerissen waren. Wie bei einer alten Schatzkarte war das Papier braungelb und fleckig. »Komme nachts zu dir, mein Herz, dein W.«, stand in großen, sehr steifen Buchstaben ebenfalls mit roter Farbe mitten in dem Herzen. Wo Robins Finger das Papier berührten, zerfloss die rote Farbe langsam. Blutig tropfte es aus dem Papier und tröpfelte auf

die Dielenbretter. Erschrocken ließ er das Blatt los. Anne kreischte. Das Blatt segelte langsam zu Boden. Sobald es die Dielen berührte, schoss eine kleine Flamme hoch. Blitzschnell trat Robin mit dem Fuß darauf. Das Papier ringelte sich zusammen und zerfiel zu Asche. Das Herz hinterließ einen tiefroten Fleck auf den Dielenbrettern.

»Idiot!« Annes Augen sprühten tödliche Blitze. »Warum hast du den Brief verbrannt?«

»Hab ich nicht, ich hab gar kein Feuerzeug und keine Streichhölzer.« Er zeigte ihr seine leeren Handflächen.

»Du hast sie unters Bett geworfen, ich kenn dich doch.« Sie kniete vor dem Bett nieder und suchte. Fand aber nur die Knoblauchzehen, die Robin noch nicht versteckt hatte, weil sie ihm vor Schreck aus den Händen gefallen waren, als Anne ihn überraschte.

»Bah!« Sie warf den Knoblauch auf die Bettdecke. »Jetzt weiß ich wenigstens, warum du so grauenhaft stinkst. Deine neue Freundin mieft übrigens genauso.«

»Knoblauch hält Vampire ab«, sagte Robin. »Und dein neuer Freund ist ein Vampir!« Zum ersten Mal glaubte Robin echt daran.

Anne aber glaubte ihm nicht einen Satz. Sie blies ihren Pony hoch und zeigte ihm einen Vogel, dann schob sie ihn aus der Tür.

Hier endet vorläufig mein Roman, weil ich bisher nichts weiter erlebt habe. Ich warte auf Sinas Zeichen, damit wir uns treffen und beraten können, wie wir den Vampir unschädlich machen.

Eben hab ich bei Anne nachgeschaut, ob alles in Ordnung ist. Ich hab vorsichtshalber den Zopf aus Knoblauchknollen auf ihr Fensterbrett gelegt. Aber ob das hilft? Ob so ein paar Knoblauchzehen einen liebestollen Vampir abhalten?

Meine Knoblauchmilch hab ich auch getrunken. Schmeckte abscheulich. Hab fast gekotzt. Ist das ein gutes oder ein schlechtes Zeichen? Bin ich noch ich selbst? Fängt es schon an? Schnell nachschauen.

Sinas Taschenspiegel passt genau in meine Handfläche. Soll mich nur keiner fragen, wie oft ich reinschaue.

Es ist wie ein Zwang geworden. Erst recht, seit dieser Vampir auch noch Botschaften an meine Schwester schreibt.

Sogar jetzt, wo ich verzweifelt auf Sinas Blinklicht warte, glotze ich im Schein meiner Taschenlampe hinein. Ich stelle und beantworte meine drei Routinefragen.

Erstens: Hab ich überhaupt noch ein Spiegelbild? Hab ich. Dem Himmel sei Dank! Ich bin noch sichtbar.

Zweitens: Blasse Haut? Ja! Entsetzlich geisterhaft bleich sehe ich aus. Ringe unter den Augen, das war heute Nachmittag noch nicht so. Fängt es also doch an?

Drittens: Zähne blecken. Und? Mir scheint, die Eckzähne sind etwas spitzer als vorhin. Tödlicher Schreck. Sind sie? Verwandle ich mich? Herzklopfen bis zum Hals. Die Taschenlampe poltert mir aus der Hand.

Greifen. Spiegel weg. Ruhig Herz. Zurück ans Fenster.

Und da, endlich, blinkt Sina unser Zeichen.

TOT ODER LEBENDIG?

Tut mir Leid«, flüstert Sina, sobald wir dicht nebeneinander auf der Steinbank unter dem Rosenbogen in Tante Marys Garten sitzen. »Bipi wollte einfach nicht einschlafen. Ich musste ihm drei Geschichten und hundert Witze erzählen. Nein, natürlich nicht hundert«, kichert sie, drückt ihre Schulter gegen meine.

»Du ahnst ja nicht, was inzwischen passiert ist«, sage ich. »William hat meiner Schwester einen Liebesbrief ins Zimmer geschmuggelt. Der wird immer dreister!« Ich schildere alles haargenau.

Aus dem Wohnzimmerfenster fällt ein helles Viereck auf den Rasen vor uns. Die Nacht ist erstaunlich warm und klar. Kein Nebel, ein grellweißer Vollmond im Kastanienbaum.

»Also«, sage ich, »was tun wir, wenn William angeflogen kommt und zu Anne reinwill?«

Sina denkt nach, dann sagt sie: »Wir müssen ihm einen Pfahl ins Herz bohren.«

»So was kann ich nicht!«

»Meinst du, ich könnte es? Aber wenn wir es nicht tun, saugt William deine Schwester aus bis zum letzten Bluts-

tropfen. Oder glaubst du, Vampire würden jemanden verschonen, den sie lieben?«

»Kann doch sein!«

»Kann es nicht! Je verliebter sie sind, umso blutrünstiger!« Sina bleckt ihr Gebiss, das im Mondlicht weiß leuchtet. »Wann hast du zuletzt in den Spiegel geguckt?«

Ich greife vollautomatisch in die Tasche. Spiegelbild schwach erkennbar trotz mieser Beleuchtung.

»Mund auf«, befiehlt Sina wie eine Zahnärztin. Ich gehorche und sie tastet mit der Kuppe ihres Zeigefingers meine obere Zahnreihe ab. »Na ja«, sagt sie, »geht so. Ein bisschen spitz sind die Eckzähne. Waren sie das immer schon?«

»Weiß ich doch nicht, hab's früher nicht alle paar Minuten überprüft.«

Es rauscht in den Kastanienbäumen. Wir fahren hoch. Horchen. Klammern uns aneinander. Zittern.

»War nur Wind«, flüstert Sina nach ein paar Sekunden. »Ist ja auch noch lange nicht Mitternacht.«

»William hat nichts von Mitternacht geschrieben.«

»Ach«, sagt Sina, »geh mal davon aus, dass ein Vampir sich am liebsten in der Stunde null anschleicht.«

»Daran hat sich William bisher aber nicht gehalten.«

»Hast auch wieder Recht. Mist. Bei dem Kerl stimmt aber auch gar nichts. Am Ende schwärmt er noch für Knoblauch.«

»Tut er nicht. Seit wir Wastl mit Knoblauch füttern, lässt er ihn in Frieden.«

»Hast du dir schon mal überlegt«, sagt sie, »was das eigentlich ist, ein Untoter?«

»Jemand, den es nicht geben kann und den es doch gibt«, sage ich.

Sina hat die Hände zwischen ihren Knien gefaltet, sie hockt vornübergebeugt. Jetzt reibt sie ihre Handflächen aneinander. »Tot sein ist eindeutig. Wer tot ist, hat seinen Körper verlassen. Alle Lebensfunktionen sind erloschen. Das Gehirn sendet keine Signale mehr, das Herz pumpt kein Blut, der Körper fängt an zu verwesen.«

»Du redest wie eine Ärztin«, sage ich und bin wirklich erstaunt darüber, wie genau Sina sich ausdrückt.

»Grit ist Gynäkologin«, sagt sie und setzt sich aufrecht hin. »Meine Mutter heißt Grit. Und Viktor, mein Vater, ist Unfallchirurg. Wir reden zu Hause oft über Grenzfälle.«

Ich muss schlucken. Ärzte? Hätte ich nicht gedacht. Wie Halbgötter in Weiß sehen Sinas Eltern wirklich nicht aus. Andererseits kann ich mir Sina als erwachsene Frau im weißen Kittel supergut vorstellen.

»Grenzfälle?«, wiederhole ich unsicher.

»Der Zustand zwischen Leben und Tod. Der Übergang, die Phase, in der man einen Menschen wiederbeleben kann.«

»Davon hab ich gehört. Herzmassage und so«, sage ich.

Sina nickt und klemmt wieder ihre Hände zwischen die Knie. »Wenn wir davon ausgehen«, sagt sie, »dass die Seele oder der Geist eines Menschen sich in der Zeit zwischen Leben und Tod noch nicht weit vom Körper entfernt hat, aber auch nicht mehr völlig drin ist, dann hätten wir einen Untoten. Viktor hat es so beschrieben und Grit hat gesagt, dass früher, als es noch keine Hightech in der Medizin gab, Menschen manchmal in diesem Zustand begraben wurden.«

»Wie? Waren die dann weder tot noch ganz lebendig?«

»Ja, schrecklich, nicht? Man hat sie begraben und es kam vor, dass so eine Halbleiche wieder aus dem Grab herausgestiegen ist und dann völlig benommen im Leichenhemd auf dem Grabstein hockte.«

Ich sehe plötzlich ein Bild vor mir: Williams Körper liegt unter einem Baum und darüber, in den Zweigen, hockt William, als eine Art Geist, wie er uns erschienen ist, mit flatterndem Hemd und zerfetzten Schuhen. Das Bild ist ganz klar und deutlich. Ich kann sogar den Duft der blühenden Büsche riechen, die den Baum fast überwuchern. Jasmin. Alles um mich herum duftet nach Jasmin. Und dann tauchen zwei Gestalten auf, sie beugen sich über den leblosen Körper und . . . sind verschwunden.

»Was ist denn, Robin, he, hör auf zu zittern! Ich hab dir doch nur medizinische Tatsachen . . .« Sinas Arme umschlingen und drücken mich. Gut so. Danke, Sina.

In einem amerikanischen Kinofilm würde die Heldin den Helden jetzt fragen: »Bist du okay?«, und er würde versichern: »Ich bin okay, es geht mir gut!« Was natürlich nicht stimmt. Sina fragt nicht so blöd. Sie hört zu, wie ich ihr stockend das Bild beschreibe, das sich mir aufgedrängt hat. Sina nickt.

»Und haltet mich in altem Duft gebannt«, sagt sie.

»Es passt ganz gut zu dem, was Mrs. Huxley herausgefunden hat. Aber was hat William Schlimmes getan? Warum hat man ihn überm Jasmingestrüpp erhängt?«

»Vielleicht ist Jasmin giftig. Die Leute haben ihre Könige früher oft mit Gift umgebracht. Vielleicht war William ein Prinz und sollte vergiftet werden«, sage ich. »Es hat aber nicht ganz geklappt und er wurde lebendig eingemauert!«

»Gemauert. Wie kommst du auf gemauert?«

»Ist mir nur so eingefallen.« Ich zucke die Schultern.

»Wer lebendig eingemauert wird, verwest nicht, hab ich mal gelesen«, sagt Sina. »Du, Robin, wir sind nahe dran. Jetzt müssen wir nur noch herausfinden, wo man William eingemauert hat.«

»Das hat Anne ja auch schon versucht. Meinst du, es nützt etwas, wenn wir sein Grab finden?«

»Na klar. Wir müssen doch die Leiche mit einem Eichenpfahl durchbohren.«

»Hier gibt's aber nur Kastanien. Zwei vor dem Haus und eine hier im Garten.«

»Kastanienholz tut's bestimmt auch.«

DER DUNKLE WEG

In diesem Augenblick rauscht es über unseren Köpfen. Wird plötzlich stockdunkel, streift nass mein Gesicht. Sina und ich schreien gleichzeitig auf, klammern uns aneinander. Ziehen uns gegenseitig hinter die Bank. Ducken uns. Sehen einen riesigen schwarzen Falter an Annes Fenster. Klirrt das Glas? Dringt er durch die Scheibe, obwohl sie nicht zerbricht? Ist er ein Geist oder besteht er aus Haut und Knochen? Wir rühren uns nicht. Der Vampir gleitet an der Hauswand herunter, kommt auf uns zu. Drohend bleckt er die Vampirhauer.

»Wer von euch hat den Knoblauch auf ihr Fensterbrett gelegt?«, faucht er. »Du?« Er zeigt auf Sina. Seine Hand ist weiß wie ein Leichentuch, seine Fingernägel spitz wie Krallen. »Oder du?«

Zwei Meter vor uns bleibt er stehen. Im fahlen Mondlicht glitzern seine Augen. Ich sehe das Weiße seiner Augäpfel.

Und jetzt gleichzeitig: Licht auf dem Rasen. Meine Mum und Tante Mary in der offenen Terrassentür. »Robin, Anne? Habt ihr gerufen?«

Da niest William ganz entsetzlich laut und verschwindet. Sina und ich halten uns gegenseitig den Mund zu. Im tiefen Schatten des Rosenbogens, dazu noch hinter die Bank gekauert, sehen sie uns nicht.

»Waren wohl nur die Katzen. Bei Vollmond schreien sie manchmal wie kleine Kinder«, sagt Tante Mary.

»Mir klang es anders«, sagt meine Mum. Ein Glück, dass beide wieder ins Haus gehen. Sina und ich bleiben allein im mondfahlen Garten.

»Der sah aber schlimm aus«, sagt Sina. »Er tat mir richtig Leid. Vielleicht ist er doch nicht so böse, wie wir denken.«

»Der und nicht böse? Hast du die Krallen nicht gesehen? Und wie gemein seine Augen gefunkelt haben?«

»Krallen? William hat keine Spur von Krallen. Er hat uns die Hände hingestreckt. So.« Sie macht es vor. Ihre Hände schimmern hell im Mondlicht. »Der will, dass wir ihm helfen.«

»Der hat gedroht!« – »Hat er nicht!« – »Hat er wohl!« Wir schauen uns grimmig an. Auf einmal aber tippt sich Sina an die Stirn. »Hypnose!«, sagt sie. »William erscheint jedem von uns in einer anderen Gestalt. Du siehst einen grässlichen Untoten, ich einen armen, halb verhungerten Jungen in lumpigen Kleidern und Anne sieht einen netten Grufti, der ihr Freund sein will, der hypnotisiert uns.«

»Daran hab ich auch schon gedacht. William kam mir ja nicht immer schrecklich vor, nur manchmal. Zum Beispiel ganz am Anfang, als ich ihn im Keller röcheln hörte, und dann, als er mir am Fenster erschienen ist, nur als

Kopf mit Flügeln. Aber als ich ihn gefragt habe, ob er im Castle wohnt, hat er gesagt, sie wohnten alle DREI dort.«

»Ein Telepath, ein Energiebündel, das seine Gedanken auf uns überträgt?«, überlegt Sina.

»Oder es sind mehrere Geister, die in verschiedenen Gestalten erscheinen. Jedenfalls macht es uns alle total verrückt.«

»Ja, wenn es nur das wäre«, sagt Sina, »das ginge ja noch, du hast ja gemerkt, dass wir uns wehren können. Wenn wir laut sagen: ›Verschwinde!‹, erlischt der Spuk tatsächlich. Aber William braucht anscheinend immer wieder frisches Blut, um untot zu bleiben. Darum müssen wir sein Grab in der Mauer finden, ihn ausbuddeln und mit Hammer und Pflock . . .«

»Hör auf, Sina, mir wird schlecht, wenn ich nur daran denke! Als Vampirjäger bin ich unbrauchbar, ehrlich!«

»Lass uns morgen weiter überlegen«, sagt Sina. »Heute Nacht kommt William bestimmt nicht wieder.«

»Okay«, sage ich und spüre plötzlich ein seltsames Flattern im Magen, »gehn wir. Jeder in sein Haus. Aber ich werde bei Anne nachschauen, ob wirklich alles clean ist. Bleib an deinem Fenster. Wenn ich einmal funke, ist es in Ordnung. Dreimal bedeutet, dass etwas nicht stimmt und wir uns noch einmal treffen müssen, am besten hier.«

»Einverstanden«, sagt Sina. Wir bücken uns gleichzeitig nach den Taschenlampen, die wir unter der Bank abgelegt haben, und stoßen leicht mit den Köpfen zusammen. Darüber müssen wir lachen. Das bange Gefühl verfliegt.

In Tante Marys Haus riecht es modrig. Kein Wunder, denke ich, die Kellertür steht ja einen guten Spaltbreit offen. Wahrscheinlich haben sie sich Wein raufgeholt und vergessen sie zu schließen. Ich fasse die Klinke an und schnuppere. Ein kühler Luftzug streift meine Nasenflügel. Aber es riecht nicht nur nach Kalk und alten Mauern. Es riecht nach verschimmeltem Stoff und nach Jasminblüten. Kann noch vom Tee kommen, den Mum und Tante Mary sich aufgebrüht haben. Ich schließe leise die Kellertür. Die beiden im Wohnzimmer merken sowieso nichts, weil sie Musik hören und reden. Wastl müsste eigentlich bellen, aber wahrscheinlich liegt er wie eine Wärmflasche auf Tante Marys Schoß.

Sie merken auch nichts, als ich die Treppe raufsteige, obwohl die Stufen fürchterlich laut knarren.

Annes Zimmertür steht offen. Es brennt kein Licht. Mein Magen flattert und glibbert. Höchster Alarm. Als ich vorhin runterging, schlief sie fest. Licht an. Auf dem Bett liegt nur Wastl und blinzelt verstört. Ich stürze ans Fenster. Der Knoblauchzopf liegt unberührt da. Ich stecke die oberste Knolle in meine Jeans, lasse den Zopf herausbaumeln und blinke zu Sina hinüber. Gefahr! Gefahr! Gefahr!

Sie blinkt sofort zurück. Hat verstanden. Wir treffen uns noch einmal bei der Gartenbank.

»Und?,« fragt sie, trägt jetzt einen Jogginganzug und

Turnschuhe. Sie reibt die Hände aneinander, es ist schon ziemlich kalt jetzt.

»Anne ist weg. Die Kellertür stand offen, ich fürchte, William ist diesmal durch den Keller ins Haus gekommen.«

»Los«, Sina schubst mich vor sich her, »dann gehen wir auch durch den Keller, falls es da einen Ausgang für lebende Menschen gibt.«

Ich reiße eine Knolle von meinem Knoblauchzopf. »Reib dir vorsichtshalber die Handgelenke und den Hals ein«, flüstere ich. »Bei William weiß man nie. Am Ende verliebt er sich plötzlich auch noch in dich!«

»In mich doch nicht!«, sagt Sina, reibt sich aber ein. Ich finde den Geruch angenehm frisch und mache es ihr nach. Ich hatte die Haustür nur angelehnt, wir schieben sie leise auf. Machen kein Licht. Schleichen die Kellertreppe hinunter. Ich voraus. Mein Herz klopft in den Ohren. Lichtkreise von unseren Taschenlampen hüpfen über die Wände. Gut, dass Sina von hinten ihre Hand in meine schiebt.

Regale, in denen Konservendosen stehen, Weinflaschen liegen. Kisten voller Kram, alte Möbel. Die Tür zur Waschküche und zum alten Kohlenkeller.

»Mach auf«, sagt Sina.

Ich möchte lieber umkehren. »Da ist aber nichts drin«, raune ich ihr zu, »Tante Mary heizt mit Öl, der Heizungskeller ist dort. Der Kohlenkeller hat nur ein Loch mit einer Rutsche, früher haben sie da Kohlen durchgeschüttet.«

»Eben, genau dieses Loch brauchen wir«, sagt Sina, »da könnte er reingeschlüpft sein.«

»Wir können da aber höchstens auf die Straße rauskriechen. Es nützt uns nichts.« Ich wehre mich verzweifelt, auf keinen Fall will ich in diesen winzigen, stockfinsteren Raum.

Aber Sina öffnet schon die Tür und leuchtet die Wände ab. Ganz hinten in der dunkelsten Ecke liegen Ziegelsteine. Dahinter ist die Mauer aufgebrochen und es beginnt ein Gang. Magisch zieht es mich hinein. Ich weiß nicht, ob ich schlafe oder wach bin, aber ich höre Sinas Stimme, spüre ihre Hände auf meinen Schultern. Ihre Hände sind sehr groß. Oder bin ich sehr klein? Bin ich der jüngste Königssohn von jenem Gemälde? Oder wer?

»Ich bleibe dicht bei dir«, sagt Sina, ihre Taschenlampe hat sich in eine altertümliche Laterne verwandelt. Meine Lampe habe ich verloren und Sina spricht mit der Stimme einer Erwachsenen.

Im finsteren Gang tönen Stimmen.

»Da bist du ja, mein Herz«, sagt eine junge Männerstimme.

Ein Mädchen lacht, leise und zärtlich.

Meine Schwester! Sie trifft ihn wieder!, durchfährt es mich. Er will uns retten. Befreien. Ich laufe, stolpere. Sina stolpert über mich, ihre Laterne erlischt. Ich taste fahrig über den Boden. Er ist glitschig und dann greife ich Fell, Füßchen, Schwänze. Ratten! Es wimmelt von Ratten. Zurück! Nur weg hier! Ich schreie, es müsste gellend von den Wänden hallen, aber ich höre keinen Ton.

»Mach den Mund zu, he, Robin, komm zu dir. Du hattest Recht, im Kohlenkeller ist nichts außer dieser Kohlenrutsche. Und die steht an der Wand. Das Fenster ist verschlossen und voller Spinnweben. Hier kann nur ein Geist durchschlüpfen. Wir müssen draußen nach Anne suchen.«

Ich schüttle mich. Möchte diese Stimmungen verscheuchen, die mich immer wieder in ihren Bann ziehen. Ich möchte William am Kragen packen und ihn so lange rütteln, bis er zu Staub zerfällt. Woher nur hat dieser Vampir seine Macht? Ich will nicht, dass er die Zeiten hin- und herkippt, wie es ihm passt. Mit Sina kann er längst nicht so leicht spielen. Sie wehrt sich viel besser.

Mich überrumpelt er ständig. Plötzlich habe ich große Lust, ihm einen Pflock ins eiskalte Vampirherz zu bohren.

Wir schleichen die Kellertreppe hoch. Es wundert mich schon gar nicht mehr, dass wir unsere Taschenlampen in den Händen halten wie zuvor. Wir sind ja wieder in der Gegenwart. In unserer ganz normalen Gegenwart, in der ich bleiben möchte. Die Spülung vom WC rauscht. Die Toilettentür geht auf.

»He, was schleicht ihr denn hier herum? Macht doch Licht!«

Anne! Meine echte, lebendige Schwester Anne im Rüschenhemd von Grandma. Kein Vampir hat sie geraubt.

Sie war nur mal eben für kleine Mädchen.

Sina und ich gucken uns an und lachen hysterisch.

»Geht ihr spuken?« Anne grinst abenteuerlustig. »Wartet, ich komm mit, ich zieh nur was über.«

Sina und ich setzen uns auf die Steinschwelle vor der Haustür und warten. Ich sehe noch immer die Ratten um mich wimmeln, spüre ihre ekligen Felle, höre sie fiepen. »Vergangenheiten träumt ihr, ferne, und haltet mich in altem Duft gebannt«, hat der freundliche William gesagt. Aber es gibt auch die anderen Williams. Wie hängt es nur zusammen?

»Vielleicht sollten wir ihm Jasminblüten ans Grab legen anstatt ihm einen Pflock durchs Herz zu bohren«, sage ich.

»Gute Idee, wenn wir nur wüssten, wo das Grab genau ist«, sagt Sina.

DAS GEHEIMNIS DER MÖRDER

Anne hat Jeans, Shirt und Jacke angezogen. Mit dem Handrücken schleudert sie ihr langes Haar aus dem Nacken. »Also, los, geistern wir durch die Nacht!« Sie breitet die Arme aus und tanzt auf der Straße vor uns her. Sie ist echt gut drauf.

Wie kalt und klar das Mondlicht sein kann, denke ich und sage dem Romanhelden in mir: Robin, gib Acht, William kann uns überall auflauern, vielleicht hat er uns herausgelockt, uns eine Falle gestellt. Normal ist es jedenfalls nicht, dass wir drei schon wieder die Treppen hochsteigen. Noch sind wir hellwach, aber diese seltsame Traumstimmung kann jederzeit wieder über uns kommen!

Anne hüpft voraus, rupft Jasminzweige ab. »Ihr seid ja Sterne, die meine Hand gepflückt hat und zum Kranze wand«, singt sie laut nach einer selbst erfundenen Melodie und wedelt mit dem Strauß aus Blüten vor unseren Nasen herum.

Ist William jetzt plötzlich in Anne gefahren und spricht durch sie? Es soll ja so was geben und inzwischen halte ich alles für möglich.

»Wehr dich, Anne«, schreit Sina, die etwas Ähnliches

spürt. Sie ist mit einem Satz bei Anne und hält sie an der Strickjacke fest. Es hilft nichts. Wir befinden uns schon alle drei im Sterbezimmer der Princess Elizabeth. Sind wieder auf William hereingefallen, in seine Zeit gefallen wie in ein Loch.

Ich sehe und begreife nicht. Im Bett aber liegt Anne im Rüschenhemd und ist tot. Vor ihr kniet dieser zerfledderte Grufti, umarmt sie und weint. Er hat sie getötet! Dieser Wahnsinnige hat meine Schwester umgebracht! Ich könnte ihn sofort mit meinen eigenen Händen erwürgen. Ein Wirbel aus Zorn und Verzweiflung packt mich. Mich? Ich bin gar nicht mehr Robin, ich bin Henry, der jüngste Prinz. Ich bin im Castle gefangen und werde noch lange hier allein sein. Ganz allein. Zwei Menschen treten ins Zimmer. Ich kenne beide. Morgan, mein alter Freund. Er hat mir Bogenschießen beigebracht. Und die andere Mrs. Huxley. Sie verwaltet die Küche und steckt mir manchmal Leckerbissen zu. Jetzt trägt sie einen gerüschten Morgenmantel, die Haare wie ein Vogelnest wirr um ihr Gesicht.

»Komm weg, Will«, sagt sie. »Du hast sie geliebt, aber sie ist tot. Jemand hat Gift in ihr Essen gemischt. Man wird dich beschuldigen.«

»Du hast ihr täglich das Essen gebracht«, sagt der alte Morgan.

Es poltert entsetzlich. Waffen klirren. Jemand schreit: »Der König flieht!« William zerrt die tote Prinzessin vom Bett und trägt sie auf den Armen zur Tür. Mrs. Huxley deckt ihren gerüschten Morgenmantel über mich. William schreit wie ein Tier. Ich halte mir die Ohren zu und weine.

Die Tränen drücken mir fast die Augäpfel aus den Höhlen. Ich muss das viele Wasser herausweinen, das in mir hochsteigt, und vergrabe mein Gesicht in den Armen.

Als ich aufschaue, ist das Zimmer verschwunden, Sina, Anne und ich kauern in einem Erdloch zwischen Steinen und Bauschutt. Wie wir hergekommen sind, wissen wir nicht. Über uns leuchtet kalt der Mond. Wir haben Angst und drücken uns aneinander wie Kaninchen im Bau.

Plötzlich erlischt der Mond. Schatten an den Wänden; Kerzen in geschmiedeten Leuchtern flackern. William liegt reglos auf den Steinen. Um seinen Hals ist ein Strick geknotet und Blut sickert aus den Stichwunden an seinen Handgelenken. Jemand, den wir nicht sehen können, tritt Williams leblosen Körper mit harten Schuhen. Die Schuhe sehen wir. Wir zucken bei jedem Tritt zusammen, als ob es uns treffen würde.

»Fahr zur Hölle, verdammter Vampir!«, schreit jemand und eine andere Stimme befiehlt: »Mauert ihn ein, sonst steht er auf und saugt uns aus, wie er die Prinzessin ausgesogen hat!«

Wir sehen Hände, die Steine heben.

»Schluss damit!« Anne reißt ihre Arme hoch. Mit den Handkanten zerschlägt sie die Steine, als wären sie Luft. »William«, sagt sie laut, mit einer fremden, sehr klaren Stimme, »du musst gehen. Elizabeth ist längst nicht mehr hier. Ganz egal, ob du sie getötet hast oder nicht, geh weg von hier. Geh dorthin, wo die Toten auf Gottes Richterspruch warten. Hab keine Angst. Im Namen von Elizabeth spreche ich dich frei von Schuld.«

William schlägt die Augen auf, fährt hoch. »Ich bin nicht gestorben! Ich lebe noch! Und Elizabeth lebt auch. Du bist Elizabeth. Ich liebe dich! Ich werde dich aus dem Schloss befreien.«

»Ich bin Anne. Meine Zeit ist nicht deine!«

Ich bewundere meine Schwester. Dass sie so großartig sein kann, hätte ich nicht gedacht. »Und ich bin nicht Henry«, rufe ich dazwischen.

Aber der Vampir zwischen uns schnellt plötzlich hoch. Wir zucken zurück, halten einander instinktiv fest umklammert.

»Ihr dummen Kinder!« Sein Blick ist starr und er grinst höhnisch. »Ich bin nicht nur euer armer William! Aber ihr begreift nichts!«

Seine Stimme verändert sich noch einmal, er wirkt jetzt eiskalt und brutal: »Habt euch begeben auf finstere Pfade. William verwest nicht. Das fanden wir schade. Nahmen Besitz, seine Haut, seine Knochen. Hätten ihm gern das Genick ganz gebrochen. Sind in den untoten Körper gekrochen. Sind ohne Namen. Mörder sind wir. Saugen das Blut aus Menschen und Tier!«

Williams Mörder beugen sich über uns. Breiten einen pechschwarzen Mantel aus. Es wird stickig. Es wird finster. Unser Ende. Erde rutscht, Steine poltern.

Von weit her dröhnt das Röhren eines Motorrads.

Ein Blitz wie grelles Scheinwerferlicht zuckt auf. Und durchzuckt mich.

»Gilbert! Thomas!« Hab ich laut gerufen? Kann ich überhaupt noch schreien?

Vor uns stehen Mrs. Huxley und Mr. Morgan. Nein, es sind die beiden anderen, die ihnen so ähnlich sehen. Die in den alten Gewändern. Sie tragen Kerzen in den Händen.

»Schnell«, sagt die Ahnfrau. »Wir können es nur jetzt beenden, solange ihr noch Atem habt. Haucht ihn an.«

Wir versuchen es. Aber die Erdhöhle, in der wir hocken, ist eng und die Luft wird knapp. Die Ahnfrau gibt Sina einen kleinen Stoffbeutel.

»Öffne ihn.« Sina knüpft hastig die Schnur auf.

»Nimm etwas Asche heraus und sprecht alle drei mit mir:

Asche zu Asche,
Staub zu Staub,
es liege kein Untoter
mehr unterm Laub.
Was sie vergruben
in Mauer und Stein,
soll nun für immer
gestorben sein.«

Sina zeichnet ein Kreuz auf Williams Stirn. Da schlägt er die Augen auf. Die Blicke seiner Mörder funkeln uns wild an. Vampirarme greifen nach uns. Ratten wimmeln aus dem Mund, den er öffnet. Wir zucken zurück.

»Schnell, gib den Beutel weiter und sprecht!«, sagt Mrs. Huxleys Ahnfrau.

Mr. Morgan aber kämpft gegen den Vampir, drückt ihm die Arme gekreuzt auf die Brust. Die Ratten verschwinden.

Anne nimmt das Säckchen. »Asche zu Asche . . .« Sie streut ein Aschekreuz über Hände, die einmal Williams Hände waren. ». . . soll nun für immer gestorben sein«, murmeln wir.

Da seufzt der Vampir und schließt die Augen.

Der Beutel in meinen Händen. Muss ich auch noch? Genügen zwei Kreuze nicht? Und wohin soll ich? Die Füße. Die schmutzigen Füße in den kaputten Schuhen. Ich hoffe, es ist richtig.

»Asche zu Asche«, sage ich, »Staub zu Staub, es liege kein Untoter mehr unterm Laub.« Noch einmal sehe ich William unter der Eiche liegen, die völlig vom Jasmin überwuchert wird. Er lebt noch. Eine Hand, ein Messer, das auf ihn einsticht. Wer es ist, kann ich nicht erkennen. William schützt sein Gesicht mit den Armen. Die Stiche treffen seine Handgelenke!

»Lass ihn«, sagt ein anderer, den ich auch nicht sehen kann. »Wir hängen ihn sowieso auf! Strafe für den Schänder der Princess.«

Sie stemmen den Halbtoten hoch, knüpfen ihn an einem Ast auf. Es geht sehr schnell.

»Stirb, Mörder!«, schreien sie, laufen weg.

William röchelt. Der Strick würgt ihn. Aber da finden seine Füße plötzlich einen Halt. Die Jasminzweige! Er kann sich abstützen. Erstickt nicht. Sein Kopf knickt zur Seite. Ohnmächtig, nicht tot!

Anne weint. Sinas Lippen zittern. Auf geheimnisvolle Weise haben wir alle drei gesehen, was damals mit William geschehen ist. Wer hat ihn gefunden und lebendig eingemauert? Wir werden es vielleicht nie erfahren. Ich vollende das Kreuz aus Asche. ». . . soll nun für immer gestorben sein.« Williams Füße zucken ein wenig. Dann liegt er still.

Wir rühren uns nicht. Welche Zeit ist? Vergangenheit oder Gegenwart? Und wohin sind die guten Geister von Mrs. Huxley und Mr. Morgan verschwunden? Mir ist alles so gleichgültig. Vielleicht sind auch wir drei längst unter Erdhaufen begraben.

»Da unten sind sie!«, ruft Gilbert, mein Bruder.

Scheinwerferlicht blendet Anne, Sina und mich. Thomas Silver rumpelt anscheinend auf seinem Motorrad durch den Burggraben dicht an die Baustelle, denn das Scheinwerferlicht wird greller.

»Sucht ihr Ostereier oder was?« Gilberts Gesicht über uns. Ich erkenne jetzt, dass wir wirklich in einem Erdloch hocken, eingesunken bis zu den Knien in lose Erdklumpen und Steine.

»Mensch, mach keine Witze, die sind halb verschüttet«, schreit Thomas. Mit einem Ruck zieht er eine Stange der Absperrung aus dem Boden und hält sie uns hin.

Sina, die am wenigsten eingesunken ist, packt zu. Gilbert und Thomas ziehen sie raus. Dann Anne, zuletzt mich. Wenn ich nur wüsste, wann und warum wir hier heruntergeklettert sind.

Gilbert meckert Anne und mich aus. »Total bekloppt!«, nennt er uns. »Noch ein bisschen mehr Steine und ihr wärt total verschüttet worden!«

»Lass mal«, sagt Thomas und er drückt Anne ganz lieb und fest, »wir haben sie ja rechtzeitig gefunden«.

»Aus purem Zufall!«, schreit Gilbert. Er beruhigt sich nicht so schnell. »Wenn wir nicht zufällig noch eine Runde gedreht hätten. Wenn ich nicht zufällig Robin hätte schreien hören!«

»Ist doch gut gegangen. Außerdem bin ich rübergefahren, weil ich unbedingt Anne wiedersehen wollte. Falls du das immer noch nicht gerafft hast, Gilby!«, sagt Thomas, natürlich auf Englisch. Er lässt Anne gar nicht los, wischt und klopft ihr fast zärtlich den Dreck von Jacke und Jeans. Gilbert glotzt seinen Brieffreund dämlich an und Anne heult los. Weil sie so erleichtert ist? Weil sie kapiert hat, dass Thomas in sie verknallt ist? Jedenfalls nimmt er sie auf den Rücksitz und Gilbert muss mit uns zu Fuß den Berg runter. So gut es geht, klopfen auch Sina und ich unsere Klamotten aus.

WILLIAM VON CARISBROOKE

Tante Marys Haus ist hell erleuchtet. Sinas Eltern reden mit Mum im Vorgarten und fuchteln aufgeregt mit den Händen. Das Motorrad von Thomas Silver lehnt schon in der Garageneinfahrt.

Anne und Thomas sind sicher im Haus. Schon stürzen Sinas Eltern auf Sina zu und meine Mum wirft die Arme um mich und schreit: »Na endlich! Wo wart ihr nur? Wir haben euch verzweifelt gesucht!«

»Kleine Nachtwanderung, nichts weiter«, sagt Sina in den Armen ihrer Eltern und zwinkert mir zu.

»Ja, genau, passt doch gut zum Vollmond«, sage ich schnell.

Sämtliche Elternteile meckern mit uns herum, weil wir nicht gesagt haben, dass wir aus dem Haus gehen, und weil wir so verdreckt sind. Gilbert erzählt niemandem, wo er uns gefunden hat. Anscheinend haben auch Anne und Thomas nichts verraten.

Es ist fast Mitternacht, aber alle sind so aufgeregt, dass auch Sinas Eltern noch mit zu Tante Mary reinkommen. Sina schicken sie rüber in die Pension, damit sie sich wäscht und umzieht. Auch mich jagen sie erst mal ins Bad.

Als ich im sauberen Jogginganzug ins Wohnzimmer komme, duftet es schon verlockend nach Tee und Vanillewaffeln, die Tante Mary aufgewärmt hat.

Alle reden Englisch und Deutsch durcheinander.

Neben Thomas sitzt – nein, es ist nicht Prinzessin Elizabeth. Es ist meine Schwester Anne. Sie hat schon wieder dieses furchtbar gerüschte Nachthemd aus Grandmas Kleiderkiste an. Sie trägt es wie ein Abendkleid und kommt sich traumhaft schön darin vor, das merkt man. Sie flirtet mit Thomas oder er mit ihr? Anscheinend fällt die Liebe manchmal wie ein Blitz vom Himmel. Ich finde ja, Thomas ist eindeutig zu alt für sie, aber andererseits immer noch besser als ein Vampir.

Es schellt. Ich öffne. Es ist Sina. Sie duftet nach Blütenduschbad und fällt mir um den Hals.

»Hast du auch so 'ne schreckliche Angst gehabt in dem Loch?«

»Ja, hab ich«, stottere ich herum. »Es war wie ein Alptraum, aber es war auch ganz wirklich. Verstehst du, was mit uns geschehen ist?«

»Nein«, sagt Sina, »ich hab immer gedacht, man kann alles wissenschaftlich erklären. Du weißt schon, weil meine Eltern so denken. Aber uns haben die guten Geister von Mr. Morgans Ahn und Mrs. Huxleys Ahnfrau beschützt, wir haben William kennen gelernt und seine Mörder, deren Geister in einem Untoten herumspukten. Das erklärt uns keiner. Oder?« Sie hält mich ein wenig von sich weg und ihre Augen suchen in meinen eine Antwort.

So könnte es bald in dem Roman stehen, denn nun habe ich Zeit, ihn zu schreiben. Der Vampir ist besiegt. Ich kenne das Ende der Geschichte! Aber ich habe überhaupt keine Lust mehr, einen Roman zu schreiben.

Sina lässt mich los. Wir setzen uns auf die Küchenstühle, weil sie im Wohnzimmer so laut reden und lachen, dass man sein eigenes Wort nicht verstehen würde. Es geht zu wie bei uns zu Hause. Genau davor bin ich ja geflüchtet und trotzdem gefällt es mir jetzt.

»Vielleicht waren ja die echte Mrs. Huxley und der echte Mr. Morgan in Gedanken bei uns? So telepathisch. Der Vampir hat uns ja auch mit einer Art Fernhypnose seine

Erinnerungen aufgezwungen. Also kann man es doch erklären«, schlage ich vor.

Sina guckt mich unglücklich an. »Kann sein. Aber ich glaube eher, es war real. Wir sind in eine andere Zeit geraten, die so wirklich ist wie die Gegenwart. Bloß, noch mal möchte ich es nicht erleben! Mensch, Robin, es war zu schrecklich. Wenn der Vampir nur endgültig Ruhe gibt!«

Sie lehnt ihren Kopf an meine Schulter. Da streichle ich ihr übers Haar. Ist das noch die coole Sina? Dieser Vampir hat uns ganz schön verrückt gemacht! Nach einer Weile, in der ich wie der Romanheld Robin W. Meier darüber nachdenke, was Zeit eigentlich ist, ob es unsichtbare Trennwände zwischen Gegenwart und Vergangenheit gibt und ob diese Wände eben manchmal Löcher bekommen, durch die man von einer Zeit in eine andere schlüpfen kann, gehen Sina und ich zu den anderen hinüber. Wir trinken Tee und labern noch reichlich lange. Es ist eine ungewöhnliche Nacht. Als ich endlich im Bett liege, überkommt mich ein total tiefer Schlaf.

Es ist fast Mittag, ich bin gerade aufgestanden. Sina ist gekommen.

»Ich muss was mit dir besprechen. Es geht aber nur uns beide an«, sagt sie. Es klingt geheimnisvoll und so schaut sie mich auch an. Ich schlucke schnell das letzte Stück Frühstückstoast.

Tante Mary ist in der Apotheke, Mum in Newport, Anne, Gilbert und Thomas lärmen im Haus herum, sie hören Musik von CDs, die Thomas mitgebracht hat. Ich sag ja, wie zu Hause!

»Was besprechen? Bin ich doch zum Vampir geworden? Fehlt mein Spiegelbild? Heute hab ich zum ersten Mal vergessen in den Handspiegel zu schauen.« Ich ziehe ihn aus der Tasche. Sina lacht und nimmt ihn mir ab. »Den brauchst du nicht mehr. Wenn die Geschichten über Vampirbisse stimmten, wärst du längst ein Vampir. Deine Wunde ist außerdem superschnell verheilt. Bei Vampiren bleiben die Bissabdrücke sichtbar.« Sie schaut mein Handgelenk an, um das ich keinen Verband mehr trage.

»Nee, was anderes. Gehn wir raus?« Meine Geschwister haben sowieso das Wohnzimmer, die Terrasse und den Garten besetzt. Sina und ich nehmen Wastl an die Leine und steigen die Stufen hoch durch den Tunnel aus Jasmin. Gestern hat Anne hier Zweige abgepflückt und gesungen. Heute fasst mich Sina an der Hand. »Schreibst du mir, wenn wir wieder zu Hause sind?«

»Wolltest du mich das fragen?« Sie nickt und guckt mich so eigenartig an, dass mir ganz warm wird.

»William hat der Prinzessin bestimmt Jasminblüten geschenkt«, behaupte ich schnell und rupfe einen Zweig ab. »Nimm!« Wir lachen beide.

Von Robin W. Meier könnte man nun lesen: Er schloss

sie heftig in die Arme und sie bedeckten einander mit heißen Küssen.

Aber ich bin ja kein Romanheld. Ich sage nur: »Tja, Sina, manche Dinge kann man eben nicht erklären.« Und dabei muss ich lachen. Sina lacht auch.

»Stimmt«, sagt sie und schnuppert am Jasminzweig.

Um die abgesperrte Stelle, wo wir heute Nacht beinahe im Erdboden versunken wären, wuseln Arbeiter. Mr. Ganter und seine Leute klettern hinunter und wieder herauf, schaufeln und wühlen. Sina und ich laufen hin.

Diesmal ist es die echte Mrs. Huxley, die gerade wie ein grauer Käfer auf einer Leiter aus den Mauerresten krabbelt. Die weiße Pudeldame Betty hat auf der Wiese herumgeschnuppert. Jetzt rast sie begeistert auf Wastl zu.

»Kommt mal her!«, winkt uns Mrs. Huxley. »Schaut euch an, was mein Restaurator gefunden hat. Es ist unglaublich.« Sie schwenkt einen Strauß frischer Jasminzweige. Ach, das! Die hat Anne heute Nacht in der Grube liegen lassen. Sina und ich gucken uns an und denken dasselbe. Aber der bärenmäßige Mr. Ganter winkt mit seiner Pranke. »Wir vermuten einen alten Gang. Er führte vom Keller der Burg ins Dorf. Wahrscheinlich endet er in einem der alten Häuser. Vielleicht ein Fluchtweg für King Charles, den er nie benutzt hat, weil sein Fluchtplan verraten wurde. Jemand anderen aber hat man hier lebendig eingemauert. Wollt ihr ihn sehen? Die Leiche ist erstaunlich gut erhalten.«

Jetzt zucken wir zusammen. Lebendig eingemauert?

Die Panik von heute Nacht überkommt uns.

»Danke, lieber nicht«, kreischen wir fast gleichzeitig und laufen vom Castle weg, den Berg hinunter.

AN DIE LESER VON VAMPIRNEBEL

Während der vorigen Osterferien haben Florian, mein jüngster Sohn, und ich Carisbrooke Castle auf der Isle of Wight besucht. Dabei sind wir im Nebel seltsamen Gestalten begegnet und haben erlebt, wie unheimlich es ist, durch alte Bilder in die Vergangenheit zu fallen. Florian liebt gruselige Geschichten. Ich eigentlich nicht. Mir wäre es viel lieber, wenn sich alles schön klar ordnen und erklären ließe, was so auf der Welt geschieht. Aber leider gibt es viele Dinge, die geheimnisvoll sind und bleiben. Darum schreibe ich eben doch auch Bücher über Gruseliges. Ich denke, was sich in Worte packen lässt, kann nicht mehr total gefährlich werden. Ich halte viel davon, Nachtgespenster mit einem kräftigen Spruch zu bannen und sie mit einem fröhlichen Lachen zu verscheuchen. Am meisten halte ich übrigens von den guten Geistern, die uns auch tagsüber begleiten.

Aber egal, ob ich etwas davon halte oder nicht, meinen eigenen Kindern und all den vielen anderen, denen ich in langen Nächten Gruselgeschichten vorgelesen und erzählt habe, kann es nicht schauerlich genug den Rücken hinunterrieseln, denn als ich selbst ein Kind war, ist es mir genauso ergangen. Und ehrlich gesagt, ich freue mich schon jetzt darauf, Robins unheimliche Erlebnisse in einer mittelalterlichen Jugendherberge, einem gespenstergeschmückten Klassenzimmer oder in einer Bibliothek voller Schlafsäcke zwischen den Bücherregalen so vorzulesen, dass alle Kinder den Atem anhalten.

Bis dann! Eure

[illegible]

Jan Flieger

DIE RUINE DER RABEN

PROLOG

Gewaltig stand die Ruine der Burg in der irischen Landschaft, auf einem grün bewachsenen Berg.

Etwas Bedrohliches ging von ihr aus. Die leeren Fensterhöhlen blickten finster auf jeden herab, der sich der Ruine näherte. Raben hockten wie schwarze Boten des Unheils auf ihren Mauern und Zinnen.

Unten im Dorf erzählte man sich von Männern, die versucht hatten in die unterirdischen Gänge der Burg einzudringen und nie wiedergekommen waren.

Man hatte eine Tafel aufgestellt, die das Betreten der Burgruine untersagte. Aber Kletterpflanzen hatten die Warnung überwuchert . . .

DIE WARNUNG

Die Straße wand sich in Serpentinen den grün bewachsenen Berg hinauf. Die drei Radler beugten sich tief über ihre Lenkstangen, auf den Gepäckträgern die Rucksäcke, rund und prall. Keuchend freuten sie sich bereits auf die Abfahrt. Vorbei war es an Weiden gegangen, die als grüne Vierecke, von Steinwällen begrenzt, die Ebene bedeckten, vorbei an grünen Hügeln und Mooswiesen, an strohgedeckten Cottages und kleinen Straßendörfern, vorbei am Atlantik, dessen Wellen mit wilder Wucht gegen die Felsen der zerklüfteten Küste brandeten.

An der Spitze quälte sich Daniel, der Älteste der drei, denn er war schon dreizehn und ging in die siebte Klasse eines Gymnasiums. Schlaksig war er und für sein Alter ziemlich groß. Der Wind fuhr in seine aschblonden Haare, zerzauste sie wild. Auf seinem Gepäckträger lastete das Zelt, noch nass vom letzten Regen.

»Nicht einschlafen, Alter«, ermunterte Daniel seinen Bruder. Er hatte sich umgewandt und ruderte heftig mit der linken Hand. Der Schalk blitzte dabei in seinen blauen Augen.

Jonas, der vielleicht fünf Meter hinter ihm fuhr, winkte wütend ab.

»Du nervst«, rief er Daniel zu. »Du nervst echt.«

Jonas war ein Jahr jünger als Daniel, aber er ähnelte ihm in keiner Weise, denn er hatte braune Haare und mandelbraune Augen, war auch einen halben Kopf kleiner und besuchte die sechste Klasse einer Realschule.

Rasch rückte er seine flippige Sonnenbrille gerade, die sich ein wenig verschoben hatte. Daniel und er hatten zwar dieselbe Mutter, aber nicht denselben Vater.

Jonas war der Liebling der Mutter, der »Kleine«. Daraus ergaben sich allerhand Vorteile. Im Gegensatz zu Daniel, der mit Jeans und mit einer abgewetzten Lederjacke bekleidet war, trug er nur Markenklamotten.

Die mochte Daniel überhaupt nicht. Für ihn war Jonas ein »Werbungssklave«, der alle Moden mitmachen würde.

Der dritte Radler war dicht zu ihm aufgefahren, Colin, der Cousin von Daniel und Jonas, ein Ire und gerade dreizehn geworden. Er war wieder ein ganz anderer Typ. Besonders hübsch war er nicht. Das mochte an seinen abstehenden Ohren liegen, aber auch an den rotblonden Haaren, die stets in alle Richtungen standen, selbst wenn es keinen Wind gab. Und es lag sicher auch an der Hornbrille mit den dicken Gläsern, kein modernes, aber dafür ein preiswertes Modell.

»Total genial, was!«, keuchte Colin.

»Was ist genial?«, maulte Jonas. »Dieser beschissene Anstieg?«

Colin lachte auf. »Nein, die Vorfreude auf die Abfahrt.«

»Gähn«, erwiderte Jonas. Abfahrten sind gefährlich, dachte er dann. Man konnte stürzen, wenn das Tempo zu hoch war oder ein Stein auf der Straße lag, den man zu spät sah. Flache Strecken waren ihm lieber, ohne Anstieg, ohne Abfahrten. Ein Sturz wäre auch nicht gut für sein neues Hemd, von der Mama schwer erbettelt wegen des stolzen Preises: neunzig Euro.

»Stinklangweilig, solch ein Anstieg«, beeilte sich Jonas zu sagen und schnaufte widerwillig.

»Sind ja nur noch ein paar Meter«, erwiderte Colin lachend.

»Wenn du bessere Räder besorgt hättest, wär's anders«, maulte Jonas wieder. »Diese alten Scheißmühlen vom Schrottplatz! Da tritt man und tritt man und kommt nicht vorwärts.«

»Besser als keine Räder«, konterte Colin. »Schließlich habe ich die von einem Tag zum anderen aufgegabelt. Ihr hattet nichts von Rädern geschrieben – soweit ich mich erinnere.«

»Fahr nicht so dicht ran«, schimpfte Jonas. »Bin ja wohl schon mal hingeknallt, oder?«

»Ja, ja«, beruhigte ihn Colin. »Du hast doch nur Angst um deine Klamotten. Hab ich nicht nötig.« Colin trug immer alte Jeans und karierte Hemden. Einer solchen Kleidung merkte man den Schmutz nicht so leicht an. Colin war, obwohl man ihm das nicht ansah, ein kleiner Abenteurer.

Aufatmend erreichte Jonas die Spitze des Hügels. Sein Haar klebte total verschwitzt an der Stirn und die Hände am Lenker waren feucht.

»Na, Alter, was sagst du nun?«, empfing ihn Daniel. »Irland ist super. Sieh dich nur um. Superlandschaft.« Voll Bewunderung blickte er in die Runde.

Jonas winkte ab. Landschaften interessierten ihn nicht. Nie. Er fand sie ätzend und langweilig. Er konnte Daniels Schwärmerei überhaupt nicht verstehen. Regen und Sonne wechselten hier manchmal im Minutentakt. Das war auch ätzend. Und diese meterhohen Fuchsienhecken, die schwarz-weiß gescheckten Kühe auf den Weiden, die Schafe mit den bunten Farbflecken auf dem Fell, diese echt nervende irische Volksmusik, die man überall hörte. Was sollte daran schon toll sein? Und die Farbe Grün in so unendlich vielen Variationen? Na und? Grün war eben Grün. Sollte Daniel seine »Grüne Insel« haben. Bitte. Ihm, Jonas, gefielen nur die alten Burgen, die uralten Hochkreuze und romantischen Rundtürme. Da konnte man sich Geister und Gespenster vorstellen. Da spukte es vielleicht sogar. Da gab es Geschichten und Legenden, etwa von der Piratenkönigin Grace O'Malley oder dem Riesen Finn. Oder die Geschichte von den Kelten, die das Eisen nach Irland gebracht hatten und ihre Priester, die Druiden. Nicht zu vergessen die großen Zerstörer, die Wikinger, die Irland besetzten, noch ehe die Normannen kamen. Mit Eisenwaffen und schnellen Schiffen. Oder die runden

Ringforts. Millionen mörtellos aufeinander geschichteter Steine, die auf Hügeln in der Landschaft standen.

»Vollbremsung!«, schrie Daniel.

Mitten auf der Straße stolzierte ungerührt eine Herde Schafe mit blauen Farbflecken im Fell.

»Die traun sich was«, schimpfte Jonas.

Sie fuhren vorbei an einem verlassenen Dorf mit verfallenen Steinhäusern. Gespenstisch blickten ihnen die Häuser mit leeren Fensterhöhlen entgegen. Später lag ein Dorf an der Straße, mit Häusern in sanftem Türkis, Lila und Pink. Danach radelten sie an Torfwiesen vorbei.

»Mensch, guckt mal!«, rief Daniel, denn da ragte sie aus der Ebene auf – die Ruine der von ihnen gesuchten Burg. Sie stand mitten auf einem Hügel in der Landschaft. Efeu und andere Kletterpflanzen überzogen die grauen Steinwände der Gemäuer und Türme, die Moosflechten taten ein Übriges.

Zwei Türme konnten sie sehen, der eine war gut erhalten, der andere zur Hälfte zerfallen. Die Burg schien mit ihren leeren Fensterhöhlen, die wie Löcher in einem Totenschädel wirkten, in das Land zu blicken, drohend und finster. In einem der Gemäuer waren die Fenster durch Steine verschlossen worden.

»Man hat irgendwie das Gefühl, dass die Burg keine Besucher will«, sagte Daniel nachdenklich.

»Wir müssen trotzdem rein«, kam es rasch und voller Eifer von Jonas. »Wer weiß, was es zu entdecken gibt. Das ist eine echt tolle Burg. Sie ist nicht freigegeben für Touristen. Hab ich gelesen. Das wird ein Superabenteuer.«

»Du sagst es, Alter«, grinste Daniel.

»Irgendein Clan hat hier regiert«, sagte Colin. »Es gab einmal einhundertfünfzig Königreiche auf Irland. Und alle haben sich um das Amt des Hochkönigs gekloppt.«

»Weiß ich«, verkündete Jonas stolz. »Weiß ich alles.«

Daniel wies grinsend auf Jonas. »Er ist der Geschichtsfan. Den kannst du alles fragen, der weiß sogar, wann Napoleon zum ersten Mal aufs Klo gegangen ist.«

Schwarze Wolken über der Burg kündigten Regen an.

»Ich schätze, wir sollten hier zelten«, schlug Daniel vor, als sie die Weiden vor der Burg erreicht hatten. »Hier ist sogar ein Bach zum Waschen.«

»Darfst du nicht«, warf Colin ein. »Alles Privatweiden.«

»Na, hier an der Seite«, wehrte Daniel den Einwand ab. »Kann doch kein Problem sein.«

»Du Känguru«, meinte Colin kopfschüttelnd. »Es gibt Pächter, die schießen mit Schrotflinten.«

»Die ticken wohl nicht richtig!«, meinte Daniel.

»Schrotkugeln im Arsch tun weh«, seufzte Colin.

Trotzdem bauten sie das Zelt auf.

Raben kreisten über der Burg, viele Raben – als ob irgendetwas in der Burg sie aufgescheucht hätte.

»Ein weißer Rabe«, stieß Colin plötzlich hervor. »Da fliegt ein weißer Rabe.«

»Du spinnst echt«, lachte Daniel auf, kniff aber die Augen zusammen. Dann sah er den Vogel auch. Es musste ein weißer Rabe sein.

»Jetzt ist er wieder weg«, ärgerte sich Colin.

Es war ein unheimliches Bild: die finsteren Wolken. Die schwarzen Raben. Die so abweisend wirkende Ruine der Burg, die wie ein riesiger Totenschädel auf einem Hügel stand.

»Wollen wir da wirklich rein?«, fragte Colin vorsichtig.

Jonas nickte sofort. »Natürlich wollen wir«, versicherte er. »Wann kann man schon mal in eine Burg, die kein Museum ist? Wollen wir jetzt gleich gehen?«

»Wenn du meinst«, kam es von Daniel.

Sie stolperten los. Sie mussten durch dichtes Unterholz klettern, das die Burg wie ein künstlicher Wall umgab. Colin zerriss sich dabei sein Hemd. Fluchend und mit einem finsteren Blick zu Jonas kletterte er weiter.

Am Fuß der Burg lag ein Friedhof. Die Grabsteine, uralt und bemoost, ragten krumm und schief aus dem tiefen Gras hervor.

»Man kann die Inschriften nicht mehr lesen«, verkündete Colin enttäuscht. »Die sind uralt. Wer weiß, wer hier liegt. Vielleicht ein König?«

»Vampire mit Sicherheit«, spöttelte Daniel. »Die kommen heute Nacht in unser Zelt und polen uns zu Vampiren um. Und Jonas und ich machen dann zu Hause weiter.«

»Du redest einen Scheiß«, ließ sich Jonas vernehmen. Colin stolperte über einen Grabstein.

»Ich hab's ja gesagt«, kam es lachend von Daniel. »Das war der erste Auftritt der Untoten.«

Sie erreichten nun die Burg. Durch ein verwittertes Tor, dem der steinerne Rundbogen fehlte, wollten sie den Burghof betreten. Da sahen sie einen Igel, der dicht neben dem steinernen Tor bewegungslos im Gras hockte. Vorsichtig schlich Jonas zu ihm hin.

»Ein Igel«, rief er laut.

Doch der Igel lief nicht weg, er schien zu schlafen.

»Vielleicht kommen hier wenig Menschen hin«, meinte Colin. »Der rennt nicht weg. Der sonnt sich.«

Jonas blickte auf den Igel hinab, der nun zu seinen Füßen hockte. Die Stacheln bebten leicht, also lebte er. Hatte er sie noch immer nicht bemerkt? Das war höchst seltsam.

Vorsichtig berührte ihn Jonas mit den Fuß. Aber der Igel lief nicht weg.

»Lass ihn doch«, schimpfte Daniel. »Es ist sein Revier. Wir sind hier nur Gäste.«

Aber Jonas sah sich den Igel genauer an. Der Igel lebte, wieso stellte er sich tot? Kopfschüttelnd sah Daniel seinen Bruder an. »Nun komm schon, Alter.«

Jonas berührte den Igel nochmals mit dem Fuß, nun etwas heftiger. Erschrocken fuhr er zurück. Kreidebleich wurde sein Gesicht. Sein Herz wummerte.

Aus dem Igel brach ein Gewimmel weißer Maden hervor, aus dem Maul, den Augen, den Ohren. Der Igel war tot, doch gleichzeitig war Leben in ihm, fremdes Leben.

»Scheußlich«, schüttelte sich Daniel angeekelt.

»Wie eine Warnung«, entfuhr es Colin leise.

»Eine Warnung?«, wollte Daniel wissen. »Wovor?«

Colin rieb sich nachdenklich den Nacken. »Na ja, als ob wir nicht in die Ruine gehen sollten. Ich seh das so.«

Daniel grinste spöttisch.

»Hosen voll?«, spottete er dann.

Jonas musste sich übergeben, minutenlang.

Daniel berührte mitfühlend die Schulter seines Bruders.

»Geht's wieder?«, fragte er leise.

»Ja«, keuchte Jonas, spuckte aber noch mehrmals ins Gras.

»Wir können«, sagte er endlich.

DAS LABYRINTH

Und so betraten sie den Hof der Burg. Über ihnen flogen aufgeregte, kreischende Raben. Die Ruine war nahezu völlig zugewachsen. Es wirkte gespenstisch. Die Eingänge zu den Türmen hatte man zugemauert, nur die Schießscharten waren offen geblieben, allerdings lagen sie sehr hoch.

»Wir passen nicht durch«, maulte Jonas enttäuscht. »Hier ist überhaupt alles zugemauert. Hier kommt man nirgends in die Burg.«

Sie untersuchten das Gebäude neben dem Eingang. Jonas war es, der unter dichtem Blattwerk einen Spalt im Mauerwerk fand, durch den ein Junge passen konnte, wenn er nicht dick, sondern sehr schlank war. Als er Blätter und Ranken beiseite schob, schrie er auf und sprang entsetzt zurück. Daniel und Colin zuckten zusammen.

»Was ist denn?«, wollte Colin wissen.

»Eine Kreuzspinne«, murmelte Jonas. »Beinahe hätte ich sie angefasst. Ein Riesending.«

Vorsichtig zwängten sie sich durch den Spalt. Die Schreie der Raben klangen ihnen auch, als sie eine schmale Treppe hinabstiegen, noch laut in den Ohren.

»Die kommen uns wohl nach?«, ließ sich Colin vernehmen. Aber da zuckte er zusammen, presste sich erschrocken an die Wand. Daniel und Jonas taten es ihm nach, denn ein dunkler schwarzer Blitz schoss an ihnen vorbei.

»Nur eine schwarze Katze mit einem Jungen im Maul«, grinste Daniel. »Wir haben mehr Angst gehabt als die blöde schwarze Katze.«

Sie stiegen tiefer hinab, gelangten in ein Gewölbe, das nur ein schwacher Lichtschein erhellte.

»Taschenlampe lässt grüßen«, sagte Daniel. Aber sie hatten nun mal keine mitgenommen. »Wollen wir nun umkehren?«, fragte Daniel spöttisch.

»Nein, nein«, wehrte Jonas die Frage ab. Wenn es um Burgen ging, hatte er nie Angst oder er unterdrückte sie.

Bald konnten sie sich nur noch tastend vorwärts bewegen, dicht beieinander bleibend.

Plötzlich war im Dunkel die Stimme von Jonas zu hören. »Hier ist ein Loch in der Mauer. Da kann man durchklettern.«

»Jeder hält sich am anderen fest«, schlug Daniel vor. »So können wir uns nicht verlieren.«

Vorsichtig krochen sie durch das Loch. Jonas war der Erste. Er ließ seine Füße in das Dunkel hinabgleiten, fand felsigen Boden.

»Hier geht's weiter«, flüsterte er.

Nun sprach keiner mehr laut. Sie waren umgeben von absoluter Dunkelheit und absoluter Stille. Sie standen reglos, ehe sie, sich weitertastend, dem Gang folgten.

»Es geht nach rechts«, flüsterte Jonas.

»Aber man kann auch nach links gehen«, stellte Daniel überrascht fest.

»Wir gehen nach rechts«, kam es von Jonas.

Tiefer und tiefer drangen sie in dieses seltsame Labyrinth ein.

»Irgendwann muss ein Ausgang kommen«, erklärte Jonas leise. Aber seine Stimme zitterte.

»Deine Worte in Gottes Gehörgang«, antwortete Daniel leise.

Ein Geräusch war plötzlich da, ein seltsames Geräusch.

Sie erstarrten, verharrten dicht aneinander gedrängt.

»Mich hat was ins Bein gebissen«, stöhnte Jonas auf. Offenbar wagte er nicht zu schreien. Welche Tiere konnten in den Gängen hausen? Ratten?

»Bestimmt ein Vampir«, lachte Daniel unsicher auf.

»Sehr witzig«, ärgerte sich Jonas.

Aber auch Daniel hatte plötzlich Angst. Sicher lag es an der Dunkelheit. Wenn es nun Wesen gab, die sie nicht kannten und die im Dunkel alles sahen?

»Quatsch«, machte er sich laut Mut.

»Was?«, wollte Colin wissen und seine Stimme bebte leicht.

»Weiter!«, kommandierte Daniel.

»Hier geht es nach links«, rief Jonas plötzlich. »Hier teilt sich der Gang wieder. Wir gehen nach rechts. Vielleicht gibt es einen alten Fluchtweg, der zur Burgmauer führt. Jede Burg hat solche Gänge.«

Sie wussten nicht, wie lange sie schon in der Dunkelheit umhergeirrt waren, aber es musste einige Zeit vergangen sein. Colin schlug vor doch lieber umzukehren und beim nächsten Mal Taschenlampen mitzunehmen. Jonas war einverstanden.

Plötzlich war dicht neben ihren Köpfen ein pfeifendes Geräusch zu hören.

»Fledermäuse«, vermutete Daniel, um die anderen, aber auch sich selbst zu beruhigen. Die Jungen tasteten sich zurück.

Doch sie mussten falsch gelaufen sein, denn plötzlich berührten ihre Hände eine Wand.

»Scheiße«, keuchte Colin. »Wir haben ein Problem.«

Jonas schrie auf. Es war ein gellender Schrei und Daniel packte die Schultern seines Bruders.

»Verdammt, ich bin gegen einen Felsvorsprung gerannt«, stöhnte Jonas auf.

Wieder ertasteten sie drei Gänge.

»Es muss nach rechts gehen«, meinte Daniel nachdenklich.

Erneut endete der Gang an einer Mauer.

»Das ist ein Labyrinth«, stöhnte Daniel auf. Und dann kam es leise von Colin: »Wenn wir Pech haben, findet man uns alle einmal als Skelette. Wenn überhaupt!«

Seine Worte waren nicht als Spaß gemeint. Keiner antwortete ihm, weder Daniel noch Jonas. Die Angst beherrschte die Jungen. Eine dunkle, unergründliche Angst.

Ihre Finger tasteten nun immer schneller über die Felswände und sie keuchten, als fehlte ihnen die Luft.

»Schneller!«, drängte Colin. »Macht doch schneller!«

Und wieder endete der Gang an einer Mauer. Und wieder tasteten sie sich zurück. Endlich sahen sie einen Lichtschein. Und sie hörten die Schreie der Raben. Erleichtert atmeten sie auf.

IM DORF

War doch völlig ungefährlich«, meinte Daniel aufatmend, als sie auf dem Burghof standen. Colin sagte nichts, er sah sich den Igel noch einmal nachdenklich an.

Sie beschlossen einen Abstecher zum Dorf zu machen und liefen zu ihrem Zelt zurück, wo ihre Räder standen.

Sie brauchten nur wenige Minuten, bis sie das Dorf sahen. Die Häuser standen fast alle am Rand der Straße, aber nur auf der rechten Seite. Das erste Haus war flach, pinkfarben und hatte ein braunes Dach. Das nächste war einstöckig und weiß. Die Fensterrahmen hatte der Besitzer grün gestrichen. Dann folgte ein einstöckiges blaues Haus mit gelben Fenstern, dann ein flaches rotes Haus mit weißen Rahmen. Auch alle anderen Häuser waren bunt gestrichen. Am lustigsten sah der »Pub« aus. Das Haus war oben rosa und unten blau. Die Tür zum Pub war rot und hatte weiße Streben. »Larry O'Larrys Pub», stand auf einem blauen Schild über der Tür.

»Ein lustiges Haus«, fand Daniel. »Gehen wir rein. Ich habe Kohldampf.«

Sie lehnten die Räder an die Hauswand und betraten die Gaststube. Am Tresen zapfte der Wirt gerade ein Guinness, dieses dunkle Bier mit dem festen, sahnigen Schaum. Ein Meer von Flaschen stand in den Regalen im Rücken des Wirtes. Aber noch viele andere Dinge fielen sofort ins Auge: die in Schweinsleder gebundenen Bücher, die Tonkrüge und bunten Blechbüchsen, die unter der Decke auf den Regalen vor sich hin staubten. Auch ein Dudelsack, eine alte Petroleumlampe mit elektrischen Kerzen und nostalgische Werbeplakate.

»Wow«, entfuhr es Daniel begeistert. »Echt urig hier.«

Sicher sollte man in diesem Pub vor allem etwas trinken, aber eine Kleinigkeit essen konnte man bestimmt auch.

So setzten sie sich auf die alten dunklen Holzstühle an einen der Tische und warteten darauf, dass der Wirt zu ihnen kam. Er ließ sich Zeit. Ein Büschel von roten Haaren hing in sein breites, freundliches und rosiges Gesicht.

»Na, die Herren?«, fragte er schmunzelnd. »Guinness darf ich ja wohl nicht bringen.«

»Ich nehme eine Cola«, rief Jonas. »Und Würstchen.«

Daniel und Colin schlossen sich dieser gelungenen Bestellung an.

»Mm«, brummte der Wirt freundlich. »Wo seid ihr denn her?«

»Deutschland«, antwortete Daniel. »Aber Colin ist Ire. Unser Cousin und Fremdenführer.«

Der Wirt strahlte noch mehr. »Gut«, lobte er. »Fahrt ihr hier durch?«

Daniel schüttelte den Kopf. »Wir zelten an der Burgruine. Die ist super.«

Der Wirt hob ein wenig die Brauen. »Aber kriecht dort nicht rein! Die ist nicht ungefährlich! Da gibt es unterirdische Gänge, die noch gar nicht alle erforscht worden sind. Da ist mal ein Engländer reingekrochen und nie wiedergekommen. Und spuken tut es auch.«

»Was?«, entfuhr es Jonas. »Da spukt es echt?«

»Ja«, bestätigte der Wirt die Frage. »Es spukt, wenn einige Dinge zusammenkommen.«

»Was für Dinge?«, wollte Jonas wissen.

»Ein anderes Mal, Jungs«, rief der Wirt. »Das ist eine längere Geschichte. Aber vielleicht kann sie euch Maureen erzählen.«

Und da sahen sie das Mädchen. Es stand plötzlich hinter dem Wirt.

»Eine irre Mieze«, entfuhr es Daniel leise. Das Mädchen hatte die Worte gehört und schickte ein keckes Lächeln zu ihm hin. Hab ich so ein Supergirl schon mal gesehen, sagte sich Daniel beeindruckt. Nein! Voller Bewunderung sah er sie an. Ihre roten Haare hingen lang über die Schultern herab. Ihre blauen Augen waren groß und lebhaft und hatten schön gebogene Wimpern. Sie trug einen grünen Pulli und einen kurzen schwarzen Rock.

Das Mädchen schickte den nächsten Blick zu Colin. Der bekam einen paprikaroten Kopf und sein Mund blieb offen stehen.

Der nächste kecke Blick traf Jonas. Aber Jonas guckte gelangweilt zurück. Gähn, schien er zu denken. Jonas interessierte sich nicht für Mädchen.

»Ich bin Maureen«, verkündete das Mädchen.

Der schönste Name der Welt!, dachte Daniel und konnte den Blick nicht von ihr lösen. Unverwandt starrte er sie an. Das Girl konnte einen umwerfen. Ohne es zu bemerken, kaute er auf seiner Unterlippe.

Ich muss cool bleiben, hämmerte sich Daniel ein. Aber das war unendlich schwer. Nun begann auch sein Gesicht zu glühen. Jonas trat ihn unter dem Tisch gegen das Schienbein.

»Es sollen schon mal jemandem die Augen aus dem Kopf gefallen sein«, warnte er.

»Meine Tochter«, erklärte der Wirt stolz und kehrte zu seinem Tresen zurück.

Die hat ihren Papa aber unter dem Pantoffel, dachte Jonas. Man sieht es. Sie kann alles mit ihm machen.

»Ich komm euch mal besuchen«, verkündete Maureen. Und dabei sah sie ausschließlich Daniel an.

Daniel spürte, dass er wieder rot wurde. Es half nur eins: cool bleiben, cool bleiben und nochmals cool bleiben. Nur, dieser Wunsch war schwer zu realisieren. Das Mädchen stemmte die Hände in die Hüften.

»Die Burg ist super, stimmt's?«

Daniel und Colin nickten eifrig.

»Ihr seid wohl Marionetten«, witzelte Jonas.

Das Mädchen beachtete Jonas nicht mehr, strafte ihn sozusagen mit Nichtbeachtung.

»Wie war das mit dem Spuk?«, fragte Daniel das Mädchen. Aber eigentlich fragte er nur, um etwas zu sagen.

Maureen lächelte überlegen. »Es spukt nur, wenn drei Dinge zusammenkommen.«

»Na los, erzähl schon!«, drängte Colin.

Maureen ließ den Daumen der rechten Hand hochschnellen.

»Erstens: Im Dorf muss bei Vollmond ein Junge geboren werden.« Dem Daumen folgte ein Finger. »Zweitens: Eine schwarze Katze mit Jungen muss in der Burg hausen.« Noch ein Finger schnellte hoch. »Drittens: Ein weißer Rabe muss über der Burg kreisen.«

Jonas musterte sie plötzlich interessiert, er hing förmlich an ihren Lippen. »Uff«, entfuhr es ihm. »Wir haben einen weißen Raben gesehen!«

Maureen runzelte die schöne Stirn. »Echt? Du spinnst!«

»Ich spinne nicht«, erwiderte Jonas finster. »Wir haben ihn alle drei gesehen. Ehrlich!«

Jonas blickte Daniel und Colin an, die beide zustimmend nickten.

»Das ist ein echter Hammer«, kam es von den Lippen des schönen Mädchens. »Ich habe noch nie einen gesehen. Vielleicht war es eine Taube?«

»Es war keine Taube!«, knurrte Jonas finster. »Es war ein weißer Rabe!«

»Das stimmt«, pflichtete Colin ihm bei.

»Ein weißer Rabe. Und es ist gerade Vollmond«, dachte das Mädchen laut.

Dann erzählte Jonas von der Katze. Die Augen des Mädchens musterten ihn interessiert.

»Das mit dem Spuk ist doch Spinnerei«, erklärte Daniel geringschätzig. »Das glauben sowieso nur Kinder und alte Leute. Meine Oma zum Beispiel.«

Maureen schmollte augenblicklich. »Wenn du meinst«, erklärte sie spitz.

Ich bin ins Fettnäpfchen getreten, dachte Daniel, und zwar mit dem ganzen Fuß. Er hätte sich ohrfeigen können. So blöd konnte wirklich nur er sein!

Das schöne Wesen tänzelte zum Tresen.

»Das war's«, witzelte Colin. »Ich sage dir nur: ›Fettnapf hoch drei.‹«

DIE AUGEN DER TOTEN

Es war Nacht, tiefe Nacht. Daniel, Jonas und Colin schliefen bereits. Aber sie erwachten, weil der Wind so heftig am Zelt rüttelte.

»Blöder Wind«, schimpfte Jonas, der als Erster munter war.

Daniel rieb sich verschlafen die Augen und wollte wissen, was denn eigentlich los sei, mitten in der Nacht.

»Sturm«, rief Jonas. »Er reißt das ganze Zelt weg.«

»Ach was«, lachte Daniel auf. »Die Heringe habe ich eingeschlagen. Die kriegt nicht mal ein Elefant raus.«

Regentropfen trommelten auf die Zeltplane, wilder und wilder.

»Dein schönes Irland«, spottete Jonas und blickte Daniel schadenfroh ein. »Deine grüne Regeninsel.«

Nun war Colin sauer. »Blödarsch«, stellte er fest.

»Mm«, machte Jonas besänftigend.

Inzwischen goss es orkanartig.

»Die Sintflut«, witzelte Daniel und wollte sich wieder zurücklehnen, denn bei Regen fand er es im Zelt besonders gemütlich. Die Regentropfen trommelten das herrlichste Schlaflied, das man sich denken konnte. Aber offensichtlich war die Zeltplane dem Regen doch nicht gewachsen, denn sie wurde innen feucht.

Plötzlich gab es ein seltsames Geräusch. Das Zelt stürzte in sich zusammen.

»Scheiße«, rief Jonas wütend.

Mühsam befreiten sie sich von der nassen Plane. Draußen empfing sie ein gnadenloser Regen und es sah nicht so aus, als ob er so bald enden wollte. Den Jungen lief das Wasser über das Gesicht und in den Mund.

»Deine Zeltheringe«, spottete Jonas. »Ich hab da vorhin was von einem Elefanten gehört, der sie nicht herauskriegt.«

Stirnrunzelnd blickte Daniel auf die Heringe. Hatte der Sturm sie aus dem Boden gezogen? Das konnte nicht sein. Aber wenn es irgendein Mensch gewesen wäre, hätten sie ihn gehört. Sie waren alle wach gewesen. Alle drei!

»Da staunst du, Bruderherz!«, spottete Jonas weiter. Er wollte sich ausschütten vor Lachen.

»Wollen wir etwa im Regen stehen bleiben?«, fragte Colin. »Ich bin schon nass bis auf die Haut.«

»Du musst das Wetter doch gewohnt sein«, lachte Daniel auf. Noch immer begriff er nicht, was hier geschehen war. Konnte denn eine unsichtbare, sehr kräftige Hand die Heringe aus der Erde gezogen haben?

»Zur Burg«, schlug Colin vor. »Da können wir unterkriechen.«

Daniel runzelte die Stirn. »Okay«, stimmte er dann zu.

Sie liefen über die Wiese der Burg entgegen. Ob das nun gut ist, dachte Jonas. Doch er schloss sich den anderen an.

»Wir haben die Taschenlampen vergessen«, keuchte Jonas.

»Nee«, kam es von Colin. »Ich habe eine mit.«

Sie erreichten das Unterholz und die Bäume. Daniel verspürte einen scharfen Schmerz im Gesicht. Eine Dornenranke, dachte er und rieb sich über die blutende Wange. Sie kraxelten über Baumstümpfe, stießen mit ihren Köpfen an Baumstämme, fielen wieder und wieder hin.

»Mach endlich die Taschenlampe an!«, rief Jonas wütend. Als ihr Lichtstrahl nach vorne glitt, sahen sie, wie dicht der Regen fiel.

»Wie eine Wand«, staunte Jonas. Nun sollte Daniel mal sehen, was er von seiner Trauminsel hatte, auf der er angeblich mal leben wollte. Keuchend erreichten sie die Burgmauer und das zerstörte Rundtor.

»Schnell da rein, wo wir heute schon waren«, schlug Colin vor. »Da ist es bestimmt trocken.«

Er sollte Recht behalten. Der Lichtstrahl seiner Taschenlampe glitt den Raum ab, die grauen Steinmauern, die Decke.

»Und wo wollen wir hier schlafen?«, fragte Daniel. »Auf kalten Steinen?«

Colin, von dem der Vorschlag stammte, schwieg vorsichtshalber. Doch dann antwortete er trotzig: »Aber draußen hätten wir auch nicht bleiben können.«

»Brauchst dich nicht zu entschuldigen«, schimpfte Jonas. »Aber es war keine gute Idee. Echt nicht.«

Colin strahlte ihm zur Strafe mit der Taschenlampe mitten in das Gesicht. Da aber geschah etwas Seltsames.

Mit einem Mal war es ganz still, dann wurde es heller und heller, Rauchwolken drangen herein und ein rotes Licht.

»Die Burg brennt«, schrie Jonas. »Die brennt!«

»Wie kann die brennen«, spottete Daniel. »Bei dem Regen?«

Aber die Worte blieben ihm beinahe im Halse stecken, als er nach draußen blickte, denn die Burg brannte tatsächlich. Das Tor, durch das sie gekommen waren, stand in einem Flammenmeer. Hitze drang zu ihnen herein, eine gnadenlose Hitze.

»Wir werden geröstet«, brüllte Jonas los und flüchtete die Stufen hinab und in den Gang, den sie vor Stunden betreten hatten. Daniel folgte ihm rasch und dann Colin.

»Schöne Bescherung«, stellte Daniel fest. Er begann seine Ruhe zu verlieren, die coole Ruhe, die ihn sonst immer erfüllte, eine anerzogene Ruhe.

»Tiefer rein«, schlug Jonas vor. »Da kommt die Hitze nicht hin.«

Sie tasteten sich am Mauerwerk des Ganges weiter. Nur schien es Daniel, als ob sie einen anderen Weg gingen als heute Nachmittag. Wer sollte sich je zurechtfinden in diesem Labyrinth?

»Wir müssen später wieder zurückfinden!«, warnte er.

»Erst mal müssen wir weiter«, tönte Jonas. »Ich spüre die Hitze immer noch.« Jonas hielt nun die Taschenlampe und führte ihren Lichtstrahl an den Wänden entlang.

»Ein Ring«, stellte Jonas überrascht fest. »Hier ist ein Ring.« Und wirklich, in die Wand war ein Ring eingemauert, ein verrosteter Stahlring.

»Da hingen früher bestimmt Fackeln dran«, beeilte sich Colin zu sagen.

»Nee.« Jonas schüttelte den Kopf. »Nie im Leben.«

Daniel blickte den Bruder überrascht an. »Warum nicht?«

Jonas lächelte überlegen. »Ich glaube, hier war mal was anderes. Ich hab da mal was gelesen.«

Jonas begann mit den Fingern die Wand abzutasten.

»Ja«, sagte er plötzlich und strahlte.

»Was heißt denn ja?«, wollte Colin wissen. »Nun red schon!«

»Hier ist eine Platte eingesetzt«, verkündete Jonas. »Sicher kann man den Ring drehen und dann kommt ein geheimer Gang zum Vorschein.«

»Du bist ja bekloppt!«, stellte Daniel fest. »Du tickst ja nicht richtig.«

»Ich ticke wohl richtig«, erwiderte Jonas ruhig. »Ich brauche nur eine Brechstange. Dann wirst du staunen.«

Daniel lachte auf. »Deine Einbildung läuft Amok! Echt.«

Jonas sandte ihm einen finsteren Blick zu. Dann ließ er die Taschenlampe umhergleiten. »Ich brauche eine Stange«, murmelte er. »Oder ein Stück Eisen.«

»Hier liegen keine Stangen rum«, behauptete Colin. »Und außerdem, das mit der Platte ist sowieso Quatsch.«

»Hirni«, schimpfte Jonas. Er legte die Taschenlampe auf den Boden, um eine Boxstellung einzunehmen.

»Ruhig, Leute«, ermahnte Daniel die Streithähne. »Ich sehe ein Stück Eisen. Bitte«, sagte er und reichte Jonas grinsend eine kleine, rostige Stange.

Jonas schob das Eisen durch den Ring. »Jetzt muss man es drehen!«, erklärte er.

Jonas tat es ächzend. Aber es geschah nichts. Gar nichts.

»Der Mechanismus muss verrostet sein«, erklärte Jonas nachdenklich.

»Brauchst wohl Öl«, witzelte Colin.

Jonas beachtete ihn nicht, er drehte weiter, versuchte es zumindest.

»Na gut«, meinte Daniel, um es dann gleichfalls zu versuchen. Wenn es einen Mechanismus gab, dann musste er ja irgendwann mal funktionieren.

»Das ist alles verrostet«, erklärte Jonas. »Wir müssen nur lange genug drehen.«

»Viel Spaß«, ließ sich Colin vernehmen. »Da habt ihr ja die nächsten Tage zu tun. Ich hol euch dann am Urlaubsende ab.«

Da geschah es. Man hörte einen eigenartigen Laut, ein Knirschen, ein Ächzen. Die Platte wich langsam zurück, krachte unvermittelt nach hinten in das Dunkel.

»Ein Gang«, stieß Jonas hervor. »Ich wusste es. Ich hab es sofort gewusst.«

Seine Taschenlampe leuchtete in eine dunkle Tiefe.

»Ein geheimer Gang«, flüsterte er beeindruckt.

»Irre«, entfuhr es Daniel. Sie hatten eine großartige Entdeckung gemacht.

»Wir sind seit damals die Ersten, die hier langkommen«, flüsterte Jonas andächtig.

Daniel begann auf seiner Lippe zu kauen. Wo führte dieser Gang hin? Schon einmal waren sie in die Irre gelaufen. Und nun lag ein neuer Gang vor ihnen. Wer konnte wissen, wohin er führte?

Kälte wehte ihnen entgegen, eine eigenartige Kälte.

»Wo kommt die Kälte her?«, flüsterte Jonas aufgeregt.

Daniel überlegte minutenlang, aber er konnte die Frage nicht beantworten.

»Wollen wir rein?«, fragte Jonas.

Colin rieb sich das Kinn. Er schwieg, wartete ab, was Daniel sagen würde. Aber Daniel sagte nichts. Wer wusste, was dort unten auf sie lauerte?

Der Gang schien sich in das Dunkel hineinzuwinden. Und wenn das eine Falle ist?, schoss es Daniel durch den Kopf. Wenn die Flammen auch in diesen geheimen Gang dringen und es für uns kein Entrinnen mehr gibt? Er wagte nicht Colin und Jonas seine Angst zu zeigen. Cool sein – das war sein Markenzeichen.

Ein scheppperndes Geräusch war zu hören und das Licht erlosch.

»Die Taschenlampe«, klagte Colin. »Sie ist hin.«

»Na prima!«, erwiderte Daniel. »Also im Dunkeln weiter. Echt stark.«

Nun krochen sie auf allen vieren, weil sie die Felsvorsprünge in der Finsternis nicht sehen konnten.

»Die Taschenlampe lässt grüßen«, ließ sich Jonas vernehmen.

Colin schwieg, er wollte keinen Streit. Er wollte nur weg von den Flammen und der Hitze. So krochen sie weiter in das Dunkel, aber es war sehr unbequem. Keinem von ihnen machte das Kriechen Spaß.

»Wir stehen wieder auf«, schlug Daniel vor.

Jonas und Colin schienen nur auf diesen Vorschlag gewartet zu haben, sie erhoben sich rasch.

»Soll ich nach vorn?«, fragte Daniel.

»Bitte, der Herr«, kam es erleichtert von Jonas, der die Felsnasen fürchtete. Sollte sich nun Daniel den Kopf einrennen. Wenn er schrie, brauchte man sich nur zu bücken und entging so dem Schmerz. Er griff in ein Spinnennetz und ächzte erschrocken auf, da er auch die Spinne berührt hatte.

»Was ist los?«, fragte Colin.

»Nichts«, erwiderte Jonas. »Nur so eine dämliche Spinne.«

»Alles okay?«, schloss Daniel die kurze Unterhaltung ab.

Eine atemberaubende Stille umgab sie nun, eine pechschwarze Stille. Und dann sahen sie die Augen. Sie waren gelb. Sie leuchteten. Sie kamen ihnen im Dunkel entgegen.

»Was ist das?«, kam es erschrocken von Jonas.

Daniel kaute auf seiner Unterlippe. Er überlegte.

»Tiere?«, fragte Colin entsetzt.

Es waren viele Augen. Nun waren sie dicht vor ihren Gesichtern. Wenn man nach ihnen griff, fasste man ins Leere. Aber sie waren da!

»Schöne Affenscheiße!«, schimpfte Daniel leise. Sein Herz schlug heftig.

Was kam in diesem Tunnel auf sie zu? Was umgab sie?

»Geister«, stellte Jonas leise fest. »Das sind Geister.«

»Fragt sich nur, ob es böse oder gute Geister sind«, kam es von Daniel. Es sollte spaßig klingen, doch es klang nicht so. Es klang eher ängstlich.

»Auch Schiss?«, stellte Jonas fest, der das Zittern in der Stimme seines Bruders bemerkt hatte.

Die Augen flogen an ihnen vorbei, tanzten vor ihren Gesichtern, lautlos, gespenstisch.

»Das müssen die Geister der Toten sein«, erklärte Jonas. »Von den Menschen, die einmal in der Ruine gelebt haben, als sie noch eine richtige Burg war. Cromwells Soldaten sollen alle in der Burg erschlagen haben.«

Daniel schmeckte Blut auf seiner Unterlippe. Ich krieg die Krise, dachte er. Was hier geschieht, ist nicht erklärbar.

Immer mehr Augen kamen auf sie zu, als ob unsichtbare Wesen, von denen man nur die Augen sehen konnte, zum Burghof eilten.

Sie standen an die Wand des Ganges gepresst und beobachteten das seltsame Schauspiel. Eilten die Geister der Toten an ihnen vorbei? In diesem Augenblick? Aber wenn sie es genau bedachten, gab es keine andere Erklärung.

»Was machen wir, wenn die Geister uns angreifen?«, flüsterte Colin. Sein Flüstern klang sehr laut.

»Wenn sie das tun wollten, hätten sie es schon längst getan«, meinte Jonas.

»Sie können es aber immer noch tun«, mahnte Colin. »Sie warten bloß ab. Vielleicht spielen sie mit uns.«

Die Geister der Toten, dachte Daniel. Das war kein guter Gedanke, überhaupt kein guter. Dieser Gedanke machte Angst, eine Riesenangst. Etwas war da, unerklärlich, bedrohlich.

Die Augen tanzten weiter in der Dunkelheit, wanderten an ihnen vorbei und immer wieder folgten neue.

»Sie können uns einkesseln«, befürchtete Colin. »Sie können den Gang verschließen. Dann sind wir beschissen dran.«

»Ach was«, wehrte Daniel die Worte ab. Aber die Furcht kroch wie Kälte von den Zehen zu seinem Herzen empor.

Hatte der Wirt nicht von einem Verschollenen erzählt? War er vielleicht auch den Geistern begegnet? Er war nicht wiedergekommen, niemand hatte ihn gefunden. Man hatte ihn vergebens gesucht. Vielleicht konnten die Geister Gänge öffnen und schließen? Man konnte verhungern, ohne als Toter gefunden zu werden.

»Wir gehen nicht weiter«, entschied Daniel. »Wir bleiben einfach stehen, warten ab. Wir können überhaupt nichts anderes tun. Wir können nur warten, Männer.«

Die »Männer« schwiegen. Und sie wagten kaum zu atmen. Diese verfluchten Augen! Diese Geister, von denen man nicht wusste, ob sie böse oder gut waren.

Die drei Jungen hielten sich an den Händen, in der Hoffnung, die Furcht auf diese Weise besser ertragen zu können. Doch es war ein Irrtum! Die Angst blieb, diese quälende Angst, die ihre Herzen zu umkrallen schien, wie ein unsichtbares, unbekanntes Wesen. Vielleicht hielten die Geister ihre Herzen umklammert? Vielleicht konnten sie in einen Körper hineingreifen? Wer wusste das? Selbst wenn man es wusste, würde das Wissen nicht helfen, da sie nicht fliehen konnten.

Also weiter warten. Stehen und warten, bis etwas geschah.

Doch nun glitten immer weniger Augen an ihnen vorbei. Versammelten sich die Geister nun auf dem Burghof? Geister verbrannten sicher nicht, sie konnten sich auch mitten in den Flammen, in jeder Hitze aufhalten. Würden die Geister sie wieder aus dem Labyrinth hinauslassen? Wie lange hatten sie schon reglos gestanden? Stunden?

»Wir müssen zurück«, sagte Daniel leise.

Nun schlug die Stunde der Wahrheit. Die tödliche Stunde? Der Igel war wohl doch eine Warnung gewesen, aber sie hatten sie nicht beachtet.

Die Augen um sie herum waren nun verschwunden, doch sie tanzten weiter vor ihren inneren Augen, so als ob sie für immer bleiben wollten.

Sie tasteten sich Schritt für Schritt zurück. Daniel blieb an der Spitze. Er war der Älteste. Jonas schien die Nase voll zu haben von seinen Geistern.

Doch plötzlich war es Daniel, der aufschrie.

Jonas umklammerte von hinten seine Schultern. »Was ist los, Daniel, was hast du?«

»Hier hängt ein Skelett an der Wand«, keuchte Daniel. Seine Hände berührten Knochen, die mit eisernen Ringen an den Felsen geschmiedet waren. Daniel schüttelte sich.

»Warum haben wir das vorhin nicht bemerkt?«, wollte Colin wissen.

»Ist doch egal«, erwiderte Daniel. »Wir haben doch nicht überall die Wände berührt. Wir sind wohl einfach an ihm vorbeigegangen.«

Jonas räusperte sich. Er wollte etwas sagen, aber dann schwieg er doch lieber. Daniel tastete sich weiter vorwärts. Seine Hände zitterten noch immer, als hätten sie das Skelett gerade erst berührt. Nur gut, dass Jonas und Colin seine Angst nicht sahen. Er schämte sich doch.

»Die Hitze ist weg«, stellte Jonas plötzlich fest.

»Stimmt!«, kam es von Colin. »Hier war es vorhin noch sauheiß.«

Daniel stimmte ihnen zu. Keine Augen! Keine Hitze! Nur das Dunkel des Ganges. Sie konnten nur hoffen, dass sie auf dem richtigen Weg waren.

Doch das waren sie! Ein schwacher Lichtschimmer war zu sehen. Sie eilten die Stufen hinauf. Mondlicht fiel durch den schmalen Spalt im Gemäuer. Sie waren gerettet!

Vorsichtig kletterten sie nach draußen. Kein Feuer? Kein Rauch? Nirgendwo sah man Spuren von Flammen.

»Das kann doch nicht wahr sein«, stieß Daniel hervor. »Haben wir uns das Feuer denn eingebildet? Alle drei?«

»Es hat gebrannt«, sagte Jonas mit fester Stimme.

Colin sagte nichts, er dachte nach, doch seine Gedanken verriet er nicht.

»Ich fühle mich total mies«, stieß Jonas hervor.

Keiner widersprach ihm.

»Dir geht die Muffe«, frotzelte Daniel.

»Arsch mit Ohren«, schimpfte Jonas. Und der Streit verdrängte die Angst.

»Wir gehen zum Zelt«, schlug Daniel vor. »Wir gehen gleich quer über den Friedhof, nicht wieder durch das blöde Dickicht.«

Ein riesiger Vollmond glänzte über der Landschaft.

Drohend blickten die Fensterhöhlen der Burg auf die Jungen herab. Die wandten sich nicht um. Sie wollten rasch zum Zelt, so rasch wie möglich. Sie liefen über den

Friedhof. Jetzt, im Mondlicht, war der Weg einfacher. Sie mussten nun Acht geben, dass sie nicht über die Grabsteine stolperten.

Gellend schrie Daniel plötzlich auf. Eine Hand hielt seinen Fuß umklammert, eine Knochenhand, die aus einem Grab kam. Er konnte sich nicht befreien. Er schlug und trat nach der Hand, wieder und wieder, aber der Griff lockerte sich nicht. Doch er konnte ihr nicht entrinnen.

»Nun tut doch etwas«, schrie Daniel. »So helft mir doch!«

DER ANGRIFF DER RABEN

Die knöcherne Hand gab Daniels Fuß frei. Denn plötzlich stand eine Gestalt vor Daniel im Mondlicht und diese Gestalt hielt ein Kreuz in der Hand. Es war Maureen.

»Nur ein Kreuz hilft«, rief sie.

»Wie kommst du hierher?«, stammelte Jonas.

Maureen lächelte. »Ihr habt von dem weißen Raben erzählt und von der schwarzen Katze. Und in dieser Nacht hat eine Frau im Dorf einen Jungen entbunden. Gerade eben. Und es ist Vollmond. Da spürte ich, dass ihr in Gefahr seid.«

Langsam gingen sie zu ihrem Zelt zurück, bauten es rasch wieder auf, saßen dann in seinem Inneren und schwiegen. Im Dunkeln tastete Daniel nach Maureens Hand. Zärtlich streichelte er sie. Maureen entzog ihm ihre Hand nicht, ja, ihre Hand griff nach seiner Hand, sodass ihre Hände miteinander zu verschmelzen schienen.

»Ich glaube, ich muss nun los«, sagte Maureen leise.

Daniel verspürte einen Stich im Herzen. Er hätte ewig so sitzen können, neben diesem Traum von einem Mädchen. Nur ihre Hand zu streicheln war schon toll.

»Ich bring dich«, schlug er vor.

Maureens Augen wirkten nahezu dunkel. Daniel starrte sie nur an. Maureen blickte zurück. Ich möchte sie küssen, dachte Daniel, küssen, bis ich keine Luft mehr bekomme. Doch er wollte nichts überstürzen. Schließlich lief sie ihm nicht weg. Und sie mochte ihn auch, er spürte es.

Maureen wandte sich zum Zelteingang, schlug die Plane zurück und stieß einen Schrei aus, einen hellen, spitzen Schrei. Sie glitt zurück.

Daniel blickte ebenfalls nach draußen.

»Das kann doch nicht wahr sein«, flüsterte er und spürte Maureens Atem im Nacken. Er rieb sich die Augen, sah aber die Erscheinung immer noch.

»Unser Zelt steht unter drei Galgen«, flüsterte er fassungslos.

An den Galgen hingen Tote mit hervorquellenden Augen, denen die Zunge aus dem Hals hing. Ihre Gesichter wirkten im Mondlicht bläulich. Der Wind schaukelte sie leicht, als ob sie selbst, nach einer unhörbaren Melodie, tanzen wollten, einen Totentanz.

Daniel kniff die Augen zusammen. Dann nahm er die Raben wahr. Sie hockten auf den Galgen, hockten ganz still, blickten herab. Es waren viele Raben, vielleicht zwanzig, vielleicht dreißig. Oder auch mehr.

Jonas und Colin steckten die Köpfe aus dem Zelt, erschraken, zuckten zurück und suchten Schutz im Inneren des Zeltes.

»Heute spielt die Welt verrückt«, unterbrach Daniel leise die Stille.

Die Raben begannen sich auf den Balken der Galgen zu bewegen. Hatten sie Daniels leise Worte aufgeschreckt? Sie begannen zu krächzen, lauter und lauter. Daniel zog den Kopf zurück. Maureen legte ihre Hand wieder in seine. Sie knieten nebeneinander vor dem Eingang des Zeltes.

»Ich wusste es«, flüsterte Maureen. »Bei diesem Vollmond wird noch manches geschehen.«

Daniel fühlte sich wie benommen. Er schlug die Plane zurück und sah nach draußen. Die Vögel begannen zu schreien. Sie wurden lauter und lauter, flogen auf, kreisten über dem Zelt, stießen plötzlich herab. Daniel zog den Kopf in den Schutz des Zeltes zurück, erschrocken, atemlos. Was geschah hier? Was ging hier vor? Sie waren doch außerhalb der Burg? Da stürzten die Vögel herab. Ihre Schnäbel hieben auf das Zelt ein, durchdrangen die Plane.

»Aua«, schrie Colin, »sie haben mir in die Hand gehackt.« Er rieb sich die verletzte Hand. Seine Augen weiteten sich vor Furcht.

»Sie zerhacken uns«, schrie Maureen voller Panik. Sie bebte am ganzen Körper. Daniel zog sie an sich. Er würde sich über sie werfen und mit seinem Körper schützen, wenn es nötig werden würde. Er würde alles für sie tun. Wirklich alles. Noch nie hatte er solch ein Gefühl für ein Mädchen gehabt und er verspürte es ausgerechnet jetzt, wo die Gefahr am größten war.

Die Vögel flogen immer heftiger gegen das Zelt. Aber zum Glück rutschten sie ab, es gelang ihnen im Augenblick nicht, in das Zelt einzudringen.

»Maureen, dein Kreuz«, schrie Jonas.

»Ich hab's beim Rückweg vom Friedhof verloren«, stammelte sie. »Ich weiß nicht, wo es liegt.«

Im Mondlicht wirkten die Körper der Raben übernatürlich groß. Wie mutiert, dachte Daniel. Er presste die Lippen in Maureens Haar.

»Es sind keine Vögel, es sind Geister«, rief Maureen. »Wir können sie nur mit Licht verjagen.«

»Eine Taschenlampe!«, rief Colin. Hastig suchte er im dunklen Zelt. Ein Vogelschnabel bohrte sich durch einen Riss in das Innere des Zeltes.

»Sie kommen!«, kreischte Maureen.

Überall waren die Raben, wie eine irre schwarze Wolke umflogen sie das Zelt. Unvermittelt war es plötzlich dunkel, denn Wolken hatten sich vor den Mond geschoben. Die Nacht war pechschwarz. Auch das noch, dachte Daniel entsetzt. Nun können wir sie nicht einmal mehr kommen sehen, aber sie sehen uns gewiss. Das Geschrei der Vögel wurde immer lauter.

Wieder drang ein Schnabel durch den Stoff des Zeltes.

»Verdammt«, schrie Colin auf.

Noch immer kramte er im Zelt herum, aber er fand die Taschenlampe nicht.

Nun begann auch Jonas im Zelt herumzuwühlen.

»Cool bleiben«, mahnte Daniel. »Hektik hilft gar nicht.«

»Klugschwätzer«, schimpfte Jonas. »Du denkst sowieso nur an Weiber.«

Ein Schnabelhieb traf Colin in die Schulter. Er schlug nach dem Vogel, doch er traf ihn nicht.

»Wir bräuchten Stöcke«, schrie Daniel. Woher aber wollten sie Stöcke nehmen?

»Wir brauchen ein starkes Licht«, jammerte Maureen. »Nur Licht hilft.«

»Ich such ja wie ein Blöder«, schimpfte Jonas, »aber ich find sie nicht. Irgendwo muss sie doch sein.«

Nun suchten alle vier die Taschenlampe, Schulter an Schulter, Kopf an Kopf.

»Sehen wir mal unter die Luftmatratzen«, schlug Daniel hastig vor.

Jonas hob die erste Matratze hoch. Seine Hände tasteten auf dem Zeltboden entlang.

»Fehlmeldung«, keuchte er. Doch er gab nicht auf.

Daniel hob die zweite Luftmatratze hoch. Dann tasteten Maureens Hände den Zeltboden ab.

»Hier ist nichts«, stellte sie fest.

»Dann muss sie unter der dritten Luftmatratze liegen«, versicherte Daniel.

Colin hob die Matratze hoch. »Ich hab sie«, schrie er. Dann knipste er die Lampe an und ließ den Lichtstrahl aus dem Zelt und den Vögeln entgegenschnellen.

Die Wolke aus Vögeln zerstob.

»Sie sind weg«, stammelte Colin ungläubig. »Sie sind einfach weg.«

»Ich hab's doch gesagt«, meinte Maureen erleichtert.

Erschöpft hockten sie nebeneinander im Zelt, Schulter an Schulter. Und so saßen sie und warteten.

Colin und Jonas krochen erschöpft in ihre Schlafsäcke. Eng aneinander gelehnt, schliefen Maureen und Daniel ein.

DAS GEHEIMNIS DER BURGRUINE

Die Morgenröte kommt«, flüsterte Maureen leise in Daniels Ohr. Daniel blickte hinaus. Was für ein Morgen! Der Himmel färbte sich erst zaghaft, dann aber glutrot. Der Ball der Sonne tauchte langsam auf. So schön wie auf einem Gemälde sah es aus, dieses flammende Rot über dem Horizont.

»Der Himmel brennt«, kam es leise von Maureen.

Daniel spürte, wie Maureens Hand wieder nach seiner tastete.

»Ich muss los«, sagte Maureen.

Aber Daniel wollte sie nicht gehen lassen.

»Bleib noch«, bettelte er.

Jonas und Colin rieben sich verschlafen die Augen.

»Wer macht hier so früh am Morgen Hektik?«, maulte Colin.

»Na wer schon«, gähnte Jonas. »Romeo und Julia.«

Maureen kletterte aus dem Zelt, ihr folgte Daniel. Dann kam Colin und als Letzter Jonas. Suchend sahen sie sich um.

»Als ob nichts gewesen wäre«, sagte Jonas.

»Diese blöden Raben haben wohl Tollwut gehabt?«, maulte Colin.

Er blickte das Zelt an. »Es ist alles ganz«, sagte er erstaunt.

Maureen räusperte sich. »Auf der Burgruine liegt ein Fluch, ein gewaltiger Fluch.«

»Was für ein Fluch?«, wollte Jonas wissen.

Da müsse sie weit ausholen, erklärte Maureen, und dort beginnen, wo die Normannen unter Richard Fitz Gilbert Irland eroberten. Große Teile Irlands seien seitdem von England aus beherrscht worden. Und die Katholiken Irlands wurden unterdrückt, hunderte von Klöstern unter Heinrich VIII. zerstört. Aber es gab immer wieder Aufstände, denn das ganze irische Land wurde an protestantische Siedler aus England und Schottland verteilt. Als sich das irische Volk zu einem Aufstand erhob, schickte England Oliver Cromwell im Jahr 1649 mit seinen Soldaten zu einem grausamen Rachefeldzug auf die Insel. Die irische Bevölkerung sei beinahe um die Hälfte dezimiert worden, ihr Land wurde an die Soldaten Cromwells verteilt. Natürlich hätten sich auch irische Verräter der Sache Cromwells angeschlossen. Einer dieser Verräter sei der Herr dieser Burg gewesen. Der Bruder des Burgherrn aber habe gegen Cromwell gekämpft und sei dafür gejagt worden. Da habe ihn der Schurke in den Kerkern seiner Burg töten lassen. Cromwells Soldaten schonten die Burg trotzdem nicht. Sie stürmten sie und der Herrscher der Burg fiel im Kampf.

Nun aber müssten sie alle spuken, der Schurke mit seinen Männern und sein heimtückisch getöteter Bruder.

»Und dieser Verräter liegt mit seinen Männern hier auf dem Friedhof?«, wollte Daniel wissen.

»Ja«, erwiderte Maureen. »Aber sein Bruder wurde nie begraben, weil seine Leiche nicht gefunden wurde. Im Dorf erzählt man, er würde jeden Engländer töten, der in die Burgruine käme. Auch heute noch.«

Jonas runzelte die Stirn. »Ist das schon passiert?«

»Ja«, antwortete Maureen. »Ein Engländer ist mal in die Burgruine eingestiegen. Man hat ihn nie mehr gefunden.«

»Vielleicht ist er weitergefahren?«, meinte Daniel.

»Seine Sachen lagen noch bei meinem Vater.«

»Die Story ist echt ein Hammer«, kam es von Jonas. »Hier spukt es also wirklich?«

»Mm«, machte Maureen. »Kann man so sagen. Auch früher sollen schon Leute verschwunden sein. Aber immer nur Engländer.«

»Wir wären also sicher«, stellte Daniel fest.

»Ja.«

»Sicher kann man nie sein«, antwortete Colin. »So ein Geist kann sich auch mal irren.«

»Geister irren sich nie«, schimpfte Jonas los.

»Reg dich ab, Alter«, witzelte Colin.

Jonas blickte Colin finster an.

Daniel legte einen Finger an die Nase. »Woher will der

Geist wissen, dass der Besucher ein Engländer ist? Da muss er doch erst den Pass verlangen, ehe er ihn tötet?«

Jonas blickte noch finsterer. »Du bist blöd! Geister wissen das eben. Erklären kannst du so was nicht, es ist übersinnlich.«

»Aha«, witzelte Daniel. »Der Herr Übersinnlich steht vor mir.«

Jonas ballte die Fäuste. Maureen legte ihm beruhigend die Hand auf die Schulter. »Daniel macht doch nur Spaß.«

»Bis ihm der Spaß vergeht«, knurrte Jonas. Versöhnlich klangen die Worte nicht. »Schiss haben die Herren in der Burg beide gehabt. Gelacht hat da im Dunkeln keiner mehr.«

Daniel schwieg betroffen. Der Pfeil seines Bruders hatte gesessen.

»Na ja«, kam es von Colin. »Da hat Jonas Recht.«

»Also, tschüss«, rief Maureen. »Man sieht sich.«

»Ich bring dich noch«, schlug Daniel vor.

Sie gingen, Hand in Hand, dem Dorf entgegen.

»Und dein Dad?«, wollte Daniel wissen.

»Er denkt, ich war bei 'ner Freundin. Er ist okay. Ehe wir die Häuser sehen, musst du aber zurück.«

Sie spürten die Sonne im Nacken, warm und weich. Stunden hätte Daniel so gehen können.

DIE AUGEN IM MOOR

Wir hauen hier lieber ab«, schlug Colin vor. »Dann können wir den ganzen Spuk vergessen!«

Daniel erschrak, denn er wollte nicht fort von Maureen. Er blickte zu Jonas, aber der widersprach Colin nicht. Wollte Jonas auch weg?

Colin begann tatsächlich seine Sachen zu packen.

»Du willst wirklich weg?«, empörte sich Daniel.

»Ja«, schnaufte Colin wütend. »Mir reicht es hier.« Entschlossen ging er zu den Rädern.

Plötzlich rief er überrascht nach Jonas und Daniel: Die Lenker der drei Fahrräder hatten sich offenbar in Luft aufgelöst. Fassungslos starrte Colin auf die Räder hinab. »Das darf doch nicht wahr sein!«, schimpfte er.

Daniel schlug vor Maureen zu fragen, ob es einen Schrottplatz gäbe.

Vielleicht konnten sie dort alte Räder finden, deren Lenker noch zu gebrauchen waren. Er würde sich sofort auf den Weg machen.

»Wir kommen mit«, erwiderte Colin, der die ungastliche Burg so schnell wie möglich wieder verlassen wollte.

Maureen wollte sich ausschütten vor Lachen. Sie war ungeheuer froh, dass eine rasche Abreise nicht so schnell möglich war.

»Ich kenne einen Schrottplatz«, sagte sie. »Vielleicht könnt ihr da drei brauchbare Lenker finden. Aber eine Garantie gibt's natürlich nicht.« Sie grinste breit. »Eigentlich gehören die Reste von euren drei Mühlen sowieso dorthin.«

Colin blickte sie finster an. Mädchen waren blöde. Dann hörte er Maureens Vorschlag, mit dem Bus zu fahren.

»Logo«, antwortete Colin. Und er dachte: Vielleicht haben wir Glück, dann kommen wir schnell hier weg.

Der Bus rumpelte durch die Landschaft, in der der Wind und der Regenbogen zu Hause waren und die Schafe schwarz-weiß gefleckte Nasen hatten.

Ein Auto überholte sie in wilder Fahrt. Höchst irisch sah es aus, rostig, zerbeult, das Nummernschild unlesbar, es starrte vor Schmutz.

Dann wieder fuhr ein Traktor auf der Straße zickzack. Aber der Busfahrer hupte nicht, er schien alle Zeit der Welt zu haben. Graublaue Wolkenberge zogen am Himmel auf. Nebelschleier hingen über Mooswiesen. Nebelverhangene Hügel gab es in der Ferne, auf einem stand ein Ringfort aus grauen Steinen.

An Wanderern fuhren sie vorbei und an Radlern auf Mountainbikes, an fliegenden Händlern mit Whisky und

Ziegenmilch und anderen Getränken. Und immer das Grün der Insel in unendlich vielen Nuancen, das selbst der beste Maler nicht auf seiner Leinwand verewigen könnte.

Grün und flach wie eine Flunder lag die Landschaft vor ihnen. Und der Bus holperte weiter, hielt, nahm Menschen auf.

»Wie lange noch?«, wollte Daniel von Maureen wissen.

»Noch ein Stück«, erwiderte Maureen. »Aber bald sind wir da.«

Ansteigende Wiesen folgten, Steinmauern, Fuchsienhecken, selbst gezimmerte Unterstände für das Vieh.

Ein Dorf stand wie ein Fremdkörper in der Landschaft mit seinen knallbunten Häusern in sanftem Türkis, Lila, Schwarz oder Pink.

Schwarze Wolken kündigten Regen an.

Daniel dachte: Wir fahren an das Ende der Welt.

Ruinen eines verlassenen Dorfes sahen sie, Zeugen der Armut in der Vergangenheit, Zeugen des Hungers, der einmal drei Millionen Menschen in den Tod getrieben hatte.

Schafe liefen auf der Straße und sperrten sie minutenlang für den Verkehr. Der Busfahrer hupte nicht, fluchte nicht, er schien Hindernisse dieser Art zu kennen.

Wieder hielt der Bus.

»Aussteigen!«, kommandierte Maureen.

»Endlich«, stöhnte Colin auf. »Stinklangweilige Fahrt.«

»Laufen ist angesagt«, verkündete Maureen.

Der Schrottplatz lag hinter einem Steinwall. Von alten Töpfen über verrostete Feldgeräte, Motoren bis hin zu Wracks von Booten konnte man alles finden, nur keine Fahrradlenker.

»Weitersuchen«, schlug Maureen vor. »Hier kann man alles entdecken. Ehrlich.«

Nahe dem Schrottplatz stand die zerfallenen Ruine eines Bauernhauses. Auf der Spitze der Ruine saß ein Rabe.

»Ein Rabe«, staunte Jonas.

Daniel tippte sich an die Stirn. »Ich hätte den für einen Löwen gehalten.«

»Blödmann«, erwiderte Jonas finster.

Sie näherten sich einem verrosteten Gestell, auf dem ein Boot hing, die Farbe kaum noch zu erkennen.

»Antik«, witzelte Daniel.

Aber das Lachen verging ihm, denn genau in diesem Augenblick brach das Gestell und der Kahn stürzte herab. Mit waghalsigen Sprüngen entkamen sie.

»Das war knapp«, keuchte Daniel. »Verflucht.«

Stirnrunzelnd blickte Jonas in Richtung des Raben.

»Der hätte uns lieber mal warnen sollen«, sagte Daniel.

»Eben«, meinte Jonas.

Daniel begriff nicht, was Jonas meinte. Aber da schlug Colin schon vor: »Ich würde sagen, wir hauen wieder ab.«

Lange warteten sie an der Bushaltestelle, endlos lange. Weit und breit war kein Bus zu sehen.

»Wenn der Bus nicht kommt, müssen wir laufen«, schlug Maureen vor.

»Was?«, fauchte Colin sie an. »Du hast sie wohl nicht alle.«

Maureen hob beschwichtigend die Hände. Wenn man quer durch das Land ginge, würde es gehen. Sie müsste es auf Fälle tun, weil sich ihr Dad sonst Sorgen machen würde.

»Dann komme ich mit«, verkündete Daniel.

»So ein Mist«, knurrte Jonas. »Wie lange sollen wir denn da laufen?«

»Mir kommen die Tränen«, erwiderte Daniel. »Aber ihr beide könnt ja ruhig weiterwarten. Wird sicher eine gemütliche Nacht.«

Daniel ging mit Maureen los und nach einem kurzen Augenblick folgten erst Jonas und dann Colin.

»Jetzt ist die Kacke am Dampfen«, murmelte Jonas vor sich hin.

Sie liefen den grünen, nebelverhangenen Hügeln entgegen. Jeder Meter Erde schien mit Steinmauern eingegrenzt, die sie überklettern mussten. Und dazu dieses seltsame Wetter. Gerade liefen sie durch Regen und Nebel, dann wieder folgte Minuten später die Sonne. Eine Turmuhr schlug in weiter Ferne.

Es herrschte eine undurchdringliche Stille.

»Ich glaube, hier hört man 'ne Stecknadel fallen«, rief Jonas aus.

Maureen rümpfte leicht die Nase. Spinner, schien sie zu denken. Aber sie sprach das Wort nicht aus. Sie liefen nun dicht beieinander.

Auf einer Weide stand ein riesiger Steinblock, der an den Schädel eines Wales erinnerte. Ein großer Haufen Torf war an ihm zum Trocknen aufgeschichtet worden.

Eine unbeschreibliche Einsamkeit lag vor ihnen.

Maureen lief allen voran, ausdauernd und schnell. Daniel konnte kaum mit ihr Schritt halten.

»Wir müssen uns beeilen. Wenn es dunkel wird, kann es hier unangenehm werden«, warnte Maureen.

Blau-silbrig schimmerte ein kleiner See. Vielleicht war er durch das Regenwasser entstanden, das nicht mehr versickern konnte, weil immer neues vom Himmel fiel.

»Wie lange müssen wir noch laufen?« Wütend knirschte Jonas mit den Zähnen, wobei er einen finsteren Blick zu Maureen schickte. Aber Maureen sah den Blick nicht. Sie schaute nur geradeaus.

Zwischen grauen Wolken am Himmel lugte Blau hervor, die ausgefransten Wolken brachten aber wieder Regen.

»Wir sind echt bekloppt, dass wir das machen«, maulte Jonas. Doch Daniel schien seine Worte bewusst zu überhören. Er ging neben Maureen.

Der Himmel konnte sich nicht mehr entscheiden, ob er Regen oder Sonnenschein spenden sollte, und so schickte er beides gleichzeitig. Licht und Schatten fielen über das weite Land. Ihre Kleidung war völlig durchnässt.

Daniel blickte auf die Uhr, runzelte die Stirn.

Colin sagte: »Diese blöden Wolken schmeißen den warmen Regen hier ab, ehe sie zu euch nach Deutschland ziehen.«

Weiter liefen sie, vorbei an der Ruine eines verlassenen Hauses, vor dem ein einzelnes Schaf stand und sie anstarrte.

Endlose Wiesen und Weiden lagen vor ihnen, eine abschreckende Weite, die sie bezwingen mussten. Und da war der Gedanke »Was geschah, wenn sich Maureen verlief?«.

Es dämmerte. Sie liefen schweigend hintereinander. Ein übler Sturm jagte brüllend über das Land, er war so stark, dass ihre Augen zu tränen begannen.

»Maureen«, schrie Daniel, »bist du wirklich sicher, dass wir richtig laufen?«

Maureen nickte nur, ja, sie schien sogar beleidigt, dass er an ihr zweifeln konnte.

Sie liefen frierend in den Abend, sie liefen frierend in die Nacht und in die Dunkelheit, als der Wind die Wolken vor den Mond schob. Der Sturm heulte so laut, dass sie kaum noch miteinander reden konnten. Stockdunkel wurde es. Maureen schien die Richtung verloren zu haben. Sie sagte nichts mehr, aber alle drei spürten ihre Angst.

Und da schrie Colin plötzlich auf: »Seht doch. Die Lichter, die kleinen Lichter, vor uns!«

Und wirklich: Helle Lichter tanzten in der Dunkelheit.

»Wir sollten ihnen folgen«, schlug Jonas vor.

Daniel schüttelte den Kopf. »Würde ich nicht machen.«

Maureen folgte nach kurzem Zögern aber doch den Lichtern.

Und die Jungen folgten Maureen. Doch mit einem Mal sanken ihre Füße tief ein, sie konnten nur noch waten. Schwerer und schwerer wurde das Vorwärtslaufen. Daniel griff, als er sich bückte, in etwas Weiches. Es war überall spürbar.

»Wollgras«, kam es von Colin. »Wir sind im Moor.«

Die Worte jagten Daniel einen Schauder über den Rücken.

Sie sanken immer tiefer ein.

Wieder erblickten sie die tanzenden Lichter.

»Sie locken uns in den Tod«, hörte Daniel sich sagen. »Wir müssen zurück.« Aber sie waren mitten im Wollgras, mitten im Moor, wohin sie sich auch wandten.

»Wie diese Augen in der Burg«, schrie Jonas gegen den Wind an.

Plötzlich tauchte der Mond hinter der Wolkenwand auf. Der Sturm ließ nach, mehr und mehr.

»Weiter nach links zurück«, entschied Jonas.

Aber sie sanken immer tiefer ein. Schweigend kämpfte jeder für sich. Nur Daniel war bemüht, dicht bei Maureen zu bleiben. Sie sagte kein Wort mehr, so als ob sie die

Sprache verloren hätte. Sie alle hofften, dass der Mond nicht wieder verschwand.

Aber die Wolken nahmen ihnen den schwachen Mondschein wieder.

»Beschissene Wolken«, fluchte Jonas.

»Ich habe festen Boden«, hörten sie Colin rufen. »Hierher!«

Sie folgten seiner Stimme.

Das Moor lag hinter ihnen. Und die Wolken gaben endlich den Mond frei. Sie sahen eine kleine, schmale Straße, auf der sie weiterwanderten. Sie führte sie in ein verlassenes Dorf mit zerfallenen Häusern, die seltsam im Mondlicht schimmerten. Auf einem der Dächer saßen vier Raben.

»Ich denke da gleich an die Raben über unserem Zelt«, flüsterte Jonas leise. »Und dann bin ich gleich bedient.«

»Dir geht die Muffe«, sagte Daniel grinsend. »Stimmt's, Alter?«

»In so einem Haus könnten wir pennen«, schlug Colin vor.

Jonas blickte zu den Raben hoch. Dieser Gedanke schien ihm nicht verlockend.

»In so 'nem Haus könnten Schlangen sein«, warnte er.

Maureen lachte. »In Irland gibt es keine Schlangen.«

»Wieso nicht?«, wollte Jonas wissen.

»Der heilige Patrick hat sie von der Insel gejagt.«

Jonas legte seine Stirn in Falten.

»Ein Typ soll das geschafft haben?«

»Echt, hat er«, versicherte Maureen.

»Ich wäre mir da nicht so sicher«, sagte Jonas zweifelnd. »In solchen Gemäuern gibt es immer Schlangen.«

»Das ist mir völlig egal. Ich muss sowieso nach Hause«, sagte Maureen erschöpft. »Unbedingt! Ich rufe meinen Dad an. Der kann uns holen!«

»Und von wo willst du anrufen?«, spottete Jonas.

»Vielleicht kommt irgendwo ein Pub.«

Jonas lachte auf. »Mitten im Moor hab ich einen Pub gesehen. Der hatte Stromsperre.«

»Du Doofi!«, sagte Maureen beleidigt.

Sie trabten weiter die Straße entlang. Das Dorf blieb hinter ihnen zurück, wurde kleiner und kleiner. Auf den Weiden standen Kühe, die erstaunt die Köpfe hoben.

»Eine Einöde«, klagte Jonas. »Wir sind am Arsch der Welt.«

Als helle Flecken standen Schafe auf den Weiden.

»Hier bin ich noch nie gewesen«, sagte Maureen. »Die Gegend ist mir völlig fremd.«

»Na prima«, stellte Jonas fest.

Da sahen sie den Mast.

»Eine Telefonleitung«, rief Colin erfreut. »Hier muss ein Dorf sein.«

Daniel grinste breit. »Du checkst wirklich alles, Alter.«

Sie sahen mehrere Häuser, ein grünes, ein gelbes, ein pinkfarbenes, ein blaues, ein schwarzes.

»Ein Pub«, rief Maureen erleichtert. »Da kann ich endlich meinen Dad anrufen.«

»Seht doch!«, zischte Colin und wies auf das Dach des Pubs.

Dort saß ein einzelner Rabe.

»Immer wieder Raben«, sagte Daniel nachdenklich. »Bald wird noch einer auf dem Klo sitzen.«

Maureen lief auf den Pub zu, bemerkte den Raben nicht. Die Jungen folgten ihr. Vielleicht zehn Männer standen oder saßen dort. Maureen, Daniel, Jonas und Colin fühlten sich gemustert, als seien sie Gespenster.

Der Wirt, ein kleiner spindeldürrer Mann mit einer Hornbrille, die so alt zu sein schien wie er selbst, sprach Maureen verwundert an.

»Wo kommt ihr denn her?«

»Wir haben uns verlaufen. Kann ich mal telefonieren?«

»Aber klar«, sagte der dünne Mann. Er wies auf ein Telefon, das am Ende der Theke stand.

Daniel erblickte an der Decke eine Sammlung von Krügen. Ein Krug war bunter als der andere, es gab Krüge mit Gesichtern, mit Nasen, mit Augen. Ausrangierte Musikinstrumente hingen an einer Wand, eine Fiedel mit gerissenen Saiten. Und immer mehr erblickte er: pechschwarze Whiskyfässer, reich verzierte Gläser, bunte Dosen, einen gewaltigen braunen Hund aus Porzellan und Spiegel, die den kleinen Raum viel größer erscheinen ließen.

Sicher gab es hier den illegal gebrannten weißen Whisky,

von dem ich gelesen habe, dachte Daniel, und eine illegale Destille in einem Schuppen irgendwo hinter dem Dorf.

Als sein Blick auf eine Wand voller Schilder mit Sinnsprüchen und eine runde Uhr mit der Aufschrift »Gouldings Manures« fiel, hörte er Maureens Stimme.

»Hallo, Dad?« Dann schnatterte sie wild auf ihn ein. So einem süßen Mädchen muss man einfach alles verzeihen, dachte Daniel und blickte sie bewundernd an. Alles schien vergessen, der lange Marsch, die nasse Kleidung. Und an Maureens triumphierender Miene war abzulesen, dass ihr Dad ihr schon alles verziehen hatte. Sicher schimpfte er schon nicht mehr, sondern war froh, die Tochter wiederzuhaben, heil und gesund.

Der Wirt zapfte weiter das schwarze Guinness mit dem festen, sahnigen Schaum. Und die Männer tranken es, ein Bier nach dem anderen. Whiskyflaschen standen millimetergenau in den Regalen und die Gläser ordentlich daneben, sie waren wirklich so sauber, als wären sie eben erst geblasen worden. Auf dem Tresen lag ein riesiger, verrosteter Colt. Die Messingzapfen waren blank geputzt, als würde der Wirt zu jeder Tages- und Nachtzeit an ihnen herumpolieren.

»Mein Dad holt uns ab«, verkündete Maureen erleichtert.

Die Männer blickten wieder zu ihr hin.

Eine solch schöne Mieze haben sie noch nie gesehen, dachte Daniel. Doch die Männer tranken in aller Seelenruhe weiter. In einer Ecke hing ein Schild: »Guinness is good for you«.

Maureen blickte im Pub umher, sie war das einzige weibliche Wesen in diesem Raum. Ein Mann prostete ihr mit seinem Glas zu, ein zweiter folgte. Daniel empfand ein stechendes Gefühl der Eifersucht. Die alten Knacker!

»Wann kommt dein Dad?«, wollte er von Maureen wissen.

»Er sitzt schon im Auto. Er fährt wie ein Henker und er kennt in der Gegend jeden Stein. Er kannte auch diesen Pub.«

Fünfzehn Minuten später betrat Maureens Vater den Pub. Doch ehe sie abfuhren, trank er ein Guinness.

Auf dem Sitz im Auto nickte Daniel ein.

Im Mondschein erreichten sie ihr Zelt.

»Hoffentlich hebt es die Heringe nicht wieder ab«, knurrte Jonas.

Nur schlafen, dachte Daniel. Nur raus aus den nassen Klamotten und schlafen. Morgen war ein neuer Tag.

Aber als er endlich im Zelt lag, konnte Daniel nicht einschlafen. Er lauschte auf das gleichmäßige Atmen seines Bruder und das leise Schnarchen von Colin. Die beiden schliefen tief und fest, in ihre Schlafsäcke gekuschelt.

Daniel robbte zum Eingang des Zeltes, damit er hinausschauen konnte. Der Mond hatte sich teilweise hinter den Wolkenbergen verborgen, sodass sein Lichtschein die Wiesen kaum erhellte. Schwarz und drohend zeichneten sich die Umrisse der Burgruine gegen den tintenblauen Himmel ab.

Plötzlich hörte Daniel einen Tierschrei in Todesangst im Unterholz vor der Burg.

Dann herrschte wieder Stille. Daniel kroch zurück zu seinem Schlafsack. Nun wollte er versuchen einzuschlafen.

Vielleicht würde er von Maureen träumen.

IM LABYRINTH DES SCHRECKENS

Sie erwachten, weil die Sonne auf das Zelt brannte. Es war ein unheimlich schöner Tag.

»Auf, Leute!«, kommandierte Daniel. »Wisst ihr, wie lange wir gepennt haben?«

Jonas rieb sich verschlafen die Augen.

»Wasn los?«

»Es ist gleich Mittag«, schimpfte Daniel. »Ich hab einen sagenhaften Hunger.«

Colin grinste. »Du hast Hunger auf Maureen.«

Sie beschlossen das Frühstück ausfallen zu lassen und gleich in das Dorf zum Pub zu gehen. Aber eine böse Enttäuschung wartete auf Daniel, denn Maureen war zu ihrer Tante gegangen.

Während des Mittagessens versank Daniel in tiefe Gedanken. Schließlich sagte er, auf seinem Stück Fleisch herumkauend: »Ich muss immer an das Skelett in der Ruine denken. Wir sollten es beerdigen, Männer, dann hat es seine Ruhe. Wir tragen es zum Friedhof und heben ein Grab aus.«

Colin maulte, denn er glaubte, dass Daniel nur Zeit

schinden wollte, um in dem Dorf zu bleiben. Wegen Maureen natürlich.

»Noch mal in diese dunklen Gänge?«, fragte Colin und eine Falte teilte seine Stirn.

Unbeeindruckt strahlte Daniel Colin an. »Wir nehmen eine Taschenlampe mit.«

Aber bei Colin wollte die rechte Begeisterung nicht aufkommen.

»Du bist eben kein Abenteurer«, neckte ihn Jonas.

»Ich glaube, Colin hat Schiss«, kam es von Daniel.

»Ich?«, erwiderte Colin. »Das werden wir ja sehen, wer mehr Schiss hat. Vielleicht hat hier aber jemand um seine Markenklamotten Angst?«

»Ha, ha, ha«, machte Jonas nur.

»Dann können wir ja gehen«, schlug Daniel vor.

Nun fand er keinen Widerspruch mehr.

Nachmittags marschierten sie hoch zur Burg. Der Igel lag noch immer neben dem Tor. Daniel versuchte ihn bewusst zu übersehen. Auch Jonas.

Sie entdeckten das Loch in der Mauer, kletterten hindurch. Colins Taschenlampe beleuchtete schwarze, felsige Wände und Decken. Hier waren sie in vollkommener Finsternis gegangen.

Sie fanden die Stelle, wo sich der Gang in drei Arme spaltete. Alle Gänge lagen in absoluter Dunkelheit. Wo aber war das Skelett gewesen?

Da geschah es: Stockdunkel wurde es plötzlich.

»Die Taschenlampe«, schimpfte Colin.

»Was ist mit ihr?«, wollte Jonas wissen.

»Wer von euch hat sie mir aus der Hand gerissen?«

»Ich nicht«, rief Jonas.

»Ich auch nicht«, kam es von Daniel.

Nun standen sie alle drei sprachlos. Ein kühler Lufthauch umwehte sie. Und langsam wuchs die Angst. In Daniel. In Jonas. In Colin.

»Wir gehen zurück«, flüsterte Colin. »Ohne Taschenlampe bleibe ich hier nicht .«

»Entweder du kommst mit oder du musst alleine zurück!«, entschied Daniel.

Sie tasteten sich im Dunkeln weiter.

»Aua«, schrie Colin plötzlich auf. »Mich hat was gebissen. Hier ist was Unheimliches.« Unvermittelt lief er in das Dunkel hinein, ohne auf Jonas und Daniel zu warten.

»Vampire«, flüsterte Jonas.

»Das war nur 'ne Ratte«, bemerkte Daniel. Aber so sicher war er sich nicht.

Was lauerte hier in diesem Dunkel? Colins Schritte waren nicht mehr zu hören. Er spürte eine Gefahr, die er sich nicht erklären konnte, die einfach da zu sein schien.

»Was ist los?«, flüsterte Jonas. »Was ist mit Colin?«

Sie lauschten in das Dunkel. Jonas hatte ein Gefühl, als ob er sich übergeben müsste.

Colin hörte Daniel und Jonas nicht mehr. Waren sie ihm nicht gefolgt? Was war mit ihnen geschehen? Er schluckte heftig, sein Herz wummerte und er spürte, dass sein Mund trocken wurde und sein Magen sich verkrampfte.

Und dann sah er sie. Es waren Fackeln! Sie kamen aus der Tiefe der Gänge auf ihn zu. Und ein Stöhnen war da. Schreie ertönten, grässliche Schreie.

»Du Hund!«, schrie eine Stimme. »Du krepierst hier wie ein Schwein.«

Colin tastete sich an den Wänden entlang, um eine Stelle zu finden, wo er sich verbergen konnte, aber er fühlte nur glatten Fels. Wer kam dort? Männer schleppten einen Gefangenen, rissen ihn mit sich, traten ihn. Der Gefangene stöhnte.

Die Männer schlugen heftiger auf ihn ein, mit Fäusten, mit Peitschen. Immer weiter wich Colin zurück, so schnell es ihm möglich war. Da spürte er den Gang, der in eine andere dunkle Tiefe führte. Der konnte die Rettung für ihn sein.

Die Schritte der Männer und das Stöhnen kamen näher und näher. Ihre Flüche wurden lauter. Und auch das Stöhnen des Gequälten.

Am Eingang zu Colins dunklem Versteck blieben die Männer stehen. Im Licht der Fackeln konnte Colin jede ihrer Bewegungen sehen. Sie ketteten den Gefangenen an die Wand. Die Männer lachten. Sie trugen altertümliche Kleidung. Colin kannte so etwas aus Filmen.

Wenn sie mich finden, dachte Colin, werden sie mit mir das Gleiche machen. Ich bin Augenzeuge ihrer Taten, einer, der nicht überleben darf.

Die Männer lachten, sie verspotteten den Gefangenen. Dann zog einer der Männer einen Dolch mit einer langen Klinge, schmal und spitz.

Colin erstarrte, ließ die Hände sinken und presste sie dann ineinander.

»Was tut ihr?«, wollte er schreien, aber er brachte keinen Laut hervor, nur ein leises Röcheln, das im Lärm der fürchterlichen Szene unterging.

Der Mann, der den Dolch hielt, stach zu. Colin wagte nicht zu atmen. Dann aber musste er atmen, wenn er nicht ersticken wollte. Staub hing in der reglosen Luft. Tot hing der Gefangene am Felsen. Die Männer verschwanden.

Colin hockte sich auf den Boden, den Kopf auf die Knie gepresst. Er wusste nicht, wie lange er so gesessen hatte. Stunden?

»Hörst du was?«, fragte Jonas.

»Nein«, erwiderte Daniel. »Es ist alles ganz still.«

Daniel formte die Hände zu einem Fächer. »Colin!«, rief er. »Colin!«

Doch es kam keine Antwort und das Echo seiner Rufe verhallte im Dunkel der Gänge.

Colin hatte die Rufe der Freunde gehört. Doch er wagte

nicht zu antworten, er fürchtete, dass die Männer zurückkamen, er fürchtete an dem Toten vorbeigehen zu müssen, der leblos am Fels hing.

So hockte Colin weiter in der Finsternis. Seine Zähne schlugen immer heftiger aufeinander. Aber Colin nahm es nicht wahr. Die Angst lähmte ihn nahezu völlig.

Aber auf was wartete er? Er musste ja raus aus dem Labyrinth des Schreckens. Die Stille war nun grässlich. Sie war genauso furchtbar wie die Schreie des Gequälten. Und so blieb Colin weiter hocken, nur Meter von dem Toten getrennt.

Leise Schritte näherten sich, tastende Schritte. Hatte ihn einer der Männer doch gesehen und kam nun zurück? Der Mann mit dem Dolch vielleicht? Colin wich noch tiefer in sein Versteck zurück. Doch es endete nach wenigen Metern. Er saß in der Falle.

Die Schritte kamen immer näher.

Er hörte eine Stimme. »Hier ist er nicht.« Es war Daniels Stimme.

»Doch, ich bin hier«, rief Colin, unendlich froh.

Hastig kroch er Daniel entgegen.

»Wo warst du?«, wollte Daniel wissen.

»Hier waren Männer mit Fackeln«, keuchte Colin. »Und die haben einen Mann an den Fels gekettet und mit einem Dolch erstochen.«

»Was?«, entfuhr es Daniel. »Hier war es still. Im ganzen Labyrinth.«

»Du spinnst«, sagte auch Jonas zu Colin.

»Ich spinne nicht!«, erwiderte Colin. »Ich habe es gesehen.«

»Klingt ziemlich schräg«, sagte Daniel.

»Er hängt ja noch am Fels«, stieß Colin hervor.

»Hier?«

»Ja!«

Daniel begann die Wände abzusuchen, überall.

»Hier hängt keiner«, stellte er fest. »Du spinnst. Wir haben nichts gehört.«

Erst vorsichtig, dann beinahe hastig tastete Colin die Wände ab.

Aber den Toten fand er nicht.

»Siehst du«, grinste Daniel breit. »Du bist eingeschlafen und hast nur geträumt.«

Colin begriff die Welt nicht mehr. Er wollte nur noch raus aus diesem Labyrinth! Licht! Luft! Er wollte die Sonne oder den Mond sehen. Nur raus. Hier geschahen seltsame Dinge, die er sich nicht erklären konnte.

»Wir bleiben dicht beieinander«, raunte Daniel den anderen zu. »Jeder berührt den Vordermann. Wir dürfen uns nicht verlieren.«

Aber wussten sie denn, ob sie wirklich dem Ausgang entgegengingen? Konnte es nicht sein, dass sie sich immer tiefer in diesem Labyrinth verloren, in dem Wirrwarr der Gänge und Verliese? Jeder hing diesem Gedanken nach, aber keiner wollte ihn aussprechen, denn Panik war das

Letzte, was sie gebrauchen konnten. Sie tasteten sich im Gänsemarsch weiter. Jonas hatte die Hand auf Daniels Schulter gelegt, Colin hielt sich am Arm von Jonas fest.

»Cool bleiben«, hörten Jonas und Colin Daniel sagen. Sie erwiderten nichts. Colin räusperte sich nur. Sie folgten Daniel einfach, folgten jedem Richtungswechsel in der Dunkelheit, überließen sich Daniels Instinkt, der aber auch falsch sein konnte. War dieses Herumtasten der Weg in ihr Verderben? Wer hatte ihnen die Taschenlampe entrissen?

Colin biss sich auf die Lippen. Immer wieder sah er das schreckliche Erlebnis im Dunkel vor sich, immer wieder sah er den Mord. Aber Daniel und Jonas glaubten ihm nicht. Und auch er begann zu zweifeln. Doch ein Traum war es auf keinen Fall gewesen, so greifbar nahe war alles geschehen.

»Ich fühl mich total mies«, stammelte Jonas plötzlich.

»Meinst du, wir sind happy?«, fuhr ihn Daniel an. Mit jeder Faser seines Körpers konzentrierte sich Daniel auf die Aufgabe, seine Begleiter wieder ans Tageslicht zu führen. Dabei grübelte er noch immer über die seltsame Erzählung Colins nach. Wie konnte man nur so ein Spinner sein? Vielleicht waren alle Iren Spinner? Unvermittelt dachte er an Maureen.

Sofort schien sein Herz zu brennen. Wenn sie hier nicht rauskamen, würde er sie nicht mehr wiedersehen, sie würden vielleicht so geheimnisvoll verschwinden wie dieser

Engländer, irgendwo in einem Gang zusammenbrechen, vor Erschöpfung, vor Verzweiflung, vor Hunger, vor Durst. Nur mit eisernem Willen konnte er gegen diese furchtbare Vision ankämpfen.

»Weiter!«, befahl er seinem Körper. Immer weiter! Und Colin und Jonas keine Schwäche zeigen. Schwäche war tödlich!

Die Luft war stickig, der Staub stand förmlich in der reglosen Luft, drang in die Lungen, lähmte den Willen zum Weiterlaufen. Jonas und Colin sagten nichts mehr, aber er konnte ihre Angst förmlich riechen. Auch ihn hielt die Angst gepackt und seine Kinnmuskeln zitterten.

Wieder spürte er einen eisigen Hauch, der plötzlich an ihnen vorbeistrich. Daniel stieß mit der Stirn an den Fels.

»Bücken, Männer«, rief er. Vielleicht sollten sie auf allen vieren kriechen? Doch der Gang wurde wieder höher. Ihre Füße stolperten über felsigen Boden. Plötzlich traten sie auf Stufen.

»Das Loch«, jubilierte Daniel. »Wir haben den Ausgang!«

Minuten später standen sie auf dem Burghof, auf den das Mondlicht fiel. Ein Turmfalke flog im Gleitflug über die Burg.

Sie atmeten befreit und glücklich. Dann sahen sie die Raben auf den Türmen hocken. Dicht an dicht. Sie schienen zu ihnen herabzublicken, saßen reglos und still.

Sie kraxelten durch das Gehölz vor der Burg, liefen über die Wiese, hin zu ihrem Zelt, müde und froh.

Als Erster stutzte Colin. Er erstarrte förmlich, mitten im Lauf.

Nun sahen auch Daniel und Jonas, was Colin so erschreckt hatte.

Die Galgen! Ihr Zelt stand wieder unter Galgen! Und auf den Galgen hockten die Raben.

»Da können wir nicht hin«, flüsterte Jonas. »Da greifen uns die Viecher an.«

Daniel rieb sich die Augen, wieder und wieder. Aber das schreckliche Bild wollte nicht weichen. Drei Galgen und vielleicht fünfzig Raben. Und an den Galgen hingen drei Männer.

Sie standen Schulter an Schulter und überlegten.

»Wir müssen bei Maureen pennen«, entschied Daniel.

Colin legte die Stirn in Falten. »Mitten in der Nacht willst du sie wecken? Da wacht ihr Alter auch auf. Der wird uns was flöten.«

Daniel zuckte die Achseln. »Es geht ja nicht anders. Oder willst du zum Zelt?«

Colin schüttelte den Kopf. »Ich wollte hier längst weg!«, klagte er. »Hier ist es wirklich unheimlich.«

Sie umgingen das Zelt im großem Bogen und liefen auf der Straße weiter. Die Bäume und Büsche waren gespenstische Schatten. Das Dorf lag still im Mondlicht. Der Pub hatte längst geschlossen.

»Und nun?«, fragte Colin.

»Wir gehen von hinten an das Haus«, schlug Daniel vor.

Aber auch als sie im Garten hinter dem Haus standen, konnten sie nicht erraten, wo Maureen schlief.

»Das ist ja wie beim Lottospielen«, brummte Colin und beobachtete die Fenster. Daniel hielt einen kleinen Stein in der Hand. Und plötzlich warf er ihn. Es geschah nichts.

Bald darauf öffnete jemand das Fenster. Ein Wesen mit langen roten Haaren wie eine Hexe. Es war Maureen.

»Das war Glück«, stammelte Colin. »Oder hast du das gewusst?«

Daniel schüttelte den Kopf. »Cool bleiben und nachdenken. Das ist alles.«

»Mh«, machte Colin nur.

»Was ist los?«, wollte Maureen wissen.

»Wir haben ein Problem«, rief Daniel hinauf.

Maureens Gesicht wurde freundlicher, als Daniel sprach.

»Ich komme runter«, sagte sie.

Sie trug einen weißen Bademantel und Sandalen. Sie wickelte eine Haarsträhne um einen Finger und sah die drei abwartend an.

»Du wirst es nicht glauben«, begann Daniel. »Aber unser Zelt steht wieder unter Galgen.«

»Ich glaub's schon«, meinte Maureen. »Ihr wollt hier pennen? Stimmt's?«

»Genau«, antwortete Daniel. Und er dachte: Mann, ist

die schön! Liebe war bisher immer nur ein blödes Wort gewesen. Aber nun war alles anders.

Maureen wies auf den Schuppen. »Dort geht es«, meinte sie. Decken und Liegen wären auch da, denn ihre Freundinnen hätten auch schon dort übernachtet.

»Großartig«, versicherte Daniel, so, als habe sie Maureen in einem Vier-Sterne-Hotel untergebracht.

Als sie zum Schuppen gingen, griff er nach ihrer Hand. Sie entzog sie ihm nicht.

Im Schuppen brannte kein Licht. Aber das war auch nicht nötig.

»Ich muss wieder hoch«, sagte Maureen.

Sie gab Daniel einen Kuss auf die Wange und verschwand.

Nur schlafen, dachten die drei. Nur schlafen. Nichts weiter.

EIN GEFÄHRLICHER PLAN

Im Dorf erwachte das Leben. Daniel hob als Erster den Kopf. Sein Bruder schlief noch tief und fest und Colin auch. Schritte waren auf dem Hof zu hören. Eimer klapperten.

Daniel reckte sich, rieb sich die Augen, hustete betont laut. Jonas knurrte unwillig im Schlaf, er hatte ihn gewiss gehört, war aber wohl noch nicht bereit aufzustehen. Colin schnarchte leise.

Die Tür wurde aufgerissen.

»Schlafmützen!«, rief Maureen.

Sie strahlte Daniel an. Maureen trug einen roten Pulli und Jeans. Umwerfend sieht sie aus, dachte Daniel.

»Das Frühstück steht in der Gaststube«, sagte Maureen. »Kommt ihr?«

»Aber ja«, erwiderte Daniel.

Nun begann er Jonas wachzurütteln, doch es wollte ihm nicht gelingen.

Colin hielt er einfach die Nase zu. »Idiot«, schimpfte Colin, war aber sofort wach.

Dann entdeckte Daniel auf dem Boden einen Grashalm. Vorsichtig führte er ihn in die Nase seines Bruders. Der griff mit der Hand nach der Nase. Aber der Grashalm kam immer wieder. Plötzlich schreckte Jonas hoch.

»Du Ochse!«, schimpfte er los. »Lass mich doch schlafen.«

»Wir sind hier Gäste«, sagte Daniel. »Und die Gäste müssen zum Frühstück kommen.«

Maureen zeigte Daniel den Waschraum, legte Handtücher bereit und streichelte ihm über die Wange.

Im Gastraum war ein Vierertisch gedeckt. Daniel, Jonas und Colin waren die einzigen Gäste. Maureen brachte ihnen noch Eier. Schwatzend setzte sie sich zu ihnen.

Alles, was geschehen war, wollte sie wissen, so genau wie möglich.

Daniel erzählte mit vollem Mund. Maureen hing an seinen Lippen, sie lachte nicht, sie blickte ernst und interessiert.

»Wir müssen das Skelett begraben«, sagte sie nachdenklich.

Colin fiel vor Schreck der Eierlöffel aus der Hand. »Was?«, fragte er. »Sollen etwa wir . . .«

Maureen nickte. Ihre Augen ruhten auf Daniel. »Wenn das Skelett begraben wird, hat es seine Ruhe. Es braucht ein Grab.«

Daniel kaute immer langsamer.

»Ihr traut euch das«, behauptete Maureen. »Ihr seid coole Typen.« Daniels Brustkorb schwoll an.

»Wir machen es«, erklärte er.

Jonas schwieg, wobei er sich den Nacken rieb, als ob er dort eine Salbe verteilen müsste.

»Was wir gestern erlebt haben, reicht eigentlich«, warf Colin ein. Maureen strahlte ihn an. Colin wurde rot wie eine Tomate.

»Aber du hast bestimmt keine Angst?«, kam es von ihren Lippen.

»Hat er nicht«, erwiderte Daniel. »Colin ist super.«

Bei so viel Lob blieb Colin keine andere Wahl.

Er brummte etwas Unverständliches.

»Diesmal komme ich mit«, versicherte Maureen. Und dann versprach sie eine Brechstange mitzubringen.

»Wozu eine Brechstange?«, wunderte sich Jonas.

»Um das Skelett abzumachen«, sagte Maureen. »Ihr habt doch erzählt, dass es an zwei Ringen hängt. Und zwei Feilen bringe ich auch mit.«

Daniel nickte eifrig.

»Und Trillerpfeifen kann ich auch beschaffen«, erklärte Maureen.

»Trillerpfeifen?«, fragte Colin.

»Na, wenn wir uns verlieren, brauchen wir bloß zu pfeifen und jeder weiß gleich, wo der andere ist. Auch im Dunkeln.«

»Super«, kam es von Daniel.

»Kannst du auch noch eine Taschenlampe besorgen?«, fragte Jonas. Maureen nickte.

»Da kann eigentlich nichts mehr passieren«, sagte Daniel und sah in die Runde. »Und einen Spaten für das Grab.«

Colin blickte zweifelnd, sein Gesicht strahlte keine Zuversicht aus. Jonas hatte seine Nackenmassage beendet und schien bereit für ein neues Abenteuer.

Maureen konnte aber erst nachmittags kommen, da sie dem Vater helfen sollte.

»Dann können wir ja erst abends in die Burg«, stellte Colin vorsichtig fest.

»Logo«, erwiderte Daniel. Aber Maureen erklärte, dass das Grab sowieso erst im Dunkeln ausgehoben werden könne. Denn keiner dürfe sie dabei beobachten. Einleuchtend war dieses Argument, aber nicht erfreulich.

»Da unten ist es sowieso dunkel«, brummte Daniel. »Es ist egal, ob wir da morgens oder um Mitternacht reingehen.«

»Brr«, machte Colin.

»Du kannst ja im Zelt warten«, sagte Daniel. »Dir geht die Muffe, stimmt's?«

Colin schüttelte den Kopf. »Ich komm schon mit.«

»Irre cool«, flötete Maureen und sandte einen kecken Blick zu Daniel. »Das wird das irrste Abenteuer meines Lebens.«

Jonas setzte seine flippige Sonnenbrille auf.

»Gähn«, brachte er heraus. »Wir gehen dann mal zum Zelt. Mal sehen, wo die Galgen gestanden haben. Irgendwelche Spuren müssen doch einfach zu sehen sein.«

Jonas stand als Erster auf, dann folgte Colin und als Letzter, offenbar sehr widerwillig, erhob sich Daniel.

»Tschüss«, rief Maureen. »Geht hinten raus. Vorne hat mein Dad abgeschlossen und den Schlüssel eingesteckt.«

Der Hof lag wieder vor ihnen, sie sahen eine große Wiese mit Schafen, einen alten Brunnen und eine ausgeschlachtete Landmaschine.

Über den Hof jagten zwei graue Eichhörnchen, den Schwanz horizontal von sich gestreckt.

»Sie plündern die Futterstellen der Vögel«, schimpfte Maureen.

»Die Eichhörnchen sind ja grau«, staunte Daniel.

»Sie haben die rötlichen bei uns verdrängt«, erklärte ihm Maureen. »Sie sind wohl die stärkeren.«

Auf dem Hof stand ein offener Toyota-Kombi, seine Ladefläche war bedeckt mit Werkzeugkästen, Plastikrollen, Eisenstangen, Bürsten und Kupferrohren.

»Mein Onkel«, sagte Maureen, »er liebt das Chaos.«

Da brach der Regen wie aus Schleusen los. Sie flohen zurück in den Pub.

»Der Regen ist gleich vorbei«, versicherte Maureen.

Und tatsächlich, die Sonne schmolz Minuten später blaue Löcher in den verhangenen Himmel.

»Ihr könnt wieder raus«, schlug Maureen vor. »Jetzt bleibt es eine Weile trocken.«

»Du musst es ja wissen«, brummelte Jonas, der ihr nicht

so recht glauben wollte und misstrauisch zum Himmel starrte.

Doch wirklich, der Morgen hätte nicht strahlender und schöner sein können.

Sie trabten zum Zelt zurück, vorbei an den Weiden und Feldern mit Kartoffeln, Rüben und Kohl. An der Straße lag ein toter Dachs, der offenbar einem Auto nicht entkommen war. Ein Krähenkonzert begann über ihnen. Colin patschte in eine Pfütze und fluchte.

Jonas grinste schadenfroh. »Ich liebe das irische Wetter.«

Dann liefen sie um ihr Zelt herum, suchend, prüfend.

»Hier standen gestern doch wirklich drei Galgen!«, sagte Jonas. »Man müsste doch etwas sehen?«

Daniel prüfte mit den Finger den Boden, aber nicht die geringste Spur war zu entdecken.

»Nichts«, knurrte Colin. »Wir haben das alles doch nicht etwa nur geträumt?«

»Nein«, versicherte ihm Daniel. »Aber vielleicht haben wir eine irische Fata Morgana gesehen.«

»Scherzkeks«, bemerkte Jonas trocken.

»Eigentlich reicht das alles zum Weiterfahren«, klagte Colin. »Es ist echt beschissen hier. Und ihr wollt noch mal in diese dämliche Ruine?« Er sandte einen vorwurfsvollen Blick zur Burg. Drohend blickte sie mit ihren leeren Fensterhöhlen zu ihnen herab, ein gewaltiges graues Ungetüm.

Colin lief ein Schauder über den Rücken. Aber er schwieg nun, kaute auf seiner Unterlippe, war wohl doch bereit sich dem Willen der beiden Freunde zu beugen. Daniel, das wusste er, würde wegen Maureen mit Sicherheit noch einmal in das Labyrinth hinabsteigen. Und Jonas folgte einfach seinem Bruder, weil er ihn wohl nicht allein lassen wollte.

»Du bist bekloppt, dass du noch mal da runterwillst«, versuchte es Colin noch einmal.

Daniel blickte Colin an. »Du kannst ja im Zelt bleiben und warten.«

Colin stocherte mit dem Fuß im Gras herum. »Du gehst nur wegen deinem Sugarbaby.«

»Ich geh, weil ich keinen Schiss habe«, konterte Daniel.

»Na gut, komm ich eben mit«, sagte Colin einlenkend und setzte hinzu: »Hauptsache, deine Mieze vergisst den Spaten nicht.«

»Bestimmt nicht«, sagte Daniel.

»Und wann?«, knurrte Colin.

»Bin ich ein Hellseher?«, fragte Daniel. »Wir warten eben, bis sie kommt.«

»Gähn«, sagte Jonas.

»Wird eben mal ein Ruhetag«, verkündete Daniel.

Colin zog die Brauen hoch.

Und Jonas sagte: »Also ich gehe noch 'ne Runde schlafen. Wenn sie da ist, könnt ihr mich wecken.«

STURZ IN DEN SCHRECKEN

Warten, warten, warten . . . Warten auf Maureen.

»Warum kommt sie nicht?«, wollte Colin wissen. Aber eigentlich schien er froh, sogar sehr froh, denn der Nachmittag war vergangen, der Abend auch und jetzt strahlte der Mond auf das Zelt. Nun konnte man sowieso nicht mehr in die Gänge der Burg hinabsteigen.

»Da kommt jemand«, rief Jonas.

»Es ist Maureen«, sagte er. »Sie trägt einen Spaten, 'ne Brechstange und einen Beutel.«

»Hi, Fans«, begrüßte sie Maureen. »Ging nicht eher. Ich hab zwei Trillerpfeifen mit. Und ich hab die Brechstange und die Feilen.«

»Mm«, meinte Colin und nickte.

Daniel grinste breit.

»Ich hab noch eine Taschenlampe«, sagte Maureen.

»Dann haben wir zwei«, stellte Jonas fest. »Da kann nichts passieren, wenn mal eine weg ist. Haben wir alles schon gehabt.«

Colin rieb sich das Kinn. »Wollen wir wirklich noch mal in diese Burg?«

Maureen hob die Brauen. »Schiss?«, fragte sie spitz.

»Quatsch«, erwiderte Colin, »ich mein ja nur.«

»Dann also los«, entschied Maureen. Und wenn Maureen wollte, dass wusste Colin, dann wollte Daniel auch. Er hatte sich nicht getäuscht.

»Also vorwärts«, sagte Daniel. »Aber wir lassen die Brechstange hier. Sie ist zu unhandlich. Auch den Spaten, den holen wir uns, wenn wir das Skelett haben. Eine Feile nimmt Colin, die andere Jonas.«

Im Mondlicht liefen sie auf die Burg zu. Sie liefen hintereinander, an der Spitze Daniel, dann folgten Maureen, Colin und Jonas.

Bald darauf standen sie im Labyrinth, in seinem staubigen Dunkel. Die eine Taschenlampe trug Jonas, die andere Daniel.

»Und wie wollen wir das Skelett jetzt finden?«, maulte Colin.

»Wird alles«, kam es von Jonas. »Ist doch super jetzt mit den Taschenlampen.«

Doch das Licht der Lampen schien sich in der staubigen Dunkelheit der Gänge zu verlieren.

»Wir müssen es suchen«, schlug Daniel vor. Der Lichtstrahl seiner Taschenlampe traf ein riesiges Spinnennetz mit einer dicken schwarzen Spinne.

Sie gingen weiter, hinein in die absolute Stille der Gänge, die pechschwarz und unergründlich war.

Plötzlich trat Daniel ins Leere, stürzte in ein schwarzes

Loch, das er mit dem schwachen Lichtstrahl der Taschenlampe offensichtlich nicht entdeckt hatte. Er fiel mehrere Meter tief, doch er prallte nicht auf einen Steinboden auf. Was war das, worauf er lag? Die Taschenlampe hatte er beim Sturz verloren. Vorsichtig tastete er mit den Fingern umher.

»Alles okay?«, hörte er Maureen erschrocken fragen.

»Ja«, rief er hinauf.

Doch da erschrak er heftig, denn er war auf Knochen gefallen, viele Knochen.

»Ich lieg hier auf Knochen«, stellte er laut fest.

»Würg!«, sagte Jonas und leuchtete hinab.

»Wie kommst du wieder hoch?«, fragte Maureen ängstlich.

»Mal sehen«, erwiderte Daniel und begann hinaufzuklettern. Seine Finger ertasteten Vorsprünge im Felsen, die ihm ermöglichten sich höher und höher hinaufzuziehen. Es schauderte ihn, wenn er daran dachte, wieder hinabzustürzen. Schließlich schaffte er es. Keuchend stand er wieder bei den anderen.

»Alles voller Knochen«, sagte er und schüttelte sich. »Armknochen, Beinknochen, Schädel . . .«

»Ich weiß, woher die kommen«, erzählte Maureen. »Hier haben Cromwells Soldaten nach der Erstürmung der Burg die Toten einfach reingeschmissen. Die Toten und die Lebenden.«

»Fieslinge«, stellte Jonas fest.

»Verbrecher«, sagte Colin. »Verbrecher und Mörder. Das waren alles Bluthunde. Und dann haben sie das irische Land gekriegt. Diese blöden Engländer!«

»Weiter«, entschied Daniel. Er mochte die Engländer.

Nun lief Jonas an der Spitze, der die letzte Taschenlampe hatte.

»Auf die müssen wir aufpassen«, meinte Maureen. »Aber echt.«

»Mach ich schon«, kam es von Jonas. »Bin doch nicht blöd.«

Daniel stupste ihn in die Seite. »Ich etwa?«

Jonas schüttelte den Kopf. »So hatte ich das nicht gemeint.»

Colin lachte schadenfroh. Dann hörten sie ein scharrendes Geräusch hinter sich.

»Haltet mal an«, rief Daniel.

Sie standen und lauschten. Das Geräusch war nicht mehr zu hören. Aber als sie weiterliefen, war es wieder da.

»Leuchte mal zurück«, meinte Daniel.

Aber der Lichtstrahl verlor sich in der Dunkelheit.

»Irgendwas ist da«, flüsterte Maureen. »Wenn wir stehen bleiben, bleibt es auch stehen.«

»Vielleicht nur eine Ratte«, beschwichtigte Daniel leise.

»Der können hunderte folgen«, sagte Colin. »Die sind sicher ausgehungert und fressen uns glatt auf.«

Daniel winkte ab. »Weiter!«

Aber ein gewisses Unbehagen verspürte er auch. Jonas leuchtete noch einmal in die Richtung des Geräusches.

»Komm!«, sagte Daniel zu Maureen und griff nach ihrer Hand. »Wir gehen weiter.«

Vorsichtig tasteten sie sich in das Dunkel hinein, tiefer und tiefer.

»Wollen wir nicht auf Jonas und Colin warten?«, schlug Maureen vor. Ihre Stimme klang besorgt.

»Ach was«, erwiderte Daniel. »Die kommen schon nach.«

Eng an die Wand des Ganges gepresst, tastete sich Daniel in die pechschwarze Dunkelheit.

»Wir könnten das Skelett verpassen«, hörte er Maureen leise sagen. »Und wo bleiben denn Colin und Jonas?«

»Die werden staunen, wie weit wir schon gekommen sind«, erwiderte Daniel und spürte mit den Fingern und dem Körper, dass der Gang unvermittelt nach rechts führte.

»Langsamer! Daniel! Bitte«, flüsterte Maureen.

»Ja, ja«, brummte Daniel. »Hier führen Stufen nach unten. Pass auf!«

Weit in der Ferne hörten sie eine Trillerpfeife.

»Wir müssen antworten«, schlug Maureen vor.

Daniel kramte in seiner Hosentasche nach der Trillerpfeife. Das Geräusch klang schrill, erschreckend schrill und laut.

»Wenn es hier Geister gibt, dann haben wir sie jetzt angelockt«, kam es von Maureen.

Aber Daniel lief schon weiter. Der Gang wurde niedriger, nun konnte er mit seinen Händen die Decke berühren.

Da geschah es. Daniel stürzte und fiel in eine schwarze, endlose Dunkelheit.

Er hörte ein lautes Rauschen, dann schlug er im Wasser auf. Ein Sog packte ihn, riss ihn mit. Die Gewalt des Wassers war so stark, dass kein Widerstand half.

Hart schlug er an Felsen, schrie auf und trieb weiter. Wo war er? Woher kam dieser Fluss unter der Burg?

Eine rasende Angst erfüllte ihn, denn er trieb in eine tödliche Dunkelheit hinein. Da hörte er Maureen aufschreien. Es war ein heller, gellender Hilferuf.

»Maureen«, schrie er, »Maureen!«

Er wollte ihre Angst mindern, aber er selbst sah keine Rettung mehr. Wasser drang ihm in den Mund und die Nase, er schluckte es, spie es wieder aus.

Maureen hörte Daniels Ruf. Er war ihre einzige und letzte Hoffnung in dem tosenden Chaos. Aber wie sollte er ihr helfen? Tränen und Wasser mischten sich in ihrem Gesicht.

Felskanten, spitz wie Schwerter, zerschrammten ihr die Hände, die Arme, den Körper.

Wieder schrie Maureen gellend auf.

»Dad!«, kreischte Maureen.

Doch wie sollte der ihr helfen? Gewiss stand er hinter dem Tresen und konnte nicht wissen, dass seine Tochter gerade um ihr Leben kämpfte.

Sie griff nach den Felsen, wollte sich festhalten, doch es gelang ihr nicht, ihre Hände glitten ab. Sie war verloren. So wie auch Daniel verloren war. Sie spürte die eisige Kälte des Wassers. Vielleicht war es schon der Tod, der nach ihr griff?

Das dröhnende, gurgelnde Rauschen nahm noch zu.

Oh Gott, dachte Daniel, hoffentlich ist es kein Wasserfall. Wenn wir hinabstürzen und auf spitzen Felsen aufgespießt werden? Was für ein schrecklicher Tod!

Die Felsen, an denen er sich festkrallen wollte, waren glatt und so gelang es ihm nicht. Maureen war dicht hinter ihm, das ahnte er, aber er konnte ihr nicht helfen.

Wo ging diese tödliche Reise hin?

In den Tod?

Beim Ertrinken, hatte er einmal gelesen, würde das ganze Leben noch einmal vor den inneren Augen vorüberziehen. Er sah diese Erinnerung noch nicht. Was er aber sah, war Maureens Gesicht.

»Maureen!«, schrie er in die Dunkelheit. Maureen hörte Daniels Stimme und für einige Sekunden wich ihre Angst. Dann packte die Angst sie wieder, denn auch Daniel würde ihr nicht helfen können. Doch seine Anwesenheit in der schrecklichen nassen Dunkelheit war ein Hoffnungsanker.

Also würde sie nicht aufgeben. Wenn sie doch Daniel nur berühren könnte! Doch was half es ihr, wenn sie Hand in Hand mit ihm in den Tod trieb? Aber war das gemeinsame Sterben nicht besser als der einsame Tod?

Die Tränen rannen über ihr Gesicht, sie spürte nur das kalte, eisige Wasser.

RUF OHNE ANTWORT

Unvermittelt sah Daniel ein Licht. Es war ein Tor aus Licht, durch das er trieb.

Fackeln sah er, viele Fackeln, die in den Felswänden steckten. Er kniff die Augen zusammen, öffnete sie wieder und ruderte heftig mit den Armen.

Dann blickte er sich um. Maureen trieb dicht hinter ihm.

»Halt dich an meinen Schultern fest«, rief er ihr zu.

Er spürte Maureens Finger an seinem Körper, ihre keuchende Angst. So trieben sie weiter.

»Daniel, wo sind wir?«, schrie sie ihm ins Ohr.

Was sollte er erwidern? Er wusste es selber nicht. Trieben sie im Fluss des Todes? Niemand wusste ja, wie der Tod wirklich war. Vielleicht war der Tod ein Fluss?

Der Strahl der Taschenlampe tastete die Wände ab.

»Hier verzweigt sich der Gang wieder«, sagte Jonas. »Wir haben drei Möglichkeiten. Nach rechts, geradeaus oder nach links.«

Colin schüttelte den Kopf. »Warum rennen die zwei so? Wie sollen wir nun wissen, wo die lang sind?«

Überlegen lächelnd zog Jonas die Trillerpfeife aus der Tasche.

»Auch Mädchen haben manchmal gute Ideen.«

Dann trillerte er los. Aber sosehr sie auch lauschten, sie hörten keine Antwort.

»Seltsam«, flüsterte Colin. »Die antworten nicht. Die müssen doch ganz in der Nähe sein?«

Wieder und wieder trillerte Jonas. Doch eine Antwort bekamen sie nicht.

»Seltsam«, sagte nun auch Jonas leise. »Sehr seltsam.«

Sie leuchteten nach rechts, nach links und geradeaus.

»Die werden geradeaus weiter sein«, überlegte Colin.

»Denk ich auch«, erwiderte Jonas.

Etwas Graues zischte an seinem Kopf vorbei, wahrscheinlich eine Fledermaus.

»Es gibt auch Fledermäuse, die Vampire sind«, behauptete Colin, »und die greifen an.«

Jonas winkte ab. »Doch nicht in diesen Breitengraden. Nur in Südamerika.«

Aber eine merkwürdige, schleichende Unruhe begann sich in seinem ganzen Körper auszubreiten. Hatten die Fledermäuse etwas zu tun mit dem seltsamen Verschwinden von Daniel und Maureen? Wartete eine unbekannte Gefahr auf sie? Ihm war es plötzlich, als ob er ein leises Rauschen hörte.

»Hörst du das auch?«, fragte er Colin.

»Es klingt wie ein Fluss.«

»Hier gibt es aber keinen Fluss!«, sagte Jonas. »Es muss was anderes sein. Vielleicht beginnt hier eine Quelle.«

»Quatsch«, antwortete Colin.

Wieder sausten Fledermäuse an ihren Köpfen vorbei. Unwillkürlich kauerten sie sich zu Boden.

»Wir sollten zurückgehen«, schlug Colin leise vor, als er sich wieder aufrichtete.

»Nicht ohne meinen Bruder«, knurrte Jonas. »Die haben doch keine Taschenlampe.«

Und er dachte: Die beiden scheuchen gewiss die Fledermäuse auf, also sind sie vor uns, weit vor uns. Er bemühte sich schneller zu laufen. Große Steine lagen vor ihm auf dem Weg. Minuten später folgte ein Steinwall. Doch durch ein schmales Loch konnten sie sich hindurchzwängen.

»Ein Erwachsener käme hier gar nicht durch«, keuchte Jonas, als er das Hindernis überwunden hatte und sich den Staub von seiner Kleidung klopfte.

»Brauchst du nicht erst abzumachen«, witzelte Colin. »Wir müssen hier sowieso irgendwann wieder durch.«

Der Strahl der Taschenlampe wies ihnen den Weg im Gang weiter, der langsam nach unten zu führen begann. Ein modriger Geruch stieg ihnen entgegen.

»Echt ätzend«, meinte Colin. »Das stinkt ja eklig.«

Jonas lief schweigend weiter. Wo waren Daniel und Maureen?

Wieder trillerte er.

»Keine Antwort«, stellte Colin fest. »Es geht weiter nach unten. Immer tiefer.«

»Na und?«, machte Jonas sich und Colin Mut. »Das ist doch kein Problem. Der Gang wird schon irgendwo hingehen. Oder aufhören. Vielleicht kommen die zwei uns bald entgegen.«

Aber das Gefühl der Unruhe in seinem Körper blieb. Die zwei vor ihnen liefen doch in pechschwarzer Finsternis. Wieso holten sie Daniel und Maureen nicht ein? Und wieso antworteten die zwei nicht? Eine Trillerpfeife war weit und breit zu hören, selbst in einem Labyrinth unter einer Burg.

Nun flogen keine Fledermäuse mehr an ihren Köpfen vorbei. Aber das ferne Rauschen war noch immer da, es schien Jonas sogar, als würde es stärker werden.

»Hörst du das Rauschen auch wieder?«, fragte er Colin leise.

»Mm«, kam es von Colin.

DAS UFER DER ANGST

Maureen und Daniel trieben weiter im schäumenden Wasser.

»Ist das die Hölle?«, schrie Maureen ihm ins Ohr.

»Ach was«, wehrte er ihre Frage ab.

Die Hölle? So ein Quatsch. Warum sollte er in die Hölle kommen? Weil er in der Schule manchmal abgeschrieben hatte?

Aber wo waren sie dann? War das ein Alptraum? Nein! Alles war real. Mehrmals sah er, wie Maureens Kopf in dem schäumenden Wasser versank. Da griff er nach ihr und packte sie. Auf dem Rücken schwimmend und in der Strömung treibend, presste er Maureen an sich, so wie man es mit einem Ertrinkenden tat, damit sie nicht in dem wilden Wasser unterging.

Dennoch behielt er das Ufer im Auge. Zwischen dem Wasser und den Felswänden dieses gewaltigen Tunnels, durch den sie trieben, zog sich auf beiden Seiten ein felsiges Feld aus spitzen Steinen entlang. An den Felswänden loderten gespenstisch die Fackeln.

»Wann hört das hier endlich auf?«, schrie Maureen und schlug mit ihren Armen um sich.

»Bleib ruhig«, rief Daniel und zog sie ein Stück höher. Er bemühte sich Maureens Kopf über dem Wasser zu halten. Aber in dem wirbelnden und quirlenden Wasser gelang es ihm nicht immer.

Das Rauschen des Wassers schien lauter zu werden.

Hoffentlich kommt da kein Wasserfall, dachte er, der uns hinabstürzt auf spitze Felsen. Immer wieder wandte er den Kopf.

»Was ist denn?«, wollte Maureen wissen.

»Ich muss auf die Felsen achten«, log er rasch.

Ein Strudel packte sie unvermittelt, riss sie hinab und wieder nach oben. Mit einem Aufschrei und einem wilden Stoß der Beine entging er dem Sog des Strudels.

Nun nahm das Rauschen allmählich ab.

Der Fluss wurde schmaler. Sie trieben langsamer.

»Du kannst mich wieder loslassen«, rief Maureen und drehte sich aus seinen Armen.

Und so trieben sie in dem jetzt ruhigen Gewässer weiter.

»Was sollen wir machen?«, klagte Maureen.

Daniel sah zu ihr hin. Er wollte sie beschützen. Aber wie sollte er das tun? Eine Welle der Zärtlichkeit durchflutete ihn, ließ ihn die Kälte des Wassers nicht mehr spüren. Doch wer konnte wissen, was noch auf sie lauern würde? Vielleicht war das hier nur der Anfang?

»Es ist nicht vorbei«, machte er sich Mut.

»Was ist nicht vorbei?«, wollte Maureen wissen.

Er antwortete nicht, versuchte nun zu schwimmen, wobei er darauf achtete, Maureen nicht zu verlieren.

»Es riecht nach Asche«, jammerte Maureen. »Totenasche.«

»Ach was«, erwiderte er. »Das kommt von den Fackeln. Das ist Ruß oder so.«

Maureen krallte ihre Finger fest um seinen Arm. Es schmerzte, doch er sagte nichts. Plötzlich tat sich ein riesiges Tal vor ihnen auf, ein Tal, das in einem bläulich schimmernden Nebel lag. Vielleicht würde es ihnen gelingen, das Ufer zu erreichen?

Sie sahen einen Stamm im Wasser treiben und schwammen beide auf ihn zu. Eng an das Holz des Stammes gepresst, trieben sie weiter. Maureens Zähne schlugen wild aufeinander. Ihre Lippen waren blau.

»Wir müssen ans Ufer«, keuchte Daniel.

Maureen nickte. Nur raus aus dem kalten Wasser!

Aber die Strömung war noch immer stark.

Daniel beobachtete das Ufer aufmerksam. Vielleicht konnten sie nach einer Baumwurzel greifen und sich an ihr festhalten.

Da sah er einen gewaltigen Baum am Ufer stehen, dessen Wurzeln in das Wasser hingen wie die Arme eines Riesenkraken. Jetzt konnte es gelingen. Da kreischte Maureen auf.

Hinter dem Baum trat ein Soldat mit einer gewaltigen Pistole hervor.

Wie ein Typ aus einer vergangenen Zeit, dachte Daniel überrascht. Er wird uns helfen, durchfuhr es ihn und er winkte aufgeregt. Aber der Soldat reagierte nicht.

»Hilfe, helfen Sie uns«, schrie Daniel, »wir sind hier, am Baum!«

Aber der Soldat starrte nur finster auf das Wasser und den treibenden Stamm.

»He«, schrie Daniel, »siehst du uns nicht?«

»Hier, hier sind wir!«, schrie nun auch Maureen.

Doch ohne Regung blickte der Soldat in das Wasser und der Stamm trieb unaufhaltsam weiter.

»Ist der blind«, schimpfte Daniel, »und taub?«

»Der sah aus wie ein Soldat von Cromwells Armee«, sagte Maureen plötzlich. »Ich habe die in der Schule auf Bildern gesehen.«

»Cromwell? Sind wir etwa in der Vergangenheit gelandet?«, spöttelte Daniel. Aber dann wurde er unsicher. Waren sie vielleicht wirklich in eine andere Zeit gefallen? Das würde auch die Fackeln an den Felswänden erklären.

»Wann hat Cromwell euer Land überfallen?«, fragte Daniel rasch.

»1649«, erwiderte Maureen. »Wieso?«

»Was ist damals genau geschehen?«

»Seine Soldaten haben unser halbes Volk getötet. Sie sollen die Iren wie Wild gejagt haben. Warum fragst du?«

Daniel gab keine Antwort.

»Ich friere so«, jammerte Maureen.

»Wir müssen einen Uferplatz finden«, entschied Daniel. »Einen, wo sie uns nicht erwischen können.«

»Wer soll uns nicht erwischen?«, fragte Maureen überrascht.

»Cromwells Soldaten«, erwiderte Daniel.

»Das ist nicht dein Ernst«, sagte sie erschrocken.

»Doch«, sagte er.

Maureen wird es nicht mehr lange schaffen, dachte Daniel und suchte mit den Augen das Ufer ab. Bläuliche Nebelschwaden behinderten die Sicht. Am Ufer hing ein Toter am Ast eines Baumes, seine Arme waren auf dem Rücken zusammengebunden. Er trug einen Bauernkittel.

Plötzlich hörten sie in weiter Ferne ein seltsames Geräusch.

»Das sind Trommeln«, stellte Daniel fest.

Das Trommeln in der Nacht war ein bedrohliches Geräusch, vor allem weil es immer lauter wurde.

Daniel wusste, dass Maureen nicht länger im Wasser bleiben durfte, denn ihre Zähne schlugen immer heftiger aufeinander. Nur, wo sollten sie an Land gehen? Die Trommeln dröhnten weiter. Bum, bum ... bum, bum ...

Der Nebel war nun so dicht geworden, dass Bäume und Büsche nur schemenhaft zu erkennen waren. Vielleicht sollten sie einfach irgendwo mit dem Stamm zum Ufer schwimmen. Dann würde er vorsichtig das Ufer absuchen, ehe ihm Maureen folgte.

Als er dichtes Unterholz sah, trieb er den Stamm dem

Ufer entgegen. Daniel sah auch Felsen, die ihnen fürs Erste vielleicht Schutz bieten konnten. In Felsen gab es oft Höhlen, große und kleine.

»Wir gehen an Land«, schlug er vor.

Maureen nickte, aber Angst stand in ihren Augen.

Vorsichtig betrat Daniel den festen Boden, ehe er Maureen aus dem Wasser half. Die Kälte schüttelte Maureen, schüttelte sie so, dass sie nicht sprechen konnte. Sie schlichen durch das Unterholz.

»Erst mal zu den Felsen dort«, schlug Daniel vor. Er begriff, dass Maureen ihm blindlings folgen würde. Diese Erkenntnis erfüllte ihn mit Stolz.

Durch hohes Gras liefen sie, das ihnen bis zur Brust reichte und ihnen so einen gewissen Schutz bot.

Daniel kletterte auf einen Baum, von dem aus er Ausschau halten konnte. Er sah das riesige Tal, aber auch die Felsenhöhlen, die schon sehr nahe waren. Zu denen wollte er Maureen führen. Daniel stieg wieder vom Baum.

»Wir suchen uns ein Versteck in den Felsen«, sagte er.

Maureen wartete, die Arme um den Körper geschlungen, zitternd vor Kälte und Angst. Er nahm sie in die Arme, minutenlang standen sie so, bis er spürte, wie sie langsam ruhiger wurde.

»Gehen wir«, schlug er vor. »Bleib dicht hinter mir.«

DIE HÖHLE

Eine brennende Fackel steckte an einem Baum. Wem galt diese Fackel? Wem sollte ihr Licht den Weg weisen?

Vielleicht können wir die zum Feuermachen brauchen, dachte Daniel, wenn wir in den Felsen eine Höhle finden. Denn ohne Feuer werden wir erfrieren. Und so griff er nach der Fackel, obwohl er sich bewusst war, dass sie nun schneller gesehen werden konnten.

Sie liefen den Felsen entgegen, die schwarz und drohend im Nebel aufragten. Immer wieder blickte sich Daniel dabei um, denn die Bedrohung war allgegenwärtig.

Nach langem Suchen fanden sie eine Höhle, die tief in den Fels hineinführte, tief genug, um selbst den Schein eines Feuers nicht nach draußen dringen zu lassen.

»Halt du die Fackel«, schlug Daniel vor. »Ich hole Reisig.«

In der Nähe der Höhle fand er trockene Äste. Doch er musste mehrmals gehen, ehe in der Höhle ein Feuer brennen konnte.

»Wir müssen uns ausziehen«, sagte Daniel.

Maureen blickte ihn fragend an.

»Unsere Sachen müssen trocknen«, erklärte er und fing an sich seine Hose aufzuknöpfen.

Maureen zögerte.

»Du wirst dich sonst erkälten«, sagte Daniel.

Dann hockten sie nackt auf Steinen und blickten in das Feuer, während ihnen die Augen langsam zufielen.

Aber zum Schlafen war es zu kalt. Wo sollten sie schlafen? Und womit sollten sie sich zudecken?

Daniel trat vor die Höhle und schaute sich suchend um.

Er sammelte Laub und Blätter, um mit ihnen ein großes Lager zu bauen. Mehrere Arme voll trug er in die Höhle.

»Wir decken uns mit den Blättern zu«, erklärte er Maureen. »Wir wärmen uns gegenseitig und bleiben dicht am Feuer liegen.«

Sie schliefen vor Erschöpfung sofort ein, nicht einmal der Hunger hielt sie wach.

Das Feuer brannte weiter, verbreitete Wärme und trocknete ihre nassen Sachen. Ein blasser Mond war aufgegangen. Sein Licht fiel durch einen schmalen Schacht in die Höhle auf Maureen und Daniel, die tief und fest schliefen.

Colin lief vor Jonas in dem feuchten und kalten Gang, der sich mehr und mehr verengte.

»Wollen wir wirklich noch weitergehen?«, fragte Colin.

»Aber Daniel und Maureen brauchen uns doch«, sagte Jonas verzweifelt. »Sie haben keine Taschenlampe. Wir müssen sie finden.«

»Mm«, machte Colin, aber es klang nicht froh.

»Riechst du das?«, fragte Colin plötzlich und blieb stehen. »Diesen Gestank nach verwestem Fleisch?«

»Das rieche ich auch«, bestätigte Jonas. »Das kommt von da unten.«

Plötzlich sahen sie das Licht. Von oben fiel Mondlicht aus einem schmalen engen Schacht in den Gang. Beide starrten voll Sehnsucht hinauf.

»Frische Luft«, stöhnte Jonas. Trotzdem drängte er Colin weiter, denn er war sehr unruhig. Wo war Daniel? Wo war Maureen? Was geschah im Dunkel dieser Gänge?

Es musste etwas mit ihnen geschehen sein.

Minutenlang umgab sie das Quietschen von Fledermäusen, sodass sie sich eng an die Wände pressten. Wieder atmeten sie nur die abgestandene Luft, die sie ermüdete und einschläferte.

Sie horchten angestrengt in die Dunkelheit. Aber das Horchen wurde zur Folter. Ein seltsames Röcheln kam aus der Tiefe des Ganges.

»Sie müssen woanders lang sein«, meinte Colin und trillerte wieder. Beide erschraken über das schrille Geräusch, das in der Finsternis der Gänge verhallte.

Colin berührte die dicht mit Fledermausexkrementen bedeckten Felsvorsprünge und ekelte sich. Er hatte nur einen Wunsch: Wäre doch dies alles nur ein Alptraum! Einfach aufwachen und im Zelt liegen – das wäre die Erlösung. Aber der Alptraum war Wirklichkeit und in ihm regierte die Angst.

Und weiter stolperten sie durch den Gang, krochen ein Stück und erhoben sich wieder, schlichen vorwärts.

»Wir müssen umkehren«, mahnte Colin.

Aber da fiel der Lichtstrahl der Taschenlampe auf eine eiserne, rostzerfressene Tür im Fels. Stumm blieben sie stehen. Für Sekunden war jede Angst vergessen.

»Wohin führt die Tür?«, flüsterte Colin.

»Vielleicht sind Daniel und Maureen da reingegangen?«, fragte Jonas und stemmte sich gegen die Tür.

Und da geschah es: Dröhnend brach die Decke über ihnen zusammen. Colin spürte einen Schlag auf den Kopf, der ihm die Sinne raubte. Wir werden hier unten sterben, schoss es ihm durch den Kopf. Dann hielt ihn das Dunkel gefangen, unter Geröll und Steinen und Staub. Er stürzte in ein endloses schwarzes Loch. Das ist der Tod, dachte er.

»Jonas!«, schrie er. »Jonas!«

Aber Jonas schwieg.

Irgendwann in der Nacht wachte Daniel auf, er spürte eine Gefahr, die sehr nahe war. Maureen schlief mit dem Kopf an seiner Schulter, tief und fest. Reglos lag Daniel und lauschte. Das Feuer war heruntergebrannt und aus der Asche stieg nur noch Rauch auf.

Vorsichtig hob Daniel den Kopf. Er sah einen Soldaten mit der Hand am Griff des Degens, der die Höhle mit suchenden Blicken durchforschte.

Daniel erstarrte vor Schreck. Hoffentlich bewegte sich Maureen nicht im Schlaf. Sie waren zwar mit Blättern bedeckt, aber ihre Köpfe waren zu sehen. Zum Glück schützte sie das Dämmerlicht in der Höhle. Aber wie lange noch? Daniel wagte nicht den Kopf zu senken, obwohl sein Nacken immer mehr schmerzte.

Jede Bewegung vermeiden!, sagte er sich.

Er hat uns noch nicht bemerkt, dachte er. Aber wenn er mich bemerkt, wird er den Degen ziehen. Und ich kann mich nicht wehren, habe keine Waffe.

Der Soldat kam einen Schritt näher in die Höhle hinein. Im schwachen Mondlicht schimmerte sein blanker Brustharnisch silbrig weiß.

Daniel fühlte sein Herz immer heftiger schlagen. Das Pochen dröhnte übernatürlich laut in seinen Ohren.

Maureen regte sich leicht, doch zum Glück wachte sie nicht auf. Er spürte ihren Atem an seiner Schulter, ihr Haar kitzelte seine Nase. Warum verschwand dieser verdammte Typ nicht endlich? Das Warten war grässlich.

Der Soldat machte einen weiteren Schritt in die Höhle, er blickte auf die Sachen, die am erloschenen Feuer lagen, und schüttelte den Kopf. Sicher sieht uns der Mann nicht, weil wir im Dunkeln liegen, dachte Daniel.

Plötzlich lag die Höhle in völliger Finsternis. Wolken mussten sich vor den Mond geschoben haben. Daniel lag und lauschte.

»Hau endlich ab!«, betete er lautlos.

Aber der Soldat wollte nicht weichen. Vielleicht wartete er, bis das Mondlicht wieder kam.

Daniel spürte Maureens Atem an seinem Hals, aber das beruhigte ihn nicht, denn er spürte ihren zärtlichen Atem in dem Augenblick, wo er dem Tod nahe war.

Daniels Magen knurrte. Wie laut das Geräusch ist, dachte Daniel erschrocken. Hoffentlich denkt der Soldat, dass ein Tier geknurrt hat.

Daniel hörte Schritte, offenbar tastete sich der Soldat weiter an der Felswand entlang.

Die Schritte entfernten sich. Der Soldat verließ die Höhle! Daniel atmete auf.

Aber wenn er nun andere Soldaten holte? Wenn sie gemeinsam die Höhle mit Fackeln untersuchen wollten?

Die Höhle war eine Falle. Eine tödliche Falle!

Schnell weckte er Maureen, sanft presste er den Mund auf ihre Stirn.

»Daniel?«, fragte Maureen leise.

Er streichelte sie. »Wir müssen hier weg«, flüsterte er. »Wir sind hier nicht sicher.«

Er schob die Blätter beiseite. Dann befühlte er die Kleidung. Sie war trocken.

Sie zogen sich in völliger Dunkelheit an.

Maureen kicherte leise. Offenbar hatte sie Probleme mit ihrer Kleidung in der Dunkelheit.

Er griff nach ihrer Hand. »Schnell, wir müssen weiter!«, flüsterte er.

»Warum denn?«, maulte Maureen. »Ich bin zu müde, um jetzt schon weiterzuwandern.«

Wenn sie wüsste, was hier beinahe geschehen ist, dachte Daniel. Sie würde vor Angst zittern. Aber er wollte ihr nichts von dem Soldaten erzählen, sie nicht unnötig ängstigen.

Schritt für Schritt tasteten sie sich aus der Höhle heraus.

Daniel stieß mit der Stirn gegen den Fels.

»Aua«, platzte er heraus.

»Was ist?«, wollte Maureen wissen.

»Nichts«, erwiderte er. »Ich krieg wohl nur eine Beule.«

Plötzlich zuckte Daniels tastende Hand zurück. Was geschah, wenn irgendwo im Dunkeln der Mann auf sie lauerte?

Vorsichtig legte er Maureen seinen Finger auf ihren Mund, als Zeichen, dass sie schweigen sollte. Maureen folgte ihm still.

Endlich erreichten sie den Ausgang der Höhle. Noch war es Nacht. Der Mond blieb von dicken Wolken verdeckt, das war gut so.

Nur weg von der Höhle! Nur weg! Sie liefen in das Dunkel, tauchten ein in die Schwärze der Nacht.

DER WEISSE RABE

Colin spürte Geröll auf seiner Brust. Mit seinen Händen schaufelte er sich frei, ohne auf die Nägel seiner Finger zu achten. Nur heraus aus diesem Schutt! Absolute Dunkelheit umgab ihn. War er tot? Erwachte man so, wenn der Tod einen geholt hatte? Colin rang nach Luft.

Als ich noch gelebt habe, hatte ich eine Taschenlampe, dachte er. Seine Finger glitten tastend im Dunkel umher und berührten einen Körper.

»Jonas«, keuchte er.

Hastig grub er Jonas frei.

»Jonas!«, keuchte er ihm ins Ohr. Doch Jonas lag reglos.

Ich bin nicht tot, schoss es Colin durch den Kopf. Ich lebe, aber Jonas ist tot!

Irgendwann einmal hatte er die Mund-zu-Mund-Beatmung gelernt. Er setzte sich auf die Brust von Jonas und presste seinen Mund auf den Mund seines Freundes. Er presste dessen Brustkorb und ließ ihn dann wieder los. Verzweifelt bemühte er sich Jonas ins Leben zurückzuholen. Plötzlich vernahm er einen Seufzer.

»Jonas!«, flüsterte Colin. »Jonas!«

»Ja«, stammelte Jonas. »Wo sind wir?«

»Die Decke ist eingestürzt«, erwiderte Colin. »Mann, bin ich froh, dass du lebst! Ich dachte schon, du wärst tot.«

Jonas rappelte sich auf. »Hier kommen wir nie wieder raus.«

Sie tasteten mit ihren Fingern die Wände ab.

»Wo ist der Gang?«, flüsterte Jonas verzweifelt. »Wir sind verschüttet. Wir müssen sterben, Colin!«

»Solange ich mich bewegen kann, sterbe ich nicht«, knurrte Colin. »Und ich kann mich noch bewegen!«

Jonas stöhnte verzweifelt auf. Er weint, dachte Colin und fuhr mit der Hand über das Haar seines Gefährten. Aber Jonas schüttelte ihn ab, begann zu schluchzen, hemmungslos, immer wilder.

Colin packte Jonas und schüttelte ihn. »Jonas! Dreh nicht durch!«

Jonas verstummte, atmete ruhiger.

»Keine Panik«, sagte Colin. »Die können wir jetzt nicht brauchen.«

»Sonst noch Wünsche?«, keuchte Jonas.

»Ich klopfe keine Sprüche«, sagte Colin. »Ich will einfach überleben.«

»Das will ich doch auch«, klagte Jonas.

»Dann reiß dich zusammen!«, schimpfte Colin.

Jonas knurrte ein leises »Ja«.

Colin tastete sich an der Wand lang. »Hier geht es lang«, rief er. »Komm!«

Aber es ging nicht bergauf, es ging bergab. Und das Rauschen wurde stärker.

»Die Wand fühlt sich plötzlich feucht an«, sagte Jonas.

»Mm«, machte Colin. »Merke ich auch. Das muss ein anderer Gang sein.« Und er dachte: Aber der führt nicht raus aus diesem Labyrinth. Er führt uns tiefer und tiefer hinein. Die Furcht umkrallte sein Herz. Doch er schwieg, um Jonas nicht noch mehr zu beunruhigen.

Da sah er wieder die unheimlichen Augen, die sie schon kannten. Und sie kamen direkt auf sie zu!

Maureen lächelte flüchtig, als Daniel sie streichelte. Ein irres Gefühl der Zärtlichkeit erfüllte ihn. Seine Hand glitt über ihr Haar, über ihre Wange und er spürte, dass sie ruhiger wurde.

Maureen wies zur Spitze eines Baumes, der pechschwarz vor dem sich rötenden Morgenhimmel stand.

»Ein Rabe«, flüsterte sie. »Ein weißer Rabe.«

Und wirklich, da hockte einer auf dem Wipfel.

»Er sieht zu uns herab«, stellte Daniel verwundert fest.

»Ja«, flüsterte Maureen. »Vielleicht will er uns helfen?«

»Mm«, machte Daniel. Er kannte die Antwort auf ihre Frage nicht und er wollte sie lieber auch nicht wissen. Jede weitere Beunruhigung wäre schädlich, das spürte er genau.

»Sag mal«, fragte er Maureen grübelnd. »Ist ein weißer Rabe nicht auch das Wappentier eurer Burg?«

»Ja«, erwiderte Maureen nachdenklich. »Das ist seltsam, nicht wahr?«

»Allerdings«, erwiderte Daniel knurrend.

Alles passt irgendwie zusammen, dachte Daniel. Das Skelett, das genau an der Stelle hing, an der der Mann von Cromwells Soldaten getötet worden war. Der Sturz in eine Zeit, in der diese Soldaten wieder lebendig herumliefen. Der weiße Rabe . . . Welche Entdeckungen und Gefahren warteten noch auf sie?

GEFÄHRLICHE FLUCHT

Sie hörten das Trommeln von Hufen und verbargen sich in den Büschen. Aus einer Nebelbank tauchten Reiter auf, von denen jeder einen Harnisch trug, der Brust und Rücken schützte. Schwere Karabiner steckten in Lederhülsen an der Seite ihrer Pferde. Außerdem besaßen sie Reiterpistolen und Schwerter.

»Eine englische Fahne«, flüsterte Maureen. »Diese Soldaten sind wirklich Cromwells Soldaten. Oh Gott! Wir sind also wirklich im Jahr 1649.«

Maureen presste die Hände aufgeregt ineinander. Ihr Gesicht glühte, als sie weitersprach. »In dem Jahr soll auch der eine Bruder den anderen in unserer Burg getötet haben.«

Sie wagten sich erst wieder aus ihrem Versteck, als die Reiter ihren Blicken entschwunden waren. Eine Staubfahne wehte über die Büsche.

»Komm«, sagte Daniel und zog Maureen hoch. Sie liefen weiter.

»Bleib immer dicht hinter mir«, sagte er. »Und wenn ich den Arm hebe, duckst du dich rasch.«

Plötzlich sahen sie einen Soldaten. Er stand nur wenige Meter von ihnen entfernt.

»Er sieht zu uns hin«, flüsterte er Maureen ins Ohr. »Wir laufen in die andere Richtung nach links.«

Aber auch da sahen sie einen Soldaten. Daniel packte Maureens Hand, zog sie mit sich in die entgegengesetzte Richtung.

»Sie haben uns umstellt.«

Maureens Stimme zitterte.

»Hier stimmt was nicht«, sagte er leise. »Es ist fast so, als ob die Typen durch uns hindurchsehen würden.« Er richtete sich auf, sodass er weithin sichtbar war.

»Bist du verrückt«, rief Maureen und zog ihn schnell nach unten.

»Okay«, sagte Daniel. »Wir hauen ab.«

Aber wohin sie sich auch wandten, sie stießen auf Soldaten. Daniel lief es kalt den Rücken hinunter. Waren sie wirklich umstellt? Dann würde nun ihr Ende kommen. Oder suchten die Soldaten jemand anderen, einen bestimmten Feind? Es war wirklich seltsam, dass die Soldaten über sie hinwegzusehen schienen.

Da entdeckte Daniel den Graben. Er war vielleicht zwei Meter tief und ziemlich lang. Wenn sie auf seinem Grund gebückt liefen, würde keiner der Soldaten sie sehen.

»Los, in den Graben!«, kommandierte er.

Daniel sprang als Erster und fing dann Maureen auf. Sie liefen gebückt weiter, ohne zu wissen, wohin sie der Graben führen würde. Daniel merkte, dass er längst die Orientierung verloren hatte. Nun würde es immer schwerer werden, den Tunnel, der sie zurückführen würde, wieder zu finden.

Maureen stolperte und schrie leise auf.

»Psst!«, mahnte Daniel. »Keinen Laut!« Er hob vorsichtig den Kopf über den Graben und blickte sich um.

»Wir haben es geschafft«, frohlockte er.

»Wir haben den Kreis der Soldaten durchbrochen?«, wollte Maureen wissen.

Daniel lächelte sie an. »Alles okay, Baby. Wir können aus dem Graben raus.«

Sie liefen weiter. Daniel schauderte es, wenn er an die weite Strecke dachte, die sie zurücklegen mussten, um den Felstunnel und den Fluss zu finden.

DIE WÜSTE DER STEINE

Daniel und Maureen liefen Hand in Hand durch die zerklüftete Landschaft des »Burren«, die nur aus Felsplatten zu bestehen schien. Hier wuchs kein Baum und kein Strauch. Daniel war schon mit Colin und Jonas durch diese Steinwüste gewandert und nun lief er mit Maureen über die Felsplatten. Während der letzten Jahrhunderte schien sich diese Landschaft kaum verändert zu haben. Schon damals hatte die trostlose Einsamkeit dieser Steinwüste Daniel stark beeindruckt und er erinnerte sich gut daran, was er im Reiseführer über den »Burren« gelesen hatte. Cromwells Soldaten sollten über diese Landschaft gesagt haben: »Hier gibt es zu wenig Bäume, um jemanden aufzuhängen, zu wenig Wasser, um ihn zu ertränken, zu wenig Erde, um ihn zu vergraben.« Und viel später war in dieser Mondlandschaft dem Schriftsteller Tolkien die Idee zum Roman »Herr der Ringe« gekommen.

Maureen stolperte über einen Fels und verletzte sich die Hand.

»Ich hab einen Stachel im Finger«, klagte sie.

Daniel ergriff ihre Hand und begann an der Stelle, auf die sie zeigte, zu saugen. Er spuckte auf den Boden, saugte weiter, bis er glaubte den Stachel auf diese Weise entfernt zu haben.

Als wieder ein fernes Trommeln begann, zuckte Maureen zusammen. Daniel presste sie an sich. So standen sie minutenlang in der Einsamkeit der Steinwüste. Daniel streichelte Maureens Haar, wieder und wieder. Er spürte, wie ihr Körper bebte, ihre Angst musste riesengroß sein. Welchen Schutz konnte er ihr geben?

Eine undurchdringliche Nebelbank zog vor ihnen auf.

»Los, komm», sagte Daniel.

»Da hinein?«, jammerte Maureen.

»Der Nebel schützt uns«, versicherte Daniel. »So sehen sie uns nicht.«

»Aber wir sie auch nicht«, flüsterte Maureen.

Das stimmt, dachte Daniel. Er wusste, dass sie in dem dichten Nebel noch aufmerksamer sein mussten.

Sie liefen an bizarren, rätselhaften Felsskulpturen vorbei.

Was soll ich machen, wenn hinter einem Fels plötzlich ein Soldat hervortritt?, dachte Daniel. Mit einer Pistole im Anschlag? Er wusste nur, dass er Maureen mit seinem Körper schützen würde.

Hand in Hand liefen sie weiter, lautlos und vorsichtig mit den Füßen den Fels abtastend. Kein Schritt durfte danebengehen.

Nun waren sie völlig vom Nebel eingehüllt, konnten keinen Meter weit sehen. Es war ein feuchter, bedrohlicher Nebel.

Hoffentlich kommen sie nicht gerade jetzt, dachte Daniel. Jetzt, da eine Flucht so schwer ist, weil wir so leicht stürzen können. Dann wäre alles vorbei.

Maureen kauerte sich zu Boden.

»Lass mich verschnaufen«, bat sie.

Er hockte sich neben sie. Voller Angst dachte er an seinen Bruder. Wenn auch Colin und Jonas hinabgestürzt waren, würden sie den Soldaten Cromwells entkommen können?

DIE SOLDATEN CROMWELLS

Ein Steinwall erhob sich vor ihnen, so hoch wie ein Mann. Vorsichtig stemmte Daniel Maureen hinauf, ehe er ihr selber folgte. Dann stieg er hinunter und fing Maureen auf.

Was sollte dieser Wall in der Einsamkeit der Steine?

Der Nebel lichtete sich. In der Ferne erblickten sie Berggipfel, von denen jeder eine Nebelkrone trug.

Baumbewachsene Hänge waren in der Ferne zu sehen. Ein leichter Regen setzte ein. Das dumpfe Trommeln begleitete sie ohne Unterbrechung, als sie weiterliefen. Sie hatten sich schon an dieses Geräusch gewöhnt.

Sie sahen ein zerfallenes Steinhaus am Weg liegen, dahinter stand ein weißer, riesiger Stein, von Moos überwachsen.

»Den Stein kenne ich doch«, flüsterte Maureen. »Der steht auf dem Hügel unterhalb der Tully Mountains.«

Es folgten menschenleere Ruinen eines Dorfes. Verloren liefen sie durch die unwirkliche Landschaft. Eine unbeschreibliche Einsamkeit hielt sie gefangen. Ganz in Gedanken und Schweigen versunken, gingen sie, sprangen über das schwarze Wasser eines Baches.

Plötzlich herrschte Totenstille.

»Seltsam«, flüsterte Maureen. »Keine Trommeln mehr?«

Da begannen sie wieder zu schlagen. Nur Minuten hatte die Stille gedauert.

»Runter!«, rief Daniel plötzlich.

Maureen erschrak. Rasch ließ sie sich zu Boden fallen und verbarg sich hinter einem Felsblock.

»Da kommen sie«, flüsterte Daniel Maureens ins Ohr.

Vorsichtig schaute Maureen hinter dem Versteck hervor. Sie sahen einen endlosen Zug von Soldaten mit Piken und Musketen langsam näher kommen. Ihnen folgten Reiter, die ganz in Eisen gekleidet waren.

»Das sind die Eisenseiten Cromwells«, flüsterte Maureen.

»Die Eisenseiten?«

»Diese Soldaten sollen durch und durch aus Eisen sein«, flüsterte Maureen ihm ins Ohr. »Sie sind Meister im Umgang mit Karabinern, Pistolen, Schwertern und Dolchen. Sie sind die besten Soldaten der Welt. Mit ihnen hat Cromwell das Heer seines eigenen Königs besiegt und ihn sogar enthaupten lassen. Den Auftrag dazu hatte er vom englischen Parlament erhalten. Dann aber wurde er selbst zum Diktator.«

Der Zug des Heeres wälzte sich an ihnen vorbei.

»Kein Ire hat solche Waffen«, jammerte Maureen leise. »Sie sind alle verloren. Sie sind für Cromwells Soldaten nur wehrloses Schlachtvieh.«

Maureen schüttelte sich. Ein Schauer lief Daniel den Rücken herab, als er daran dachte, was geschehen würde, wenn die Soldaten sie bemerkten. Sie hätten keine Chance, wären rettungslos verloren.

»Den Kopf runter!«, zischte er. »Bleib unten.«

Die Geräusche der Schritte kamen immer näher.

Daniel sah, wie Maureen bebte. Zärtlich und beruhigend streichelte er ihre Schulter.

»Sie können uns nicht sehen«, flüsterte er beschwichtigend.

Maureen nickte, aber ihr Körper bebte immer noch. Auch Daniel hatte Angst. Wenn nun ein Soldat vom Weg der anderen abwich und sie entdeckte?

Er presste seine Lippen in Maureens Haar. So verharrten sie beide. Reglos.

Der endlose Strom der Soldaten floss an ihnen vorbei.

Maureen hob ihren Kopf. »Zwölftausend Soldaten soll Cromwell mitgebracht haben.«

In ihren Augen steht die Angst, dachte er und streichelte ihre Wangen. Ein Lächeln huschte über Maureens Gesicht, aber nur flüchtig. Die Angst hielt offenbar alle ihre Sinne gepackt, verdrängte jedes andere Gefühl.

»Sie werden bald vorbei sein«, flüsterte er.

Aber der Zug der Soldaten wollte und wollte kein Ende nehmen.

Daniel spürte plötzlich einen Kloß im Hals, den er nicht hinunterschlucken konnte. Dann bekam er einen Schluckauf. Fest presste er beide Hände vor den Mund. Der Schluckauf schüttelte ihn.

Er spürte Maureens Hand auf seinem Haar. Verzweifelt versuchte er den Schluckauf zu verdrängen. Doch es gelang ihm nicht.

»Ein Soldat hat in unsere Richtung gesehen«, flüsterte Maureen voller Angst.

Daniel atmete heftig. Endlich ließ der Schluckauf nach. Vorsichtig lugte er hinter dem Versteck hervor. Ein Soldat blickte tatsächlich noch immer in ihre Richtung. Doch dann entfernte er sich mit dem Zug.

»Oh Gott«, stöhnte Maureen auf und betete still.

»Sie sind vorbei«, sagte Daniel leise.

Auf seiner Stirn stand kalter Schweiß.

DIE BURG

Daniel und Maureen liefen weiter und weiter.

Plötzlich standen, wie aus dem Boden gewachsen, drei Soldaten vor ihnen.

»Wir sind verloren«, flüsterte Maureen hastig und krallte ihre Finger in Daniels Arm. Daniel und Maureen blieben vor Schreck erstarrt stehen und warteten ab, was geschehen würde. Aber die Soldaten schienen durch sie hindurchzublicken, so als ob Daniel und Maureen Luft wären.

»Wir müssen tatsächlich unsichtbar sein«, sagte Daniel leise. »Nur so ist ihr Verhalten zu erklären. Deshalb hat uns auch der Soldat am Fluss nicht gesehen.«

»Dann können wir einfach an ihnen vorbeigehen?«, fragte Maureen hoffnungsvoll.

»Logo«, meinte Daniel. »Das ist unsere Rettung.«

»Vielleicht können sie uns hören?«, flüsterte Maureen ängstlich. »Und ihre Pistolen können uns trotzdem treffen.«

»Schon möglich«, meinte Daniel leise. »Wir wollen es lieber nicht ausprobieren. Wir sind zwar unsichtbar, aber nicht unverwundbar.«

Vorsichtig liefen sie um die Soldaten herum. Ein Soldat stutzte plötzlich.

»Hört ihr nichts?«, fragte er die anderen.

Doch die schüttelten verneinend ihre Köpfe.

»Na, Schritte?«

Die Soldaten winkten ab.

»Also können sie uns hören«, flüsterte Daniel.

»Komm nur rasch weg von hier«, riet Maureen leise.

Und so schlichen sie weiter. In der Ferne sahen sie eine irische Familie über Weideland flüchten. Eine Frau, einen Mann und vier kleine Kinder. Immer wieder blickte die Frau zurück.

Daniel presste die Lippen aufeinander. Was war das? Eine Burg?

Es schien ihm, als würde er die Burg mit den zwei Türmen kennen. Aber er wusste nicht, woher.

»Sieh doch«, rief Maureen. »Das ist unsere Burg!«

Sie kniff die Augen zusammen. Ihr Mund stand vor Erstaunen offen. »Das ist sie tatsächlich«, stammelte sie fassungslos.

»Was ist sie tatsächlich?«, wollte Daniel wissen.

»Die Burg des weißen Raben«, kam es leise von Maureen. »Nur ist es eben die unzerstörte Burg, nicht die Ruine, die du kennst.«

»Du meinst, das ist die Burg, unter der wir gezeltet haben?«, wunderte sich Daniel.

»Sieh doch das Wappen über dem Tor an: ein weißer Rabe!«, sagte Maureen.

Im Gras hockte ein Bauer in zerlumpter Kleidung, neben ihm saß eine verhärmte Frau, der man den Hunger, der sie quälte, deutlich ansah.

»Verstehst du, was sie reden?«, fragte Daniel. »Ich verstehe nämlich kein Wort.«

Maureen nickte lächelnd.

»Sie sprechen Gälisch. Manche bei uns sprechen noch heute so.«

»Was sagt der Mann gerade?«

»Dass der Herr der Burg gerade aus einem Fenster im Turm sieht.«

»Stimmt das?«

»Na klar. Sieh mal da.« Ihr Finger wies nach oben zu einem kleinen Fenster.

Und da sah Daniel den Mann. Er schaute in ihre Richtung, so, als würde er auf Besucher warten, die bald kommen mussten.

»Das ist also der Burgherr, der seinen Bruder getötet haben soll.«

»Stimmt die Geschichte?«, fragte Daniel. »Colin hat auch so eine seltsame Vision in den Gängen der Burg gehabt. Ich habe ihm damals nicht glauben wollen.«

»Zumindest erzählt man es so«, erklärte Maureen. »Es ist eine Legende.«

Da hörten sie hinter sich das Geräusch von Pferdehufen.

Auch der Bauer und seine Frau blickten ängstlich in die Richtung, aus der die Hufschläge kamen.

Dann sahen sie die Reiter, die Brustpanzer trugen und Helme.

In ihrer Mitte hetzten sie einen Mann, der mit einem Strick an eines der Pferde gebunden war. Maureen presste erschrocken ihre Hand auf den Mund. Die Reiter ritten den Hügel zur Burg hinauf.

»Wir haben ihn, Herr«, rief einer der Reiter mit dröhnender Stimme zum Turm hinauf.

Der Bauer schlang seine Arme um die Frau und sagte: »Der Bruder fängt den Bruder. Welch ein Unglück! Die Engländer sind im Land und Iren töten Iren, statt gegen sie zu kämpfen. Was soll nur werden, Frau?«

Eine steile Falte stand auf Maureens Stirn, als sie Daniel die Worte des Bauern übersetzte. Ein furchtbarer Gedanke musste sie quälen.

»Ich glaube, die Legende ist wirklich wahr. Der Mann in Fesseln ist der Bruder des Burgherrn. Bestimmt wird er bald getötet und das Skelett, das Colin gesehen hat – vielleicht ist es seins.«

»Dann komm mit«, rief Daniel aufgeregt. »Jetzt können wir sein Schicksal erfahren.« Hastig zog er Maureen mit sich, den Reitern nach. Sie liefen beide, so rasch sie konnten, den Berg hinauf.

Das schwere Burgtor öffnete sich langsam und die Reiter verharrten einige Minuten lang. Diese Rast genügte Daniel und Maureen, um sie einzuholen. Und als das Tor sich ganz geöffnet hatte, schlüpften sie hinter den Reitern und dem Gefangenen in den Hof der Burg.

Und da sahen sie ihn auch schon, den Herrn der Burg, der aus der schmalen Tür des Turmes trat. Er trug ein Kettenhemd, hohe Lederstiefel und ein breites Schwert an der Seite. Der Gefangene lag keuchend auf dem Boden. Der Burgherr blickte auf ihn hinab und sagte höhnisch: »Willkommen, geliebter Bruder.«

»Elender Verräter!«, zischte der Gefangene.

Der Burgherr lachte spöttisch auf. »Cromwell wird sich freuen, dass ich dich habe. Dein Kopf für den Erhalt dieser Burg – so ist es abgemacht.«

»Zur Hölle mit dir, falscher Bruder«, keuchte der Gefangene. Mühsam richtete er sich auf. »Du willst dem Hund Cromwell dienen, der unser Volk abschlachtet?«

»Gegen ihn kann keiner bestehen. Also schließe ich mich ihm an. Dich sucht er schon überall. Du hast versucht gegen einen übermächtigen Feind zu kämpfen.«

»Wir kriegen dich«, zischte der Gefangene bitter.

»Du stirbst heute und hier, Bruder«, versicherte der Burgherr. »Und deine Männer werden von Cromwells Soldaten heute Nacht getötet. Sie kennen euer Versteck. Von mir.«

Der Gefangene stöhnte auf. »Das tust du nicht ungestraft!«

»Schafft den Kerl hinunter«, befahl der Burgherr seinen

Männern. »Und bringt ihn zum Schweigen. Für immer.« Er strich sich zufrieden mit beiden Händen durch die Haare. »Und einer von euch reitet als Bote zu Cromwellls Heer. Es ist unsere letzte Chance, ehe seine Soldaten uns berennen.«

Die Männer packten den Gefangenen, stießen ihn vor sich her, durch ein Tor hindurch, dieTreppenstufen hinunter und in einen Gang hinein.

»Komm!«, keuchte Daniel. »Komm, Maureen, wir müssen hinterher.«

»Können wir sie nicht aufhalten?«, fragte Maureen verzweifelt.

»Ich glaube, die Geschichte kann man nicht aufhalten«, erwiderte Daniel. Und so folgten sie den Männern, die sich Fackeln geholt und angezündet hatten, in die dunklen Gänge hinein.

Grob zerrten die Männer den Gefangenen voran und immer tiefer in das Gewirr der Gänge hinein. Der Gefesselte stöhnte.

»Oh Gott«, jammerte Maureen leise. »Was werden sie ihm antun?«

Die Luft in den Gängen war stickig. Die Fackeln verbreiteten ein gespenstisch flackerndes Licht.

Maureens Hände krampften sich um Daniels Arm. Er kaute so heftig auf seiner Unterlippe, bis er Blut schmeckte. Wo schleppten die Männer den Gefangenen hin?

»Wer wird es tun?«, fragte einer der Männer.

»Ich!«, rief ein stiernackiger Soldat. Und er blickte den Gefangenen finster an.

Die Männer ketteten die Hände und die Füße ihres Opfers an eiserne Ringe, die aus dem Felsen ragten. Furchtlos und hasserfüllt starrte der Gefangene seine Peiniger an. »Ihr irischen Knechte Englands, eure Mütter sollen euch verfluchen!«

Maureen stand eng an Daniel gepresst. Sie ahnte, was nun geschehen würde. Der stiernackige Soldat zog seinen Dolch. Sie hielt sich ihre Hände vor die Augen. Daniel wandte sich rasch ab und schloss die Augen. Die Männer grölten laut und lachten.

Als Maureen und Daniel ihre Augen wieder öffneten, umgab sie völlige Dunkelheit. Wie ein Spuk waren die Soldaten verschwunden.

»Mörder«, stammelte Maureen fassungslos, »verfluchte Mörder!«

Sie standen reglos und entsetzt und vergaßen den Männern zu folgen. Die liefen lachend zurück, als hätten sie eine große Leistung vollbracht.

»Wir müssen ihnen sofort nach«, kommandierte Daniel. Aber Maureen stolperte in der Dunkelheit, stöhnte auf und lag auf dem Boden, die Hände um ein Knie gepresst. Daniel tastete nach ihr. »Kannst du laufen, Maureen?«

»Ja, ja«, flüsterte Maureen, doch sie humpelte, konnte nur langsam laufen.

Daniels Hände glitten suchend an den Wänden des

Ganges entlang. Wir finden den Weg nicht mehr, dachte er erschrocken, wir sind im Dunkel gefangen. Und wer konnte wissen, wann wieder jemals jemand hierher kam. Nach Tagen? Bis dahin konnten sie verhungert und verdurstet sein. Er stieß mit dem Kopf gegen den Fels und verspürte einen heftigen Schmerz. »Schneller«, keuchte er. So hasteten sie im Dunkel weiter, so gut es ging, doch sie kamen nicht rasch genug voran.

Ihre Hände berührten eine Tür.

»Das ist die Tür zur Burg«, stieß Maureen aufgeregt hervor. »Wir haben sie erreicht!«

Daniel und Maureen umarmten sich.

Aber die Tür war verschlossen.

»Was machen wir jetzt?«, rief Maureen verzweifelt. »Wer weiß, wann endlich wieder jemand diesen grässlichen Gang hinuntersteigt?«

Plötzlich hatte Daniel eine Idee: »Ich werde gegen die Tür hämmern. Wenn sie geöffnet wird, müssen wir rasch hindurchhuschen. Wenn wir es geschickt anstellen, erwischen sie uns nicht. Schließlich sind wir unsichtbar!«

Und dann schlug Daniel mit den Fäusten wie wild gegen die Tür. Keuchend verharrte er, um auszuruhen.

»Sie hören uns nicht«, stöhnte Maureen auf.

»Irgendwann werden sie uns schon hören«, erwiderte Daniel und hämmerte weiter gegen die Tür.

Plötzlich öffnete sich die schwere Tür. Breit stand der

stiernackige Mann im Rahmen der Tür und spähte in den dunklen Gang hinein, offenbar verwundert, weil er niemanden sah. Daniel und Maureen huschten an ihm vorbei, den Gang entlang, die steinernen Stufen hinauf. Endlich standen sie im Hof der Burg.

Menschen strömten durch das Tor der Burg, Bauern aus den Dörfern mit ihren Familien. Ihre Gesichter waren verzerrt vor Angst. »Die Engländer«, schrien sie erregt, »die Engländer brennen alles nieder.«

»Rasch raus hier«, entfuhr es Daniel.

Und schon drängten sie sich hinaus, wurden angerempelt und umgestoßen. Doch sie sprangen sofort wieder auf. Nur weg hier, ehe sich das Tor der Burg schloss.

»Los! Schneller!«, keuchte Daniel. Endlich waren sie dem Gewühl der hereinströmenden Menschen entronnen und hetzten den Hügel hinab. Da sahen sie die Soldaten Cromwells, die Reiter, das Fußvolk und die Geschütze der Artillerie. Sie hatten die Burg umstellt.

»Sieh doch, sie greifen von allen Seiten an«, zischte Maureen im Laufen.

»Nun kriegt der Verräter seinen verdienten Lohn«, rief Daniel.

»Aber all die Menschen sterben mit ihm«, platzte Maureen heraus. »Alle in der Burg. Diese Soldaten kennen kein Erbarmen. Es sind Schlächter. Und nach ihrem Sieg wird das ganze Land an sie verteilt werden. Unser armes Volk!«

Als sie sich umwandten, sahen sie, wie sich das Burgtor

schloss. Schreiende Menschen, die noch in die Burg hineinwollten, hämmerten verzweifelt mit den Fäusten an das Tor. Aber das Fallgitter fiel herab.

Maureen schrie auf. »Sieh nur!«

Ein Soldat Cromwells hatte den Hahn seiner schweren Reiterpistole gespannt und drückte ab. Ein dumpfer Knall ertönte, ein roter Feuerstrahl sprühte aus der Mündung und eine Frau am Burgtor brach zusammen.

»Nur weg«, rief Daniel außer Atem. »Sie sehen uns nicht, aber ihre Kugeln könnten uns durch Zufall treffen. Wir sind zwar unsichtbar, aber nicht unsterblich.«

In der Ferne qualmte blutrot beleuchteter Rauch gegen den Himmel.

»Sie zerstören die Dörfer«, stöhnte Maureen auf. »Sie haben Kanonen, Musketen und Pistolen. Die Iren kämpfen oft nur mit Knüppeln. Sie sind verloren.«

Die Burg war nun völlig eingeschlossen von Soldaten mit Piken und Musketen und Reitern. Die Geschosse der Kanonen schlugen bereits eine erste Bresche in die Ringmauer.

»Ich möchte nicht mehr sehen, was hier geschieht«, schluchzte Maureen auf. »Sie töten jetzt jedes lebende Wesen in der Burg.«

»Aber der Verräter wird auch sterben«, tröstete sie Daniel.

»Komm weg, bitte«, bettelte Maureen.

Daniel zuckte zusammen, als immer mehr Kanonen zu

schießen begannen. Dann fassten sie sich ein Herz und liefen an den Soldaten vorbei. Sie hörten die Trompeten und die Trommeln, ihr dumpfer Klang schien von überall herzukommen, vom Norden, vom Süden, vom Westen und vom Osten.

Daniel erschrak, als er auf dem Platz, auf dem er in der anderen Zeit mit Colin und Jonas gezeltet hatte, drei Galgen stehen sah, an denen Männer hingen.

Aber sie liefen weiter, so rasch sie konnten, und rannten um ihr Leben.

Dann erblickten sie das niedergebrannte Dorf. Rauch stieg aus der glühenden Asche. Tote lagen vor und gewiss auch in den Häusern.

Maureen zitterte stark. »Mein armes Dorf«, stammelte sie entsetzt. »Furchtbar.«

Daniel rieb sich ratlos das Kinn. »Wenn wir für die Soldaten sichtbar wären, würden sie uns auch töten.«

»Kommen wir denn jemals zurück?«, fragte Maureen voller Verzweiflung.

»Aber ja«, erwiderte er und versuchte seiner Stimme einen festen Klang zu geben. Und doch zitterte sie. Gewiss hatte Maureen das Zittern bemerkt.

Langsam näherten sie sich den verbrannten Häusern.

»Die sind alle tot«, stellte Daniel fest. Ein Schauder schüttelte ihn. »Hier lebt keiner mehr.«

»Mir ist so kalt«, klagte Maureen.

Sanft zog Daniel sie fort. Maureen folgte ihm wie eine Schlafwandlerin. »Und wie kommen wir in unsere eigene Zeit zurück?«, fragte sie.

Daniel legte den Arm um ihre Schultern. »Wir können es nur da versuchen, wo wir hinabgefallen sind.«

DER ANGRIFF DER AUGEN

Colin lief der Schweiß über die Stirn.

»Diese Augen!«, flüsterte er. »Und wir können nicht weg.«

Die Augen waren nun ganz nahe. Colin streckte die Hand aus. Da wichen sie zurück. Sie spielen mit unserer Angst, dachte er. Es sind Geister, die uns schon lange verfolgen. Vielleicht sind sie unten im Labyrinth die Augen und oben auf der Erde die Raben. Was wollten sie von ihnen?

Hinter sich spürte er den keuchenden Atem von Jonas. Jetzt hätte er den Lichtstrahl seiner Taschenlampe gebraucht, auch wenn dieser nur fünf oder sechs Meter weit reichte.

Wieder ging er auf die Augen zu. Der Gang machte eine Biegung und schien erneut anzusteigen. Mit dem Mut der Verzweiflung schlug Colin nach den Augen, die immer wieder vor ihm zurückwichen. Wenn doch alles nur ein Traum wäre!

Der Gang stieg weiter an. Plötzlich fiel Mondlicht von oben herab. Die gelben Augen waren verschwunden.

Verwitterte Felsbrocken lagen auf dem Boden. Sie mussten Acht geben, dass sie nicht stolperten. Der Gang wurde nun so eng, dass sie nur mühsam weiterlaufen konnten.

Da waren sie wieder – die Augen! Gelb leuchtend und drohend.

»Ich kann nicht mehr«, jammerte Jonas erschöpft.

»Du schaffst es«, versicherte Colin.

»Mein Daumen!«, stöhnte Jonas auf. »Ich hab mich wohl verletzt.«

Die Augen waren noch immer da. Aber sie waren weniger geworden.

»Jetzt sind sie auch hinter uns«, jammerte Jonas. »Sie haben uns eingekreist.«

»Du spinnst!«, schimpfte Colin.

»Ich spinne nicht«, erwiderte Jonas. »Schau dich um!«

Nun sah Colin sie auch. Wir sind tatsächlich umzingelt, dachte er. Sie haben uns. Aber was wollen sie mit uns tun? Er stieß mit der Stirn an den Fels. »Uff!«, stöhnte er laut und begann seine schmerzende Stirn zu massieren. Colin tastete sich weiter, stolperte über einen Felsstein, der groß wie ein Kürbis war.

»Colin!«, brüllte Jonas. »Die Augen! Sie sind überall!«

Es werden wirklich immer mehr, dachte Colin. Vor uns, hinter uns, neben uns. Ihn hat der Teufel geholt!, ging es ihm durch den Kopf. Vielleicht waren diese gelben Augen sogar die Augen des Teufels?

Einige Augen kamen nun so nahe, dass er sich unwillkürlich duckte.

Blitzschnell griff er nach ihnen, doch sie wichen wieder zurück.

»Pass auf, ein Stolperloch!«, warnte Jonas, der plötzlich vor ihm war.

Colin folgte ihm vorsichtig. Auf dem Boden des Ganges lagen jetzt große, scharfkantige Steine.

Irgendwo schepperte es hell.

»Ein Helm«, kam es von Jonas.

Colin stockte der Atem. Die Augen begannen zu glühen! Sie glühten wie Feuer. Jetzt greifen sie an!, dachte er entsetzt.

FLUCHT AUS DEM TAL

Daniel und Maureen liefen ohne Pause, liefen in die Richtung, wo Daniel den Fluss vermutete. Beide schwiegen, in ihre Gedanken versunken. Alles, dachte Daniel, hat mit dem Fund des Skeletts begonnen. Wir befinden uns in der Zeit, in der dieser Mann gelebt hat. Wir haben das Rätsel seines Todes gelöst und nun müssen wir ihn begraben. Es ist so, als ob uns eine geheimnisvolle Kraft lenkt. Wenn sie das tut, wird sie uns auch schützen und helfen. Warum sonst sind wir hier unsichtbar geblieben?

Ein wenig beruhigt lief er weiter. Jetzt, da die Sonne vorsichtig durch die Wolken sah und die Landschaft klar vor ihnen lag, schien es keinen Unterschied mehr zu geben zwischen dem Irland des Jahres 1649 und der Zeit, in der sie hoffentlich bald wieder leben würden.

»Meine Beine tun weh«, klagte Maureen.

»Beiß die Zähne zusammen«, rief Daniel ihr zu. »Vielleicht haben wir den Fluss bald gefunden.«

Sie liefen einen grünen Hügel hinauf und wieder hinab. In der Ferne sahen sie schwarzen Rauch. Bald darauf hörten sie den dumpfen Donner der Geschütze und das hellere Knattern der Musketen. Es kam ihnen vor wie ein Fiebertraum.

»Die Burg brennt«, stellte Maureen fest. »Weißt du noch, wie du in den Gängen auf die Knochen gefallen bist? Ich fürchte, sie werden die Toten zusammen mit den Lebenden hinabwerfen.« Sie schüttelte sich vor Entsetzen.

Mauern aus großen Steinen trennten kleine Kartoffelfelder. Sie mussten hinüber. Maureen war froh, dass sie sich dabei ein Stück von der Burg entfernten. Sie liefen weiter und weiter. Allmählich erinnerte nur noch der ferne schwarze Rauch an die schrecklichen Geschehnisse.

Weiße Wolken weideten im Blau des Himmels und ließen die Sonne immer wieder hervortreten.

»Wenn die Sonne da ist, ist einem gleich leichter ums Herz«, meinte Daniel. Die Luft war so klar, dass er die Landschaft sah, als habe ein Fernglas sie näher gebracht. Aber Maureen seufzte nur leise. Sicher denkt sie an ihr Dorf, ging es Daniel durch den Kopf.

Leider veränderte sich das Wetter von einer Minute zur anderen. Eine riesige grau-schwarze Wolke zog über den Himmel. Die Sonne verschwand so schnell, wie sie gekommen war.

Durch das Zwielicht rannte plötzlich eine Gruppe von Iren auf einen Ringwall zu, offenbar eine alte keltische Festungsruine. Cromwells Soldaten werden sie finden, dachte

Daniel. Dann würde dieser Ringwall zu einer Mausefalle werden, der man nicht entrinnen konnte.

Ein ungeheures Krähenkonzert erfüllte mit einem Mal die Luft. Unwillkürlich duckte sich Maureen. Aber die Krähen verschwanden wieder, wie eine schwarz geflügelte Wolke.

Etwa zehn Meter von ihnen entfernt sah Daniel drei Reiter auf schaumbedeckten Pferden mit zitternden Flanken. Einen schrecklichen Augenblick lang glaubte er, dass sie entdeckt worden und nicht mehr unsichtbar waren.

Doch die Reiter jagten weiter. Der Lärm der Hufe wurde leiser und leiser, verklang.

Es war Nacht. Tiefe Nacht. Totenstille herrschte um sie herum.

Dann erklang ein Heulen irgendwo in der Dunkelheit.

Die nasse Kälte kroch ihnen in die Glieder. Aber Maureen und Daniel gaben die Hoffnung nicht auf. Sie hofften auf einen dichten, schützenden Nebel für all die fliehenden Iren, die durch das Land irrten. Aber schützte er nicht auch die Verfolger? Vielleicht würden die englischen Soldaten plötzlich aus dem Nebel auftauchen, so wie am ersten Tag in dieser fremden Welt.

Als sie den hohlen Stamm eines gewaltigen Baumes entdeckten, der in seinem Innern ausreichend Platz für zwei Menschen bot, machten Maureen und Daniel

Halt. Sie hockten sich eng aneinander gepresst in den Stamm.

»Wie sollen wir nur den Fluss hinaufkommen«, sorgte sich Maureen, »wenn wir ihn überhaupt finden?«

»Wir können auf den Uferfelsen entlangklettern«, erwiderte Daniel. Dann schwiegen sie wieder.

»Hast du Hunger, Maureen?«, fragte Daniel nach einer Weile.

Maureen schüttelte den Kopf. »Ich glaube, wenn man unsichtbar ist, hat man keinen Hunger.« Sie blickte ihn fragend an.

»Scheint so«, erwiderte er. »Jedenfalls habe ich auch keinen.«

Ihre Hand glitt in seine Hand. In seinem ganzen Körper spürte er ein Kribbeln, wie er es nie zuvor erlebt hatte. Eine nie gekannte Zärtlichkeit erfüllte ihn.

Als in der Ferne Hufe vorbeitrappelten, erstarrte Maureen in seinen Armen. Doch es gelang ihm, sie wieder zu beruhigen.

»Wir hätten vielleicht nie in die Burggänge hinabsteigen dürfen, Daniel«, flüsterte Maureen. »Auf der Burg liegt ein Fluch. Wir haben ihn einfach nicht ernst genommen.«

Sie lehnte ihren Kopf wieder an seine Brust und er spürte, wie sie allmählich langsamer und ruhiger atmete. Müde ist sie, dachte er. Vielleicht konnte sie ein bisschen schlafen.

Würden sie ewig so sitzen können?

Ohne zu essen? Ohne zu trinken? Ohne Schlaf? Voller Sorge und Angst?

So zu sitzen war dennoch ein himmlisches Gefühl. Man vergaß für Minuten die tödliche Gefahr. Oder sogar für Stunden.

Jetzt gaben die Wolken den Mond frei. Weiß glühend hing er über dem Land, wie eine gewaltige Nachtlaterne.

»Es muss Morgen sein«, flüsterte Maureen. »Sieh doch! Draußen ist so ein Dämmerlicht.«

Daniel steckte den Kopf aus dem Baum.

»Mm«, meinte er. »Wir können jetzt gehen.«

»Meinst du wirklich?«, fragte Maureen ängstlich.

»Wir müssen aus diesem Tal heraus«, sagte er. »Wir können doch nicht ewig in einem Baum leben.«

Im nächsten Augenblick sahen sie beide den weißen Raben, der auf einem Ast saß und zu ihnen hinabblickte.

»Als ob er uns etwas sagen will«, stellte Maureen fest.

Ein seltsamer Vogel!, dachte Daniel. Es sah fast so aus, als ob er sie begleiten wollte. Denn der Vogel flog plötzlich auf, flatterte um die knorrigen, toten Äste des Baumes, ohne jeden Laut.

In diesem Moment hörten sie die Hufe, ganz nahe. Sie pressten sich unwillkürlich eng in den Baum. Der Schreck ließ sie vergessen, dass sie unsichtbar waren.

»Cromwells Reiter«, flüsterte Maureen.

Vorsichtig spähte Daniel hinaus. Er sah sie! Es mochten vielleicht zehn Reiter sein. Sie ritten rasch und blickten dabei nach allen Seiten. Plötzlich trennten sie sich und ritten als Kette weiter, einen Abstand von zehn Metern zwischen sich lassend.

»Sie durchkämmen die ganze Gegend«, flüsterte Daniel. »Sie suchen Iren. Sie machen es wie bei einer Treibjagd. Nur dass das Wild hier Menschen sind.«

Die Reiter verschwanden so plötzlich, wie sie gekommen waren.

»Wir gehen«, bestimmte Daniel. »Wir gehen sofort. Wir laufen so schnell wie möglich zum Fluss.«

Daniel stand völlig reglos und lauschte. Er glaubte den Fluss irgendwo in der Ferne rauschen zu hören. Und als der weiße Rabe plötzlich in diese Richtung flog, folgten sie ihm.

Das nasse Gras reichte ihnen bis zu den Knien, einmal bis zur Brust und einmal sogar bis zum Hals. Immer aber waren die Ränder so scharf wie Rasierklingen.

Sie liefen Hand in Hand. Manchmal blickte Daniel Maureen von der Seite an. Irgendwie hatte sie sich verändert, seit sie in diesem Land des Schreckens waren. Sie war nicht mehr so burschikos wie früher. Sie war anders, viel stiller und furchtsamer, aber auch viel lieber geworden.

»Woran denkst du?«, fragte sie ihn.

»Ach nichts«, meinte er. »Ich hab an den Raben gedacht.«

»Ich auch«, versicherte sie.

Doch daran glaubte er nicht.

DAS GRAUEN

Im Augenblick höchster Not, als die Augen sie so eng wie noch nie umkreisten, erinnerte sich Colin an die Streichhölzer, die ihm bei Maureens Vater so gefallen und zum Mitnehmen veranlasst hatten. Er griff in die Tasche, zog die schmale Packung hastig heraus und brannte das erste Zündholz an.

Der grelle Blitz zuckte im Dunkel auf, beleuchtete sekundenlang den Gang, der vor ihnen lag. Ein Glück! Die Augen waren verschwunden, mit einem Schlag.

»Genial«, stieß Jonas dankbar hervor.

Das Zündholz brannte ab und erlosch. Aber sie hatten immerhin sehen können, dass der Gang geradeaus weiterführte. Mehr als sechs bis sieben Meter waren nicht zu erkennen gewesen.

Die Augen blieben verschwunden. Fürs Erste jedenfalls.

»Wie viele Streichhölzer hast du?«, wollte Jonas wissen.

»Ich weiß nicht genau. Einige sind es schon noch«, antwortete Colin.

»Und warum hast du sie nicht eher ausgepackt?«

»Ich hab nicht daran gedacht. Erst in dem Augenblick,

als die Augen so gefährlich wurden, sind sie mir eingefallen. Ich dachte einfach: Licht kann helfen.«

»Wurde auch höchste Zeit!«, sagte Jonas leise.

Aber beide wussten sie, dass die Augen jeden Augenblick wiederkommen konnten. Colin behielt die Streichhölzer in der Hand, bereit sie sofort einzusetzen.

»Es geht jetzt nach rechts«, verkündete Jonas. Er spürte, wie Colin ihn an der Schulter berührte und seine Hand dort liegen ließ. Ein beruhigendes Gefühl, dachte Jonas.

Aber dieses Gefühl dauerte leider nicht lange. Denn aus der Schwärze des Ganges tauchten sie erneut auf – die grässlichen Augen!

»Verdammt, da sind sie wieder«, flüsterte Jonas. »Werden die Streichhölzer bis zum Ausgang reichen?«

»Wir müssen sie einteilen«, flüsterte Colin zurück. Doch er wollte sie erst einsetzen, wenn der Angriff der Augen unmittelbar bevorstand.

»Wir müssen schneller vorankommen«, bestimmte er. »Sonst reichen die Streichhölzer bestimmt nicht.«

Jonas gehorchte. So schnell er konnte, tastete er sich vorwärts, den Gang entlang. Colin folgte ihm, eine Hand auf seiner Schulter. In der anderen Hand hielt er die Streichhölzer.

Der Gang bog nur leicht nach links. Unerbittlich folgten ihnen die Augen. Auch um die Biegung herum.

Colin löste die Hand von Jonas' Schulter und hielt ein

einzelnes Streichholz einsatzbereit. Er zitterte am ganzen Körper. Würde das Licht immer helfen? Würden sich die Augen nicht allmählich daran gewöhnen?

Colin durfte nicht weiterdenken. Und er wollte auch nicht! Näher und näher kamen die Augen.

»Beeil dich doch!«, flüsterte Colin Jonas ins Ohr.

Der aber ging langsamer und langsamer. Die Angst hemmte alle seine Bewegungen. Seine Kräfte ließen mit jedem Schritt nach.

Colin schob ihn gewaltsam vorwärts.

»Geh!«, rief er Jonas ins Ohr. »Jeder Meter zählt. Sie werden uns nicht mehr viel Zeit lassen.«

Die Augen flogen ihnen entgegen, ein Heer bösartiger gelber Lichter.

Endlich ließ Colin das nächste Streichholz aufflammen. Und da sahen sie es. Es war so grauenvoll, dass sie erstarrten . . .

Daniel und Maureen standen am Fluss und blickten zitternd in das reißende Wasser, dem sie vor kurzem glücklich entkommen waren. Strudel waren zu sehen, tückische, lebensgefährliche Strudel.

»Dass wir dieses Wasser überlebt haben!«, flüsterte Maureen.

Auch Daniel konnte es kaum fassen, dass sie dieser Gefahr entronnen waren.

»Vielleicht liegt doch eine unsichtbare Hand schützend

über uns«, sagte er leise. »Ich hoffe, sie wird uns weiter helfen.«

»Das hoffe ich auch«, hörte er Maureen sagen. Aber sie sah immer noch ziemlich verzagt aus.

Sie gingen nun immer am Fluss entlang. Er rauschte laut und schien jedes andere Geräusch verschlucken zu wollen.

Erst im letzten Moment hörten Daniel und Maureen den Hufschlag.

Eine Gruppe Reiter jagte auf schaumbedeckten Pferden an ihnen vorbei, ganz nahe. Die Tiere schnaubten wild.

Daniel zerrte Maureen an der Hand hinter sich her. »Weiter«, knurrte er. Sein einziger Wunsch war, diesem Tal zu entkommen und den Felsentunnel zu erreichen.

An die dort lauernden Gefahren wollte er jetzt nicht denken.

Eine Gruppe dorniger Büsche versperrte ihnen den Weg. Sie mussten das Hindernis weiträumig umgehen. Sie kamen nur sehr langsam voran. Eine Wolke schwarzer Raben stieg vor ihnen auf.

»Wann enden bloß diese verdammten Büsche?«, keuchte Daniel. Er blickte auf seine Armbanduhr. »Meine Uhr ist stehen geblieben«, stellte er erstaunt fest.

»Bestimmt hat sie zu viel Wasser abbekommen«, überlegte Maureen.

Daniel schüttelte den Kopf. »Meine Uhr ist wasserdicht. Was ist mit deiner?«

»Meine steht auch«, erwiderte Maureen.

»Seltsam«, überlegte Daniel. »Ich glaube, sie zeigt die Zeit, als wir in den Schacht gestürzt sind.«

Er blickte auf das Zifferblatt von Maureen.

»Beide zeigen dieselbe Zeit«, stellte er stirnrunzelnd fest. »Unsere Uhren sind genau zur selben Zeit stehen geblieben.«

Der weiße Rabe flog plötzlich so dicht über ihren Köpfen hinweg, dass sie sich erschrocken duckten. Er flog ohne Laut. Aber es schien ihnen, als habe er sie angesehen.

DAS SCHWARZE LOCH

Eine Felsenwand ragte vor ihnen auf, mit gezackten Spitzen, schwarz und unwirklich.

»Was für ein scheußliches Gebirge«, flüsterte Maureen, die sich immer häufiger umblickte.

Endlich sahen sie das gewaltige Felsentor, aus dem der Fluss herausschoss, wild und voller Strudel.

Sie wussten: In dieses Tor müssen wir hinein, um dem Fluss zu folgen, bis hin zu dem Schacht, durch den wir gefallen sind.

»Kommen wir jemals wieder hinauf?«, hörte Daniel Maureen fragen. »Wenn wir den Schacht überhaupt finden?«

»Es wird schon einen Weg geben«, erwiderte er. Nur, gab es den wirklich? Auch Daniel begann zu zweifeln. Es war eine schreckliche Vorstellung, dass sie am Fuß des Schachtes standen, hinaufblickten, aber nicht hinaufgelangen konnten. Oben war das Leben, waren die Eltern, die Freunde. Aber er durfte Maureen seine Zweifel nicht zeigen, er musste weiter den coolen Daniel spielen, den Daniel des anderen Lebens.

Sie erreichten den Eingang zum Felsentunnel, sahen das felsige Ufer, das am Fluss entlangführte.

»Kein einfacher Weg«, stellte Daniel fest. »Ein Weg über große und spitze Steine. Wir werden oft kriechen müssen.«

Im Schein des brennenden Streichholzes starrten Colin und Jonas auf das schwarze Loch im Boden des Ganges. Es wirkte bedrohlich und tödlich.

Colin hielt die Flamme in die Dunkelheit des Loches. Jonas tastete nach einem Stein, warf ihn hinab.

»Er schlägt nicht auf«, stammelte Colin erschrocken. »Weißt du, dass wir beinahe hineingefallen wären? Es fehlten nur noch drei Schritte.«

Jonas starrte mit schreckgeweiteten Augen in das schwarze Loch, das unendlich tief sein musste. Sie hatten sogar die Augen vergessen. Sie waren dem sicheren Tod nur um Haaresbreite entronnen.

Das Streichholz erlosch. Ihre Gesichter hingen über der Tiefe. Ein fernes, sehr fernes Rauschen war zu hören.

»Es klingt wie ein Fluss«, flüsterte Colin.

»Da kann aber kein Fluss sein«, meinte Jonas.

Colin zuckte mit den Achseln. Feuchte, kühle Luft stieg zu ihnen herauf. Obwohl die Gefahr noch in ihren Gliedern steckte, genossen sie, tief atmend, die erfrischende Luft.

Noch einmal ließ Colin ein Streichholz aufflammen, dann warf er es in den Abgrund.

»Wahnsinn«, flüsterte Jonas. »Echter Wahnsinn.«

»Aber wir müssen hier vorbei«, sagte Colin leise. »Rechts an der Wand können wir es schaffen. Aber wir müssen uns so eng wie möglich am Fels halten. Wir haben vielleicht zwanzig Zentimeter.«

Jonas spürte, wie Kälte sich in seinem Körper ausbreitete, die Kälte der Angst. Sein ganzer Körper bebte.

»Und wenn einer von uns beiden abrutscht?«, fragte er.

Colin schwieg. Was sollte er auch erwidern? »Wer geht als Erster?«, fragte er schließlich.

Jonas stammelte: »Ich, ich.« Aber er bat Colin darum, wieder ein Streichholz abzubrennen.

»Dann hast du noch mehr Angst«, sagte Colin, »du glotzt nach unten und fällst erst recht rein. Und das war's dann.«

»Vielleicht hast du Recht«, erwiderte Jonas.

Unendlich langsam begann sich Jonas an der Felswand entlangzutasten. Wenn nun die Augen kommen, schoss es ihm durch den Kopf, was geschieht dann?

»Bleib ganz cool«, hörte er Colin leise sagen. Die Stimme klang beruhigend.

Kalter Schweiß stand auf seiner Stirn. Sorgsam tastete Jonas den Boden ab, bevor er mit dem linken Fuß auftrat und den rechten nachzog. Zentimeterweise ging er vorwärts. In dieses Loch ist vielleicht der Engländer hinabgestürzt, den man nie mehr gefunden hat, dachte Jonas.

»Bleib lieber so lange wie möglich am Fels«, mahnte Colin. »Das Loch ist breit.«

Jonas gab keine Antwort.

»Ich bin drüben«, stieß er endlich hervor.

»Jetzt ich«, sagte Colin.

Er legte seine Hände an die Felswand und begann sich Schritt für Schritt den Weg am Abgrund vorbeizutasten.

»Vorsicht, die Augen kommen wieder«, hörte er Jonas rufen.

Verdammt, wenn sie mich jetzt direkt neben dem Abgrund erwischen, ist das mein Tod, dachte Colin.

Eng an den Fels gepresst, griff Colin vorsichtig nach den Streichhölzern. Er stand in der Mitte des schmalen Pfades, der am Abgrund vorbeiführte. Und wie sie kamen! Wie Wespen, deren Nest man angegriffen hatte, schossen die grell leuchtenden Augen auf ihn zu. Nur nicht straucheln, dachte er, nur so kann ich mich retten. Er hob seine Hände über den Kopf und zog ein Streichholz über die Reibfläche. Das Licht flammte auf.

»Das war knapp«, hörte er Jonas leise rufen. Eine unsichtbare Kraft schien Colin zu locken sich einfach fallen zu lassen, hinab in die bodenlose Tiefe. Noch immer brannte das Streichholz. Colin wagte nicht hinabzusehen, er wusste, dass er so rasch wie möglich am Abgrund vorbeigehen musste.

Die Flamme erlosch schneller, als er gedacht hatte.

Er spürte eine Schwäche in den Knien, die ihn einen Augenblick lang mutlos machte. »Ich gebe nicht auf«, flüsterte er trotzig. »Ich schaffe es.«

»Wo bist du?«, fragte er Jonas.

»Hier«, kam es leise zurück.

Sehr nahe klangen die Worte. Vielleicht noch zwei Schritte, dachte Colin. Er spürte Hände. Jonas hielt ihn.

»Geschafft!«, seufzte er. Der Abgrund lag hinter ihm.

Daniel und Maureen drangen immer tiefer in die Dunkelheit des Tunnels ein. Jeder Meter auf den spitzen Felsbrocken musste ertastet werden, mit den Händen und mit den Füßen. Jeder Meter war eine gewaltige Anstrengung. Dann sahen sie die Fackeln, die in den Felswänden steckten. Daniel griff nach einer Fackel, denn er wusste, dass nach dem Sturz in den Fluss zuerst die Dunkelheit gefolgt war.

»Ich kann bald nicht mehr«, ächzte Maureen.

Plötzlich sahen Maureen und Daniel über sich im Fels ein gewaltiges schwarzes Loch.

»Das ist der Schacht, durch den wir gefallen sind«, sagte Daniel. »Er ist es.«

»Wie sollen wir da hinaufkommen?«, fragte Maureen verzweifelt. »Die Felsen sind viel zu steil.«

Wir haben alles geschafft, dachte Daniel. Wir dürfen nun nicht scheitern! Sonst war alles umsonst, all die Angst, all der Schrecken. Er glaubte in diesem Augenblick ganz fest an ihre Rettung, denn all die Geschehnisse, die zurücklagen, ergaben nur so einen Sinn: Sie mussten das Skelett begraben. Und wenn sie nicht gerettet wurden, konnten sie das nicht tun.

Sie standen nun beide unter der schwarzen Öffnung, so nahe es das Wasser zuließ. Daniel steckte die Fackel in eine Felsspalte. Und da, ganz plötzlich, packte sie ein gewaltiger Sog, riss sie mit sich, riss sie nach oben, hinein in die Finsternis, in absolutes Dunkel.

Noch immer hielt Daniel Maureens Hand umklammert, ließ sie nicht los, um sie bei diesem Höllenflug nicht zu verlieren.

Doch da saßen sie schon benommen nebeneinander auf dem harten Felsboden – und hörten fernes Rufen.

»Daniel! Maureen! Daniel!«

Wir sind wieder in der Burg, schoss es Daniel durch den Kopf. Dann sind die anderen noch immer hier, haben Tage gewartet und gesucht, uns aber nicht gefunden?

Daniel formte mit den Händen einen Trichter. »Wir sind hier«, rief er laut.

Langsam tastete er sich mit Maureen an den Wänden der Gänge entlang, der Stimme seines Bruders entgegen.

In der Ferne flammte ein Streichholz auf. Dann hatten sie Colin und Jonas erreicht.

»Wir rufen schon ewig!«, schimpfte Jonas. »Warum habt ihr nicht geantwortet?«

»Wir waren in einer anderen Zeit«, erwiderte Maureen leise.

»Wo wart ihr? Ihr seid höchstens eine Viertelstunde weg gewesen«, lachte Jonas auf. »Ihr habt sicher geknutscht. Und wir dachten, euch wäre was passiert.«

Maureen und Daniel verstanden die Welt nicht mehr. Sie begriffen nicht, warum Jonas und Colin sich freuten, dass die gelben Augen nicht mehr wiederkamen. Was waren gelbe Augen gegen Cromwells Soldaten?

Daniel blickte auf die Leuchtzeiger seiner Uhr. Der Sekundenzeiger bewegte sich wieder.

»Wahnsinn«, hauchte ihm Maureen ins Ohr. »Das glaubt uns keiner!«

»Geknutscht habt ihr. In irgend so einem Seitengang«, schimpfte Jonas weiter. »Und wir haben uns echt Sorgen gemacht. Das war total unfair.«

»Okay«, knurrte Daniel. Was sollte er auch erwidern? Nur raus aus dieser Dunkelheit!

Weiter tasteten sie sich vorwärts, dem Ausgang entgegen.

Jonas schrie auf. »Verdammt, hier ist was!«

Colin zog ein Hölzchen aus der Schachtel. Der Schein des Streichholzes fiel auf ein Skelett.

»Wir haben es«, flüsterte Daniel beeindruckt. »Wir haben es gefunden.« Vorsichtig griff seine Hand nach dem Skelett. Der Ring schließt sich, dachte er und sah den Tod des Mannes wieder vor sich.

Colin begann mit der Feile vorsichtig die Stahlringe zu lösen, an denen das Skelett hing. Er löste den einen Arm, dann den anderen. Plötzlich fiel das Skelett in sich zusammen, lag als Knochenberg auf dem Boden.

»Mist«, entfuhr es Colin.

»Was machen wir jetzt mit den Knochen?«, wollte Maureen wissen.

Daniel hatte eine Idee. »Wir legen sie einfach in unsere Kleidung.«

»So 'n Mist«, schimpfte Colin wieder. »Dann renn ich hier mit nacktem Oberkörper rum.«

Aber was konnten sie sonst tun? Daniels Vorschlag war die einzige Lösung.

Daniel zog sein Hemd aus. Die anderen taten es ihm nach. Sorgsam, im Licht eines Streichholzes, begannen sie die Knochen in ihre auf dem Boden ausgebreiteten Hemden zu legen.

»Keinen vergessen«, befahl Daniel.

»Logo«, kam es von Jonas. »Wir sind doch keine Anfänger.«

»Also zurück«, entschied Daniel, als sie fertig waren.

»Okay«, erwiderte Maureen.

Gleich darauf tasteten sie sich hintereinander zurück, mit den Knochen des Mannes, der einst in diesem Labyrinth getötet worden war.

Sie liefen nun schneller, sie wollten hinaus aus dieser Dunkelheit. Vor ihnen verzweigten sich die Gänge wieder.

»Wir müssen nach rechts«, entschied Daniel und hoffte, dass seine Entscheidung richtig war. Das Hemd mit den Knochen in seiner Hand empfand er als schwer.

Endlos lange irrten sie in der Dunkelheit umher.

Erleichtert atmeten sie auf, als sie endlich im Burghof standen.

Nebel lag auf der Burg wie ein wässriger grauer Schleier. Er schien auch den Mond mit einem grauen Netz überzogen zu haben, denn dessen Licht erhellte die Nacht nur schwach.

»Da«, schrie Maureen. Ihre Hand wies zu einer Stelle der Burgmauer, wo ein regloser, offenbar toter Mann lag, auf dem Raben herumhackten.

Daniel rieb sich die Augen. Eine Halluzination? Aber der Mann verschwand nicht.

»Bloß weg hier«, keuchte Colin. »Graben wir das Skelett ein und dann weg.«

»Nein, es braucht eine würdige Bestattung«, funkelte Maureen ihn an.

»Willst du es etwa wieder zusammensetzen?«, fragte Jonas erstaunt.

»Klar«, kam es von Maureen, »das müssen wir sogar tun.«

Daniel, Colin und Jonas schwiegen betroffen.

»Na gut«, meinte Daniel dann. »Machen wir es so.«

Maureen strahlte ihn an.

Sie liefen zum Friedhof, wo Nebel die Grabsteine einhüllte. Er wurde dichter und dichter.

»Wir haben den Spaten im Zelt gelassen«, sagte Daniel.

»Ich hole ihn«, erbot sich Colin.

Maureen, Daniel und Jonas warteten zwischen den Gräbern. Eine Eule flog im Tiefflug über sie hinweg, so als wollte sie angreifen. Jonas hob die Hand zur Abwehr, aber Daniel beruhigte ihn. »Eulen tun Menschen nichts.«

»Wenn es überhaupt eine Eule war«, zweifelte Maureen leise.

Eine Gestalt trat aus dem Nebel. Es war Colin.

»Ich hab den Spaten«, meinte er. »Wir können uns beim Graben immer abwechseln. Da geht es schneller. Wo fangen wir an?«

»Hier ist eine gute Stelle«, sagte Jonas.

»Okay«, stimmte Daniel zu und begann zu graben.

Der Boden war weich und das Grab gewann schnell an Tiefe. Colin und Jonas lösten Daniel ab. Maureen schaute misstrauisch nach der Eule, die immer wieder über dem Friedhof kreiste.

Der Erdwall neben dem Loch wuchs und wuchs.

»Das reicht«, stöhnte Jonas auf und übergab den Spaten wieder an Daniel.

Maureen schlug vor das Skelett neben dem Grab zusammenzusetzen und so öffneten Daniel, Jonas und Colin ihre Hemden und schütteten die Knochen auf den Boden.

Maureen begann sie sorgsam zusammenzusetzen. Dann aber stand sie reglos und runzelte die Stirn.

»Was ist los?«, wollte Daniel wissen.

»Da fehlt die rechte Hand«, stammelte sie.

Daniel, Colin und Jonas standen wie erstarrt. Im Nebel schrie ein Käuzchen, schrie so laut, dass sie erschraken.

Daniel kratzte sich den Kopf. »Die Hand, sagst du?«

Maureen nickte.

Jonas suchte fieberhaft den Boden ab. »Es sind keine Knochen mehr da«, bestätigte er Maureens Worte. »Wir müssen die Hand verloren haben.»

»Noch mal runter gehe ich nicht«, platzte Colin heraus, »auf keinen Fall!«

Sie schwiegen sich an.

Das Käuzchen schrie immer noch.

»Wir legen die Knochen rein, die wir haben, und schließen das Grab«, entschied Daniel. Aber dabei sah er unzufrieden aus.

Maureen sah ihn finster an. »Das ist nicht gut, Daniel«, sagte sie.

Aber Colin warf die Knochen bereits in das Grab, hastig, weil er wohl fürchtete, dass sich Daniel doch noch anders entscheiden würde. Jonas schaufelte Erde darauf, so schnell er konnte.

Maureen schleppte ein Kreuz aus Eisen herbei, legte es auf die frische Erde. »Mehr können wir nicht tun«, sagte sie leise. Doch sie blickte schuldbewusst in die Runde.

»Hauen wir ab«, schlug Colin vor.

In diesem Augenblick sahen sie die Fäuste. Sie reckten sich aus den Gräbern ringsum, drohende, gespenstische Knochenfäuste.

»Sie wollen den Toten nicht«, stammelte Maureen.

»Auch im Tod sind sie seine Feinde.« Und sie dachte an den Stiernackigen und die anderen Männer in der Burg.

Colin lief über den Friedhof, so rasch er konnte, Jonas folgte ihm mit gleicher Eile. Daniel packte den Spaten und griff nach Maureens Hand.

»Komm«, sagte er leise.

Sie liefen in dichten Nebel hinein. Hinter ihnen lagen bald die letzten Steine des Friedhofs. Im Nebel, vielleicht wenige Meter vor ihnen, stand plötzlich ein Mann und reckte ihnen den Stumpf seines rechten Armes entgegen. Aufschreiend rannte Maureen über die Wiese in Richtung ihres Dorfes, blickte sich nicht einmal mehr um. Doch der Nebel schien die Gestalt des Mannes wieder verschluckt zu haben.

Colin und Jonas erreichten das Zelt, noch bevor Daniel sie einholen konnte. Ehe Daniel aber in das Zelt kroch, blickte er sich noch einmal um. Im Zelt fühlten sie sich sicherer, nur ab und zu schauten sie hinaus. Aber sosehr Daniel seine Augen auch anstrengte, er sah den Mann mit dem Armstumpf nicht mehr.

Der Nebel stand vor ihrem Zelt wie eine Wand. Und ein einzelner Rabe flog über ihr Zelt hinweg.

So warteten sie auf den Morgen.

DER MANN MIT DEM ARMSTUMPF

Am Morgen gab es dunkle Wolken, aber der Wind trieb sie vor sich her, sodass die Sonne ihre Strahlen herabschicken konnte, und diese nahmen die Angst von Daniel, Jonas und Colin.

»Ich muss zur Telefonzelle«, meinte Colin. »Ich hab Mum und Dad noch immer nicht angerufen.«

»Verpiss dich schon«, sagte Daniel. Gähnend lehnte er sich zurück. Nach einer solchen Nacht musste man am Tag schlafen.

Die Zeltplane hob sich mit einem Ruck.

»Wir müssen zurück! Noch heute! Meine Eltern wollen mit uns nach Belfast fahren«, sprudelte Colin los.

»Find ich ziemlich doof«, murrte Jonas.

Daniel war blass geworden. In seinem Gehirn kreisten die Gedanken wie in einem Karussell: die Burg, das Labyrinth, der Zeitfall – und immer wieder Maureen.

»Wir können doch nicht mit den Rädern los«, bemerkte Jonas.

»Aber mit dem Bus«, sagte Colin.

Jonas blickte seinen Bruder mitleidig an. »Wird ein schwerer Abschied, Alter, was?«

Daniel fühlte einen Klumpen im Magen; Colins Worte wirkten wie ein Tiefschlag, er musste mit ihnen fertig werden, ob er wollte oder nicht. Die Zeit lief unerbittlich gegen ihn.

»So ein Scheiß!«, fluchte er und schlug mit der Faust auf die Luftmatratze.

Eine Viertelstunde später brachen sie auf.

Der Pub war noch geschlossen und so klopften sie an der Haustür. Nach einer Weile öffnete Maureen.

»Alles in Ordnung?«, wollte sie wissen.

Daniel schwieg.

»Was ist denn?«, drängte Maureen.

»Wir müssen nach Hause«, sagte Daniel leise.

Maureens Gesicht erstarrte, ihre Augen weiteten sich. »Warum denn? Auf einmal? Einfach so?«

»Colins Dad will mit uns nach Belfast.«

»Belfast ist ziemlich mies«, behauptete Maureen. »Echt.« Sie trat aufgeregt von einem Fuß auf den anderen. Ihre Finger zupften an ihrem T-Shirt herum. Dann legte sie beide Hände auf Daniels Brust.

Jonas und Colin interessierten sich plötzlich sehr für das Leben auf der Dorfstraße.

»Hier kann ich dich nicht küssen«, flüsterte Maureen.

Daniel saß ein Kloß im Hals, der ihn am Sprechen hinderte. Maureen war irre süß! Würde er sie je wieder sehen? Vielleicht würde sie bald einen anderen Freund haben.

Der Gedanke war absolut ätzend.

»Komm doch rein«, sagte Maureen. Ihre Stimme zitterte. Im Hausflur küsste sie ihn. Ihre Lippen waren weich und warm. Ihre Hände glitten über seine Wangen.

Colin stieß ruckartig die Tür auf. »Wann geht der Bus?«

Maureen erschrak, blickte dann auf die Uhr und runzelte die Stirn. »Viel Zeit bleibt nicht mehr.« Ihre Augen waren unendlich traurig.

»Ich mach euch noch ein paar Sandwiches«, schlug sie vor.

Aber Daniel winkte ab. Er konnte sich nicht vorstellen, dass er jemals wieder Hunger haben würde. »Danke, brauchen wir nicht«, murmelte er.

»Wir müssen das Zelt und die Rucksäcke holen«, mahnte Colin. »Das dauert seine Zeit.«

»Ich komm noch mal mit«, bot Maureen an. Sie wickelte ihre Haare um den rechten Zeigefinger. Dabei wirkte sie sehr geknickt.

Schweigend trabten sie alle zum Zelt.

Beim Packen war Daniel nicht recht bei der Sache. Immer wieder musste er an das denken, was hinter ihm lag, und an die Zeit mit Maureen, die so lange und doch so kurze gemeinsame Zeit. Alles schien ihm wie ein irrer Traum. Aber den hatte er wirklich erlebt, zusammen mit Maureen. Würde ihm das je einer glauben? Würde sich

Maureen wie er an alles erinnern? Er hätte sie gern gefragt. Aber er schwieg.

Endlich lagen die Sachen und das Zelt verpackt im Gras.

»Dann mal los«, sagte Colin.

Noch einmal blickten sie hoch zur Burg. Grau und kalt schaute sie mit ihren leeren Fensterhöhlen auf sie herab.

Bald darauf warteten sie an der Haltestelle auf den Bus. Daniel war froh, dass er sich verspätete, ja sogar viel später kam.

»Ich schreib dir«, flüsterte er Maureen ins Ohr.

Schließlich rumpelte der Bus heran. Drei Männer und vier Frauen saßen darin. Colin und Jonas verstauten das Gepäck. Daniel nahm Abschied von Maureen.

»Nun mach schon«, drängte Colin. »Der Fahrer ist schon sauer.«

Im Bus presste Daniel das Gesicht an die Scheibe. Vielleicht sah er Maureen zum letzten Mal. Die Vorstellung tat ihm so weh, dass er sie gleich verdrängte. Als der Bus abfuhr, winkte er heftig, solange er Maureen sehen konnte.

»Keine Tränen«, witzelte Colin. »Die schmecken salzig.«

Daniel blickte ihn finster und wortlos an.

Der Bus rumpelte durch das Dorf, der Küstenstraße entgegen. Da verlangsamte er plötzlich die Fahrt, denn zwei Männer standen winkend an der Straße.

Der Bus hielt. Und der eine Mann bezahlte beim Einsteigen, der andere aber nicht. Merkwürdigerweise sprach ihn auch niemand an und keiner im Bus beachtete ihn, als er nach hinten ging.

Daniel, Jonas und Colin erstarrten in derselben Sekunde. Denn dem Mann, der sich nun hinter sie setzte, fehlte eine Hand.

»Er ist es«, flüsterte Colin. »Wir haben ihn ohne seine Hand begraben. Jetzt werden wir ihn nie wieder los.«

Sie spürten den Blick des Mannes in ihren Nacken . . .

AN DIE LESER DER »RUINE DER RABEN«

Ich bin ein Fan alter Burgruinen und ein Spezialist im Aufspüren von Geheimgängen. Besonders irische und schottische Burgruinen lassen mein Herz höher schlagen. Schon wenn ich eine alte Ruine von weitem sehe, verspüre ich ein seltsames Kribbeln. Aber der besondere Kick ist immer der Einstieg um Mitternacht. Und ich kann dir versichern, dass ich einmal zur Geisterstunde nahe der Ruine einer alten Klosterkapelle dem Phantom eines riesigen schwarzen Hundes mit feurigen Augen begegnet bin, den man in Großbritannien für einen Todesboten hält. Er tauchte plötzlich auf und verschwand wieder. Auch im nahen Dorf hatten viele Bewohner diese Erscheinung gesehen. Ich aber war der erste Fremde, der sie sah.

Auf einer langen Reise durch Irland haben mir junge und alte Iren von ihren Spuknächten und Gruselabenteuern erzählt. Zum Beispiel auch Maureen, die du ja in diesem Buch kennen gelernt hast. Von ihr stammt eigentlich auch die Geschichte dieses Buches. Zuerst habe ich sie ihr nicht glauben wollen, dann aber sind wir hinabgestiegen in dieses dunkle Labyrinth unter der Burg, tiefer und tiefer. Und dann hat Maureen ihre Taschenlampe verloren. Und plötzlich, in dieser totalen Stille und Dunkelheit, war alles da und sehr kompakt: die Gefahr, das Abenteuer und die Angst. Kalte Schauer liefen mir über den Rücken. Ich habe sogar geglaubt, dass wir den Ausgang nicht mehr finden würden. Ich habe auch die Augen gesehen, von denen ihr ja gelesen habt. Sie kamen und verschwanden wieder. Die Geräusche schlurfender Füße waren zu hören. Ein ganzer Sack Steine fiel mir vom Herzen, als wir endlich wieder im Freien waren.

Zu Hause habe ich mich dann an meinen Computer gesetzt. Und meine Finger jagten über die Tasten, schneller und schneller. Es war so, als ob mir Maureen das Buch diktieren würde und mich hetzte, von Zeile zu Zeile. Und auch die Gefahr war wieder da und die Angst im dunklen Labyrinth. Noch nie habe ich ein Buch in einem solchen Spannungszustand geschrieben. Ich glaube, ihr werdet es bemerkt haben? Ein bisschen hat mir mein schwarzer Kater Nikita beim Schreiben geholfen. Er ist ein »Ruinenfindling« – das heißt, ich habe ihn vor drei Jahren bei einer alten Ruine gefunden. Seitdem hat er mir schon so manche Geschichte ins Ohr geschnurrt, denn ich bin der Einzige, der ihn versteht.

Nun bin ich wirklich gespannt, ob dir das Buch gefallen hat. Wenn du Lust hast, kannst du mir ja ein paar Zeilen schreiben. Schicke deine Briefe an:

Arena Verlag
Grusel & Co
z. H. Herrn Jan Flieger
Postfach 51 69
97001 Würzburg

Nikita und ich werden auf jeden Fall antworten. Denke daran, deine Adresse samt Postleitzahl und Wohnort anzugeben. Besonders praktisch ist es, wenn du deinem Brief gleich einen frankierten Umschlag mit deiner Adresse beilegst.